CARAMBAIA

Edgar Allan
POE
A narrativa de Arthur Gordon
PYM

TRADUÇÃO
José Marcos Mariani de Macedo

POSFÁCIO
Oscar Nestarez

ILUSTRAÇÕES
Elisa Carareto

A narrativa de Arthur Gordon Pym de Nantucket

contendo os detalhes de um motim e um assombroso massacre a bordo do brigue americano *Grampus*, em rota para os Mares do Sul, em junho de 1827.

E mais a história da recaptura do navio pelos sobreviventes; seu naufrágio e a terrível provação pela qual passaram em virtude da fome; seu resgate pela escuna inglesa *Jane Guy*; breve cruzeiro desse navio no oceano Antártico; sua captura e o massacre da tripulação num arquipélago do paralelo 84 de latitude sul; juntamente com as incríveis aventuras e descobertas no extremo sul a que essa lamentável calamidade deu origem.

PREFÁCIO

Quando de meu regresso aos Estados Unidos, alguns meses atrás, após a extraordinária série de aventuras nos Mares do Sul e alhures, da qual se fornece um relato nas páginas seguintes, o acaso me pôs em contato com vários cavalheiros de Richmond, Virgínia, que, sentindo profundo interesse em tudo o que se refere às regiões que visitei, pressionavam-me sem parar e me impunham como dever franquear minha narrativa ao público. Eu tinha, porém, várias razões para recusar, algumas das quais de natureza absolutamente privada, outras nem tanto. Uma consideração que me detinha era que, não tendo mantido um diário durante a maior parte do tempo em que estive fora, eu temia não ser capaz de escrever, de simples memória, um relato tão minucioso e concatenado que tivesse a *aparência* daquela realidade da qual ele seria verdadeiramente possuidor, contendo apenas o natural e inevitável exagero a que todos estamos sujeitos ao detalhar eventos que exerceram poderosa influência sobre as nossas faculdades imaginativas. Outra razão era que os incidentes a serem narrados eram de natureza tão positivamente maravilhosa que, não tendo necessariamente minhas asserções outro suporte senão eu mesmo (salvo pelo testemunho de um único indivíduo, e este, um índio mestiço), eu só poderia contar com a crença dos meus familiares e daqueles meus amigos que, ao longo da vida, tiveram razão para dar fé à minha veracidade – sendo mais provável que o grande público considerasse minhas afirmações como uma impudente e engenhosa ficção. Uma desconfiança de meus próprios talentos de escritor era, entretanto, uma das principais causas que me impediam de ceder às sugestões de meus conselheiros.

Entre esses cavalheiros da Virgínia que expressaram o maior interesse em meu relato, e mais em particular na parte relativa ao oceano Antártico, estava o sr. Poe, ainda pouco antes editor do *Southern Literary Messenger*, uma revista mensal publicada na cidade de Richmond pelo sr. Thomas W. White. Ele me recomendou vivamente que preparasse de imediato um relato completo do que eu vira e vivera, e que confiasse na sagacidade e no bom senso do público – insistindo, com grande plausibilidade, que, por grosseiro que fosse meu livro do ponto de vista literário, a sua deselegância mesma, se é que houvesse alguma, seria a melhor chance de ser aceito como verdade.

A despeito desse conselho, não me decidi a fazer o que me era sugerido. Mais tarde ele me propôs (vendo que eu não acabava de me resolver) que lhe permitisse redigir, em suas próprias palavras, uma narrativa da primeira parte das minhas aventuras, a partir de fatos por mim relatados, e publicá-las *sob o manto da ficção* no *Southern Literary Messenger*. Não vendo objeção nisso, consenti, estipulando apenas que o meu verdadeiro nome fosse preservado. Duas partes da pretensa ficção apareceram, portanto, no *Messenger*, números de janeiro e fevereiro de 1837, e, a fim de bem estabelecer que se tratava de ficção, o nome do sr. Poe foi vinculado aos artigos no sumário da revista.

A maneira como essa *artimanha* foi recebida induziu-me enfim a empreender uma compilação regular e a publicar as aventuras em questão; pois vi que, apesar do ar de fábula de que fora tão engenhosamente revestida essa parte de meu relato publicada no *Messenger* (sem alterar ou distorcer um único fato), o público não se dispôs de todo a recebê-la como fábula, e várias cartas foram enviadas ao sr. Poe, expressando distintamente a convicção em contrário. Disso concluí que os fatos de minha narrativa eram de natureza tal que traziam consigo prova suficiente de sua autenticidade e que, portanto, eu tinha pouco a temer no que dizia respeito à incredulidade popular.

Feita essa exposição, de pronto se verá o quanto do relato que segue é de meu próprio punho, e se compreenderá também que nenhum fato foi mascarado nas primeiras páginas escritas pelo sr. Poe. Mesmo para aqueles leitores que não viram os números do *Messenger*, seria desnecessário indicar onde termina sua parte e onde começa a minha; a diferença de estilo logo se fará sentir.

A. G. Pym
Nova York, julho de 1838

1

Meu nome é Arthur Gordon Pym. Meu pai era um respeitável comerciante de artigos náuticos em Nantucket, onde nasci. Meu avô materno era um advogado com boa clientela. Era feliz em tudo, e foi muito bem-sucedido ao especular com ações do Edgarton New Bank, como antes era chamado. Por esses e outros meios, lograra acumular uma fortuna considerável. Era mais apegado a mim, creio, que a qualquer outra pessoa no mundo, e eu esperava herdar a maior parte de sua propriedade por ocasião de sua morte. Ele me enviou, aos 6 anos de idade, à escola do velho sr. Ricketts, cavalheiro de um só braço e maneiras excêntricas – bem conhecido de quase todos que visitaram New Bedford. Permaneci em sua escola até os 16 anos, quando a deixei para ingressar na academia do sr. E. Ronald, colina acima. Ali me tornei íntimo do filho do sr. Barnard, um capitão de navio que navegava geralmente a serviço da Lloyd & Vredenburgh – o sr. Barnard é também bastante conhecido em New Bedford e tem muitas relações, estou certo, em Edgarton. Seu filho se chamava Augustus e era cerca de dois anos mais velho que eu. Fizera com o pai uma viagem no baleeiro *John Donaldson* e vivia me falando de suas aventuras no Pacífico Sul. Eu costumava frequentar sua casa, lá permanecia o dia inteiro e, por vezes, a noite inteira. Dividíamos a mesma cama, e ele fazia questão de me manter acordado quase até o dia clarear, contando-me histórias dos nativos da ilha de Tinian e outros lugares que visitara em suas viagens. Acabei por tomar interesse pelo que me dizia, e aos poucos senti imenso desejo de me fazer ao mar. Eu possuía um barco a vela chamado *Ariel*, que valia uns 75 dólares. Tinha ele um semiconvés ou cabine, aparelhado à maneira de chalupa – esqueci-me de sua tonelagem, mas acomodaria dez pessoas sem muito aperto. Era nesse barco que tínhamos o hábito de fazer as mais loucas estripulias do mundo; e agora, ao pensar nelas, parece-me um verdadeiro milagre que eu ainda esteja vivo.

Relatarei uma dessas aventuras à guisa de introdução a uma narrativa mais longa e momentosa. Certa noite houve uma festa na casa do sr. Barnard, e lá pelo final tanto eu como Augustus estávamos um tanto embriagados. Como de hábito em tais casos, em vez de ir para casa, preferi partilhar sua cama. Ele adormeceu, assim pensei, muito tranquilamente (era por volta de uma da manhã quando a festa terminou), e sem dizer uma palavra sobre seu tópico favorito. Nem bem se passara meia hora desde que nos deitáramos, e eu estava prestes a pegar no sono, quando ele de repente despertou e praguejou com uma terrível blasfêmia que não adormeceria por nenhum Arthur Pym deste mundo, quando tão gloriosa brisa soprava do sudoeste. Nunca em minha vida eu ficara tão espantado, sem saber o que ele pretendia, e pensando que os vinhos e licores que bebera o haviam posto absolutamente fora de si. Ele passou a falar com muita placidez, contudo, dizendo saber que eu o supunha embriagado, mas que nunca em sua vida estivera mais sóbrio. Só estava cansado, acrescentou, de ficar deitado na cama feito um cão numa noite tão bela, e estava determinado a levantar-se, vestir-se e sair para a farra com o barco. Mal saberia dizer o que deu em mim, mas, nem bem as palavras lhe saíram da boca, senti um frêmito de enorme excitação e prazer, e tomei sua ideia doida como uma das coisas mais deliciosas e razoáveis do mundo. Soprava quase um vendaval, e o tempo estava muito frio – era final de outubro. Saltei da cama, no entanto, numa espécie de êxtase, e lhe disse que era tão valente quanto ele próprio, e estava igualmente cansado de ficar deitado na cama feito um cão, e tão disposto a qualquer folia ou farra quanto qualquer Augustus Barnard de Nantucket.

Sem perder tempo nos vestimos e nos precipitamos ao barco. Ele estava amarrado ao velho píer em ruínas junto ao depósito de madeira da Pankey & Cia., golpeando com fúria o seu costado contra as toras brutas. Augustus subiu a bordo e se pôs a baldear a água que o enchia quase pela metade. Feito isso, içamos bujarrona e vela mestra, tendemo-nas cheias, e com arrojo nos fizemos ao mar.

O vento, como eu disse antes, soprava rijo do sudoeste. A noite estava muito clara e fria. Augustus tomara o leme e eu me instalei junto ao mastro, no convés da cabine. Velejávamos em grande velocidade – nenhum de nós dissera uma palavra desde que desatracáramos do píer. Perguntei então a meu companheiro que curso pretendia tomar e a que horas achava provável que estaríamos de volta. Ele assobiou por alguns minutos e disse então com rispidez: "*Eu* vou para o mar – quanto a *você*, pode ir para casa se achar melhor". Voltando meus olhos para ele, logo percebi que, apesar de sua fingida *indiferença*, estava tremendamente agitado. Podia vê-lo distintamente ao luar – seu rosto estava mais pálido que mármore, e sua mão tremia com tal excesso que mal conseguia segurar a barra do leme. Percebi que algo de grave acontecera e fiquei seriamente alarmado. Nessa época, eu pouco sabia sobre manobras de barcos e me encontrava inteiramente à mercê da destreza náutica de meu amigo. O vento também ganhara súbita intensidade, e nos afastávamos depressa do abrigo da costa – ainda assim eu tinha vergonha de trair qualquer receio, e por quase meia hora mantive um silêncio resoluto. Não pude mais me conter, porém, e falei a Augustus da conveniência de darmos meia-volta. Como antes, passou quase um minuto até que ele respondesse ou sequer se desse conta de minha sugestão. "Logo, logo", disse enfim, "tempo de sobra... de volta logo, logo". Eu já esperava uma resposta dessas, mas havia algo no tom dessas palavras que me encheu de uma indescritível sensação de pavor. Tornei a olhá-lo com atenção. Seus lábios estavam perfeitamente lívidos, e seus joelhos tremiam com tal violência que ele mal parecia capaz de se manter de pé. "Pelo amor de Deus, Augustus", berrei, agora francamente aterrorizado, "que deu em você? Qual é o problema? O que você vai *fazer*?". "Problema!", balbuciou ele, aparentando a maior das surpresas, largando ao mesmo tempo a barra do leme e tombando de bruços no fundo do barco, "problema... ora, problema... problema nenhum... voltar para casa... que diabo, n-n-não está vendo?". Toda a verdade me veio então num lampejo. Atirei-me sobre ele e o levantei. Estava bêbado — bêbado como um gambá —, não podia nem firmar as pernas, nem falar, nem ver. Seus olhos estavam perfeitamente vítreos; e ao largá-lo, no cúmulo de meu desespero, ele rolou como uma tora para a água acumulada no fundo do barco, de onde eu o erguera. Era evidente que, durante a noite, bebera bem mais do que eu suspeitara, e que sua conduta na cama fora o resultado de um estado de embriaguez altamente concentrado — um estado que, como a loucura, não raro faculta à vítima imitar o porte de alguém na perfeita posse de seus sentidos. O frescor do ar noturno, porém, produzira o seu habitual efeito — a energia espiritual começou a ceder sob sua influência —, e a percepção confusa que sem dúvida aí lhe adveio de sua situação periclitante contribuíra para acelerar a catástrofe. Agora ele estava absolutamente inerte, e não havia probabilidade alguma de que seria diferente por muitas horas.

Mal é possível conceber o extremo do meu terror. Os vapores do vinho recém-ingerido tinham-se evaporado, deixando-me ao mesmo tempo intimidado e irresoluto. Sabia-me absolutamente incapaz de governar o barco, o vento furioso e a forte baixa-mar nos precipitavam rumo à destruição. Era evidente que uma tempestade formava-se às nossas costas; não tínhamos nem bússola nem provisões; e estava

claro que, se mantivéssemos nosso presente curso, perderíamos a terra de vista antes do romper do dia. Esses pensamentos e uma multidão de outros, igualmente terríveis, atravessaram meu espírito com desconcertante rapidez, e por mais alguns instantes me paralisaram a ponto de me privar da possibilidade de fazer qualquer esforço. O barco sulcava as águas a uma tremenda velocidade — velas pandas de vento em popa, sem nenhum riz na bujarrona ou na vela mestra —, mergulhando completamente sua proa sob a espuma. Verdadeiro milagre era que não houvesse oferecido o costado às ondas — Augustus tendo largado a barra do leme, como eu já disse, e eu agitado demais para pensar em tomá-la nas mãos. Por sorte, contudo, o barco manteve o curso, e aos poucos recobrei algo da presença de espírito. O vento continuava a aumentar espantosamente; e, sempre que nos erguíamos de um mergulho de vante, o mar rebentava em nosso painel de popa e nos inundava de água. Eu estava tão absolutamente entorpecido em todos os membros que mal tinha consciência das sensações. Por fim, conjurei a resolução do desespero e, lançando-me à vela mestra, soltei-a de uma só vez. Como era de esperar, ela voou sobre a proa e, encharcando-se de água, num instante arrastou o mastro por cima da amurada. Foi esse último acidente que me salvou da destruição instantânea. Com a bujarrona apenas, agora eu deslizava de vento em popa, o mar grosso varrendo de vez em quando o convés, mas aliviado do terror da morte imediata. Apanhei o leme e respirei com mais liberdade ao ver que ainda nos restava uma última chance de salvamento. Augustus jazia desmaiado no fundo do barco; como houvesse risco iminente de que ele se afogasse (havia quase 30 centímetros de água bem onde ele caíra), consegui erguê-lo parcialmente e, para mantê-lo em posição sentada, passei-lhe uma corda ao redor da cintura e amarrei-a a uma argola no convés da cabine. Tendo assim arranjado todas as coisas o melhor que podia, gelado e agitado como estava, encomendei-me a Deus e me dispus a enfrentar o que viesse com toda a galhardia em meu poder.

Mal tomara essa resolução quando, de súbito, um grito alto, longo, um berro, como se da garganta de mil demônios, pareceu transpassar toda a atmosfera ao redor e acima do barco. Jamais esquecerei, enquanto estiver vivo, o paroxismo de terror que experimentei nesse momento. Meus cabelos eriçaram-se, senti o sangue gelar em minhas veias, meu coração cessou totalmente de bater, e, sem ter nem sequer erguido os olhos para descobrir a causa de meu alarme, tombei de cabeça e sem sentidos sobre o corpo de meu companheiro caído.

Encontrei-me, voltando à consciência, na cabine de um grande baleeiro (o *Penguin*), com destino a Nantucket. Várias pessoas debruçavam-se sobre mim, e Augustus, mais pálido que a morte, ocupava-se ativamente em friccionar minhas mãos. Quando me viu abrir os olhos, suas exclamações de gratidão e júbilo incitaram alternadamente risos e lágrimas dos personagens de aparência rude ali presentes. O mistério de ainda estarmos com vida me foi então explicado. Havíamos sido abalroados pelo baleeiro, que navegava à bolina, bordejando rumo a Nantucket com toda vela a que pudesse se aventurar, e portanto num curso quase perpendicular ao nosso. Vários homens estavam de vigia na proa, mas não perceberam nosso barco senão quando era impossível evitar a rota de colisão — seus gritos de alarme ao nos verem foram o que tanto me havia aterrorizado. O navio enorme, contaram-me, deslizara sobre nós com tanta facilidade quanto nosso pequeno barco teria passado sobre uma pluma, sem o menor estorvo perceptível em seu progresso. Nenhum berro se erguera do convés da vítima — houve um ligeiro som rangente mesclado ao rugido do vento e das águas quando nossa frágil barca, já engolida, roçou por um instante a quilha de seu algoz, mas isso foi tudo. Cuidando que o nosso barco (desmastreado, vale lembrar) fosse algum casco navegando à deriva como refugo, o capitão (capitão E. T. V. Block, da Nova Inglaterra) estava prestes a seguir seu curso sem grandes preocupações com o assunto. Por sorte, dois dos vigias juraram de pés juntos ter visto alguém próximo ao leme e aventaram a possibilidade de ainda salvá-lo. Seguiu-se uma discussão; Block se pôs furioso e, depois de um instante, disse que "não era dever seu ficar eternamente à cata de cascas de ovo; que o navio *não* mudaria de rumo por um absurdo daqueles; e que, se havia um homem ao mar, não era culpa de ninguém senão dele próprio — que se afogasse e fosse para o diabo!", ou alguma outra tirada do gênero. Henderson, o primeiro-imediato, tomou o assunto a peito, justamente indignado, aliás como toda a tripulação, com um discurso que revelava tal crueldade, tal ausência de coração. Falou sem rodeios, vendo-se apoiado pelos marujos, disse ao capitão que o considerava um sujeito digno do patíbulo e que desobedeceria às suas ordens mesmo que por isso fosse enforcado no instante em que tocasse terra firme. Acudiu à popa, dando um esbarrão em Block (que ficou muito pálido e não deu resposta), e, apanhando o leme, deu a ordem, em voz firme, "Leme todo a sotavento!". Os homens acorreram a seus postos, e o navio virou habilmente de bordo. Tudo isso tomara cerca de cinco minutos, e mal parecia possível o salvamento de qualquer indivíduo – se é que algum fora visto a bordo do barco. Porém, como viu o leitor, tanto Augustus como eu fomos resgatados; e nosso salvamento pareceu ser o resultado de dois desses lances de sorte quase inconcebíveis, atribuídos pelos sábios e pelos devotos à especial intervenção da Providência.

Enquanto o navio ainda estava na virada, o imediato baixou o escaler e saltou a bordo com aqueles mesmos dois, creio, que diziam ter-me visto junto ao leme. Mal tinham eles deixado o bordo de sotavento do navio (a lua ainda brilhava, cintilante) quando este deu uma longa e forte guinada a barlavento, e Henderson, no mesmo instante, pondo-se de pé no banco, vociferou à sua tripulação para *cair a ré*. Não dizia mais nada – repetindo seu grito com impaciência, *cair a ré! cair a ré!*. Os homens descaíram o mais rápido possível; mas a essa altura o navio virara de bordo e se punha em movimento, embora todas as mãos embarcadas se desdobrassem para recolher velas. A despeito do perigo da tentativa, o imediato agarrou-se aos ovéns assim que os teve ao alcance. Outra violenta guinada trouxe o casco de estibordo do navio para fora da água quase até a quilha, quando a causa de sua ansiedade tornou-se bastante óbvia. Viu-se o corpo de um homem afixado da maneira mais singular ao fundo liso e brilhante (o *Penguin* era folheado e cavilhado de cobre), batendo violentamente contra ele a cada movimento do casco. Após várias tentativas frustradas, renovadas a cada guinada do navio e sob o risco iminente de submergir o barco, por fim fui desembaraçado de minha periclitante situação e içado a bordo — pois esse corpo vinha a ser o meu. Parecia que uma das cavilhas do madeirame, estando frouxa e tendo aberto caminho pelo cobre, detivera meu progresso enquanto eu passava sob o barco e me prendera assim, de tão extraordinária maneira, ao fundo. A cabeça da cavilha perfurara a gola do casaco de baeta verde que eu vestia e a parte posterior de minha nuca, enfiando-se entre dois tendões, logo abaixo do ouvido direito. Meteram-me imediatamente na cama — embora eu não parecesse dar sinal algum de vida. Não havia cirurgião a bordo. O capitão, porém, tratou-me com toda a atenção — presumo que para reparar, aos olhos da tripulação, seu comportamento infame na parte precedente da aventura.

Nesse meio-tempo, Henderson tornara a se afastar do navio, embora o vento soprasse agora quase como um furacão. Não levou muito para que topasse com alguns destroços de nosso barco, e pouco depois um de seus homens asseverou que distinguia a intervalos um grito de socorro em meio ao bramir da tempestade. Isso induziu os marujos a perseverar na busca por mais de meia hora, ignorando os repetidos sinais do capitão Block para que voltassem, e embora cada minuto na água em tão frágil embarcação lhes reservasse o mais iminente e letal perigo. Aliás, é quase impossível conceber como o pequeno escaler em que estavam tenha escapado à destruição por um único instante. Ele fora construído, porém, para a pesca à baleia, e era munido, como tive razão para acreditar desde então, com cavidades de ar, à maneira de alguns botes salva-vidas usados na costa do País de Gales.

Depois de terem buscado em vão durante o tempo mencionado acima, resolveram voltar ao navio. Mal haviam tomado essa resolução quando um grito débil elevou-se de um objeto escuro que passava flutuando com rapidez. Eles o perseguiram e logo o alcançaram. Era nada menos que o convés inteiro da cabine do *Ariel*. Augustus debatia-se próximo, pelo visto nos estertores. Ao ser apanhado, constatou-se que estava atado por uma corda ao madeirame flutuante. Essa corda, como será lembrado, eu próprio a amarrara ao redor de sua cintura e fixara a uma argola, com o propósito de mantê-lo em posição ereta, e com isso, ao que parece, propiciando os meios de lhe preservar a vida. O *Ariel* era de construção ligeira, e sua armação naturalmente se despedaçou ao submergir; o convés da cabine, como era de esperar, fora alçado por completo do cavername pela força da água que afluía e se pusera a flutuar (com outros destroços, sem dúvida) à deriva – e Augustus boiou com ele, escapando assim a uma terrível morte.

Mais de uma hora se passou, após ter sido recolhido a bordo do *Penguin*, antes que pudesse dar acordo de si ou lhe fosse dado compreender a natureza do acidente que vitimara nosso barco. Por fim, despertou por completo e relatou muito de suas sensações na água. Mal recobrando um mínimo de consciência, encontrara-se abaixo da superfície, rodopiando, rodopiando com inconcebível rapidez, e com uma corda enrodilhada em três ou quatro voltas apertadas ao redor do pescoço. No instante seguinte, sentira-se puxado depressa para cima, quando, sua cabeça batendo violentamente contra uma substância dura, recaiu no estado de insensibilidade. Ao voltar mais uma vez a si, estava de perfeita posse da razão – porém esta ainda se achava obnubilada e confusa no mais alto grau. Ele sabia agora que algum acidente ocorrera e que estava dentro da água, embora sua boca estivesse acima da superfície e pudesse respirar com alguma liberdade. Talvez nesse momento o convés deslizasse rapidamente com o vento e o arrastasse, boiando de costas. Era claro que, enquanto ele pudesse guardar tal posição, seria quase impossível afogar-se. Dali a pouco um vagalhão o arremessou em cheio ao convés, de bombordo a boreste; e ele se empenhou em manter essa posição, gritando a intervalos por socorro. Logo antes de ser descoberto pelo sr. Henderson, ele se vira obrigado a afrouxar o punho por exaustão e, caindo no mar, dera-se por perdido. Durante todo o período de suas lutas, não tivera a menor lembrança do *Ariel* nem de nenhum detalhe relacionado à origem do seu desastre. Uma vaga sensação de terror e desespero tomara posse de todas as suas faculdades. Quando finalmente foi resgatado, toda razão o abandonou; e, como dito antes, quase uma hora se passara depois de ter sido içado a bordo do *Penguin* antes que tivesse plena consciência de sua condição. Quanto a mim, fui ressuscitado de um estado que confinava com a morte (e depois de terem sido empregados em vão todos os meios possíveis durante três horas e meia) pela vigorosa fricção com flanelas embebidas em óleo quente – um procedimento sugerido por Augustus. A ferida em minha nuca, embora feia de aparência, revelou-se de pouca gravidade, e logo me recuperei de seus efeitos.

O *Penguin* ingressou na barra às nove horas da manhã, após ter enfrentado uma das mais severas borrascas jamais havidas nas costas de Nantucket. Augustus e eu conseguimos aparecer na casa do sr. Barnard a tempo para o desjejum – que, felizmente, se achava algo atrasado devido à festa da noite anterior. Suponho que todos à mesa estivessem eles próprios cansados demais para notar nossa aparência exausta – mas não teríamos resistido a um exame rígido. Colegiais, porém, podem fazer maravilhas em termos de impostura, e estou convicto de que nem um único de nossos amigos em Nantucket nutriu a mais leve suspeita de que a terrível história contada por alguns marinheiros na cidade sobre um navio abalroado no mar e o afogamento de uns trinta ou quarenta pobres-diabos referia-se ao *Ariel*, a meu companheiro ou a mim. Nós dois conversamos com frequência a respeito — mas nunca sem um calafrio. Em uma de nossas conversas, Augustus confessou-me francamente que, em toda a sua vida, jamais experimentara tão pungente sensação de pavor como quando, a bordo de nosso bote, descobriu de golpe a extensão de sua embriaguez e sentiu-se vergar sob sua influência.

2

Não há como inferir conclusões definitivas, mesmo a partir dos dados mais simples, quando está em jogo algum preconceito, contra ou a favor. Seria de supor que uma catástrofe como a que acabo de relatar teria de fato arrefecido minha incipiente paixão pelo mar. Ao contrário, nunca experimentei mais ardente anseio pelas arrojadas aventuras na vida de navegador do que uma semana depois do nosso miraculoso resgate. Esse breve período revelou-se extenso o bastante para apagar de minha memória as sombras e ressaltar em viva luz todos os pontos de cor deliciosamente instigantes, todo o caráter pitoresco do arriscado acidente. Minhas conversas com Augustus tornavam-se dia a dia mais frequentes e de um interesse cada vez mais intenso. Ele tinha um jeito de relatar suas histórias do mar (mais da metade das quais, suspeito agora, era pura invenção) bem apto a agir sobre um temperamento entusiasta como o meu, sobre uma imaginação algo sombria, embora sempre ardente. O estranho é que ele cativava com mais força meus sentimentos em favor da vida de marujo quando me pintava seus momentos mais terríveis de sofrimento e desespero. Pelo lado radiante da pintura eu tinha pouca simpatia. Minhas visões eram de naufrágio e fome; de morte ou cativeiro entre hordas bárbaras; de uma existência arrastada entre aflições e lágrimas, sobre algum rochedo cinzento e desolado, num oceano inabordável e desconhecido. Tais visões ou desejos — pois a desejos elas montavam — são comuns, garantiram-me desde então, à numerosa raça dos melancólicos — na época de que falo, tomava-os apenas por vislumbres proféticos de um destino ao qual me sentia, em certa medida, predestinado. Augustus compartilhava plenamente meu estado de espírito. É provável, aliás, que de nossa íntima comunhão resultara certo intercâmbio de caráter.

Cerca de dezoito meses após o desastre do *Ariel*, a empresa Lloyd & Vredenburgh (uma casa ligada, penso eu, aos srs. Enderby de Liverpool) comprometeu-se a reparar e equipar o brigue *Grampus* para uma expedição de pesca à baleia. Tratava-se de uma velha carcaça, mal e mal em condições de navegação mesmo depois de se fazer tudo o que podia ser feito. Por que ele foi escolhido de preferência a outros bons navios pertencentes aos mesmos donos, isso eu não sei — mas assim foi. O sr. Barnard foi designado para comandá-lo, e Augustus iria com ele. Enquanto o brigue era aprestado, era comum ele me advertir da excelente oportunidade que então se oferecia para satisfazer meu desejo de viagem. Ele estava longe de ter em mim um ouvinte de má vontade — porém a coisa não era tão fácil de arranjar. Meu pai não se opôs diretamente; mas minha mãe ficava histérica à simples menção do projeto; e, acima de tudo, meu avô, de quem eu muito esperava, jurou deixar-me sem um tostão se eu trouxesse de novo o assunto à tona. Essas dificuldades, porém, longe de abater meu desejo, não fizeram mais que me atiçar. Resolvi partir a qualquer custo; e, quando dei parte de minha intenção a Augustus, passamos a arquitetar um plano para realizá-la. Enquanto isso, guardei-me de falar a qualquer de meus parentes a respeito da viagem, e, como eu me ocupasse ostensivamente de meus estudos habituais, supuseram que eu abandonara o projeto. Desde então examinei com frequência minha conduta nessa ocasião, com sentimentos tanto de desagrado como de surpresa. A ativa hipocrisia de que me servi para fazer avançar o projeto – uma hipocrisia a impregnar cada palavra e ação de minha vida por tão longo espaço de tempo –, eu só a tornei suportável a mim mesmo pela impetuosa e ardente expectativa com que contemplava a realização dos meus sonhos de viagem tão longamente acalentados.

Para levar a cabo meu estratagema, fui obrigado a deixar muito a cargo de Augustus, empregado em boa parte do dia a bordo do *Grampus*, cuidando de vários arranjos para seu pai na cabine e na estiva. De noite, porém, não deixávamos de nos encontrar e falávamos de nossas esperanças. Depois de ter passado quase um mês desse modo, sem atinar com nenhum plano que julgássemos de êxito provável, ele me disse enfim que providenciara todo o necessário. Eu tinha um parente que morava em New Bedford, um tal de sr. Ross, em cuja casa às vezes eu passava duas ou três semanas. O brigue deveria zarpar em meados de junho (junho de 1827), e foi acordado que um dia ou dois antes de ele se fazer à vela meu pai receberia, como de hábito, um bilhete do sr. Ross, convidando-me a passar uma quinzena com Robert e Emmet (seus filhos). Augustus encarregou-se de redigir esse bilhete e fazê-lo entregar. Tendo partido, como suposto, para New Bedford, eu me reuniria então a meu companheiro, que me arranjaria um esconderijo no *Grampus*. Esse esconderijo, assegurou-me, seria disposto de modo bastante confortável para que nele me demorasse vários dias, durante os quais não haveria de me fazer notar. Quando o brigue tivesse avançado o suficiente em sua rota de modo a estar fora de cogitação o retorno, então, disse ele, eu seria formalmente instalado em todos os confortos da cabine; quanto a seu pai, ele apenas riria de todo o coração dessa travessura. Cruzaríamos com navios de sobra, pelos quais eu poderia enviar uma carta para casa explicando a aventura a meus pais.

Chegaram enfim meados de junho, e tudo se achava amadurecido. O bilhete foi escrito e entregue, e numa manhã de segunda-feira parti de casa para supostamente tomar o paquete de New Bedford. Fui, porém, direto para a casa de Augustus, que esperava por mim numa esquina. Constava de nosso plano original que eu me manteria escondido até o anoitecer e então deslizaria para bordo do brigue; mas, como houvesse a nosso favor uma bruma espessa, decidimos que eu não perderia tempo ocultando-me. Augustus tomou o rumo do embarcadouro, e eu o segui a certa distância, envolto num grosso capote de marinheiro que ele trouxera consigo, para que minha identidade não fosse facilmente reconhecível. Assim que dobramos a segunda esquina, depois de termos passado pelo poço do sr. Edmund – quem não aparece, bem na minha frente, e olhando-me na cara, senão meu avô, o velho sr. Peterson? "Ora, macacos me mordam, Gordon", disse ele após uma longa pausa, "ora, ora... mas *de quem* é esse casaco imundo que está usando?". "Senhor!", retruquei, assumindo o melhor que pude, na urgência do momento, um ar de surpresa ofendida, e falando no tom mais ríspido que se possa imaginar. "Senhor! Escute aqui, deve ter havido algum engano; para começo de conversa, não sou nenhum Goddin, como o senhor me chama, e o senhor devia pensar duas vezes, que descaramento!, antes de chamar meu sobretudo novo de casaco imundo." Não sei como consegui conter uma explosão de riso ao ver a maneira perturbada com que o velho senhor recebera essa bela reprimenda. Saltou dois ou três passos para trás, primeiro ficou pálido e então muitíssimo vermelho, tirou os óculos, depois, baixando-os, veio correndo em minha direção a toda a pressa, o guarda-chuva em riste. Estacou, porém, em sua carreira, como se fulminado por súbita lembrança; e então, virando-se, saiu manquejando rua abaixo, fremente de raiva e murmurando entredentes: "Que coisa... esses óculos novos... jurava que fosse o Gordon... maldito marujo dos diabos".

Tendo assim escapado por um triz, prosseguimos com mais cautela e chegamos a nosso destino a salvo. Não havia mais que dois ou três tripulantes a bordo, e estes ocupados com não sei o quê no castelo de proa. O capitão Barnard, sabíamos muito bem, estava em reunião na Lloyd & Vredenburgh, e lá permaneceria até a boca da noite, pouco tínhamos a temer, portanto, a esse respeito. Augustus foi o primeiro a subir a bordo, e depressa o segui, sem ser notado pelos homens que trabalhavam. Seguimos direto para a cabine, e lá não encontramos ninguém. As instalações eram das mais confortáveis – coisa algo insólita a bordo de um baleeiro. Havia quatro excelentes camarotes, com leitos amplos e cômodos. Havia também uma grande estufa, notei, e um tapete admiravelmente grosso e valioso a recobrir o piso, tanto da cabine como dos camarotes. O pé-direito tinha uns bons 7 pés de altura, e tudo era de uma aparência mais vasta e agradável do que eu imaginara. Augustus, porém, concedeu-me escasso tempo de observação, insistindo na necessidade de esconder-me o mais rápido possível. Conduziu-me a seu próprio camarote, situado a estibordo e próximo às anteparas estanques. Entrando, fechou a porta e passou o ferrolho. Parecia-me nunca ter visto um quartinho mais aconchegante do que aquele em que agora me encontrava. Tinha cerca de 10 pés de comprimento e alojava apenas um leito, que, como eu disse antes, era amplo e cômodo. Na parte da cabine mais próxima às anteparas havia um espaço de pouco mais de 4 pés quadrados, contendo uma mesa, uma cadeira e uma série de prateleiras cheias de livros, sobretudo livros de viagens e navegação. Havia muitas outras pequenas comodidades no quarto, entre elas não devo esquecer uma espécie de cofre ou geladeira, na qual Augustus apontou-me uma quantidade de iguarias, de comer e beber.

Ele pressionou com os nós dos dedos determinado ponto do tapete, num canto do espaço já mencionado, fazendo-me ver que uma porção do soalho, de cerca de 60 polegadas quadradas, fora cuidadosamente destacada e reajustada. Enquanto ele pressionava, essa porção levantava-se o suficiente de um lado para dar passagem a seu dedo. Dessa maneira ele ergueu o tampo do alçapão (ao qual o tapete continuava preso por tachas), e vi que este conduzia ao porão de ré. A seguir acendeu uma pequena vela com a ajuda de um fósforo e, depositando a luz numa lanterna furta-fogo, desceu com ela pela abertura, pedindo que o seguisse. Foi o que fiz, e então ele puxou o tampo sobre o buraco, por meio de um prego fixado à parte de baixo – o tapete, é claro, retomava sua posição original no piso do camarote, e todos os traços de abertura eram dissimulados.

A vela lançava um raio tão fraco que foi com grande dificuldade que pude encontrar meu caminho às apalpadelas pelo emaranhado confuso de trastes entre os quais me achava. Aos poucos, contudo, meus olhos foram-se acostumando à escuridão, e avancei com menos embaraço, segurando-me às abas do casaco de meu amigo. Ele conduziu-me, enfim, após termos rastejado e contornado inúmeras passagens estreitas, a uma caixa com cintas de ferro, semelhantes às usadas para embalar porcelana fina. Tinha quase 4 pés de altura e 6 de comprimento, mas era muito estreita. Dois grandes barris de óleo vazios assentavam-se sobre ela, e em cima destes uma vasta quantidade de colchões de palha, empilhados até o soalho da cabine. À volta, em todas as direções, comprimia-se, tão cerrado quanto possível e até o teto, um completo caos de toda espécie de provisões de bordo, junto com uma miscelânea heterogênea de caixotes, cestos, barris e fardos, a ponto de me parecer não menos que um milagre que tivéssemos aberto passagem até a caixa. Descobri mais tarde que Augustus acondicionara a carga nesse porão com vistas a propiciar-me um perfeito esconderijo, tendo contado com a ajuda de apenas um assistente, um homem que não zarparia com o brigue.

Meu companheiro mostrou-me então que uma das extremidades da caixa podia ser removida à vontade. Correu-a de lado e mostrou-me o interior, com o qual muito me entretive. Um colchão de um dos leitos das cabines cobria todo o piso, e ela continha quase todo artigo de conforto que podia ser acumulado em espaço tão exíguo, concedendo-me, ao mesmo tempo, lugar suficiente para me acomodar, fosse em posição sentada ou deitado de comprido. Entre outras coisas, havia alguns livros, pena de escrever, tinta e papel, três cobertores, um jarro bojudo cheio d'água, uma lata de biscoitos de bordo, três ou quatro imensas linguiças de Bolonha, um presunto enorme, um pernil de carneiro assado e meia dúzia de cordiais e licores. De imediato tomei posse de meu pequeno aposento, e isso com sentimentos de mais vasta satisfação do que qualquer monarca jamais experimentou ao entrar em um novo palácio. Augustus indicou-me então o método de fixar a extremidade móvel da caixa e depois, segurando a vela próximo ao convés, mostrou-me um pedaço de corda escura fixada a ela. Essa corda, disse-me, estendia-se do meu esconderijo, serpenteando por entre todas as tralhas, até um prego fixado ao convés do porão, logo abaixo do alçapão que conduzia a seu camarote. Por meio dessa corda, eu seria prontamente capaz de encontrar a saída sem que ele me servisse de guia, caso algum acidente imprevisto tornasse necessária tal providência. Ele então se despediu de mim, deixando-me a lanterna, junto com um abundante suprimento de velas e fósforos, prometendo-me uma visita assim que lhe fosse possível fazê-lo sem chamar atenção. Isso foi em 17 de junho.

Permaneci três dias e três noites (ao menos assim presumia) sem sair de meu esconderijo, exceto duas vezes, para esticar os músculos, erguendo-me ereto entre dois caixotes bem diante da abertura. Durante todo esse período, não tive notícia de Augustus; mas isso pouco me inquietou, pois sabia que o brigue se faria ao mar a qualquer instante, e na afobação meu amigo não haveria de encontrar facilmente ocasião de descer para uma visita. Enfim, ouvi o alçapão abrir e fechar, e dali a pouco ele me chamou numa voz surda, perguntando se tudo estava bem e se havia algo de que eu precisasse. "Nada", retruquei, "mais confortável eu não podia estar; quando zarpa o brigue?". "Em menos de meia hora levanta âncora", respondeu-me. "Vim para avisá-lo, de medo que você estivesse aflito com minha ausência. Não vou ter chance de descer de novo por algum tempo — talvez por mais três ou quatro dias. Tudo está correndo bem lá em cima. Depois que eu subir e fechar o alçapão, deslize de mansinho pela corda até onde está fincado o prego. Lá vai achar meu relógio – que pode lhe ser útil, já que você não tem a luz do dia para estimar o tempo. Imagino que não possa dizer há quanto tempo está enterrado aqui – três dias apenas, hoje é dia 20. Eu bem que traria o relógio até a caixa, mas receio que deem pela minha falta." Dito isso, subiu.

Cerca de uma hora depois de ter partido, senti nitidamente o brigue em marcha e felicitei-me de ter enfim começado uma viagem. Satisfeito com essa ideia, resolvi pôr-me tão à vontade quanto possível e aguardar com tranquilidade o curso dos eventos até que me fosse permitido trocar a caixa pelas acomodações mais espaçosas, mas dificilmente mais confortáveis, da cabine. Cuidei antes de tudo de apanhar o relógio. Deixando a vela acesa, avancei tateante pelo escuro, seguindo a corda por inúmeras voltas, em algumas das quais eu descobria que, depois de ter percorrido a custo uma longa distância, fora trazido de volta a 1 ou 2 pés da posição anterior. Enfim, cheguei ao prego e, guardando o objeto de minha jornada, regressei com ele a salvo. Examinei então os livros de que eu fora tão solicitamente provido e escolhi a expedição de Lewis e Clark à foz do Columbia. Com ele diverti-me por algum tempo, quando, sentindo pesarem-me os olhos, apaguei a luz com grande cuidado e logo ferrei num sono profundo.

Acordando, senti o espírito estranhamente confuso, e decorreu algum tempo até que eu fosse capaz de trazer à memória as diversas circunstâncias de minha situação. Aos poucos, porém, lembrei-me de tudo. Riscando um fósforo, consultei o relógio; mas ele tinha parado, e não havia meio, portanto, de determinar quanto tempo eu dormira. Meus membros eram afligidos por cãibras, e fui forçado a aliviá-los pondo-me de pé entre os caixotes. Como dali a pouco eu sentisse um apetite quase devorador, pensei no pedaço de carneiro frio que comera antes de adormecer e que achara excelente. Mas qual não foi o meu assombro ao descobri-lo num estado de absoluta putrefação! Essa circunstância causou-me grande inquietude; pois, relacionando-a à desordem de espírito que sentira ao despertar, comecei a supor que devia ter dormido por um espaço de tempo fora do comum. A atmosfera cerrada do porão talvez tivesse algo a ver com isso e podia, afinal, ser causa dos mais graves sintomas. Minha cabeça latejava; parecia-me que inspirava cada gole de ar com dificuldade; em suma, sentia-me oprimido por uma porção de sensações melancólicas. Contudo, não ousava aventurar-me a abrir o alçapão ou coisa análoga que causasse qualquer distúrbio e, tendo dado corda ao relógio, fiz o possível para resignar-me.

Durante as intermináveis 24 horas seguintes, ninguém veio em meu socorro, e não pude deixar de acusar Augustus de torpe desatenção. O que me alarmava sobretudo era que a água em meu jarro estava reduzida a cerca de um quarto de litro, e eu sofria muito com a sede, tendo comido fartamente as linguiças de Bolonha após a perda do carneiro. Fiquei bastante inquieto e já não tirava prazer algum de meus livros. Estava dominado também por um desejo de dormir, porém tremia só de pensar em abandonar-me ao sono, com medo de que existisse no ar confinado do porão alguma influência perniciosa, como a do carvão ignescente. Enquanto isso, o jogo do brigue dizia-me que estávamos em pleno oceano, e um ruído surdo, um zunido que me chegava aos ouvidos como de uma distância imensa, convenceu-me de que o vento que soprava não era comum. Não podia imaginar nenhuma razão para a ausência de Augustus. Estávamos certamente bem avançados em nossa rota para permitir que eu subisse ao convés. Talvez tivesse ocorrido algum acidente – mas eu não podia imaginar nenhum que explicasse por que ele me forçava a permanecer tanto tempo prisioneiro, exceto, claro, que tivesse sofrido morte súbita ou caído ao mar, e alongar-me nessa ideia, o mínimo que fosse, estava acima de minhas capacidades. Era possível que tivéssemos sido frustrados por ventos de proa e que estivéssemos ainda nas proximidades de Nantucket. Essa ideia, contudo, fui forçado a abandoná-la; pois, fosse esse o caso, o brigue teria bordejado com frequência muito maior; e eu estava inteiramente convencido, pela sua contínua inclinação a bombordo, de que vínhamos velejando o tempo inteiro com um vento constante a estibordo. Além disso, supondo que ainda estivéssemos nas vizinhanças da ilha, por que Augustus não teria me visitado e informado das circunstâncias? Ponderando assim as dificuldades de minha situação solitária e deplorável, resolvi aguardar outras 24 horas, após as quais, se não lograsse socorro, me dirigiria ao alçapão e me esforçaria, fosse para obter uma entrevista com meu amigo, fosse ao menos para respirar um pouco de ar puro pela abertura e trazer do camarote nova provisão de água. Enquanto me ocupava com essa ideia, e apesar de todo o empenho em contrário, caí num sono profundo ou antes num estado de estupor. Da mais terrível natureza eram os meus sonhos. Toda espécie de calamidade e horror abatia-se sobre mim. Entre outras desgraças, era sufocado até a morte, sob enormes travesseiros, por demônios do mais sinistro e feroz aspecto. Serpentes imensas prendiam-me em seu abraço e encaravam-me com seus olhos assustadoramente luzidios. Depois, desertos sem fim, e dos mais desesperados e assombrosos, estendiam-se diante de mim. Gigantescos troncos de árvores, cinzentos e desfolhados, erguiam-se em sucessão infinda até onde a vista podia alcançar. Suas raízes perdiam-se em amplos pântanos, cujas águas sombrias, de um negro intenso, jaziam abaixo, terríveis em sua imobilidade. E as estranhas árvores pareciam dotadas de uma vitalidade humana, agitando de lá para cá seus braços de esqueleto, implorando às águas silenciosas por misericórdia, no acento esganiçado e lancinante da mais aguda agonia e desespero. A cena mudava; eu me achava de pé, nu e sozinho, nas escaldantes planícies de areia do Saara. A meus pés agachava-se um feroz leão dos trópicos. Súbito seus olhos desvairados abriam-se e pousavam em mim. De um salto convulsivo ele ficava de pé e punha à mostra seus dentes horríveis. No instante seguinte irrompia de sua garganta vermelha um rugido como o trovão do firmamento, e eu caía impetuosamente por terra. Sufocado num paroxismo de terror, senti-me enfim parcialmente desperto. E meu sonho não era de todo um sonho. Agora, ao menos, eu estava na posse de meus sentidos. As patas de algum monstro enorme e real pesavam sobre meu peito – seu hálito quente soprava-me à orelha – e suas presas brancas e sinistras reluziam sobre mim através da escuridão.

Dependessem mil vidas do movimento de um membro ou da pronúncia de uma sílaba, eu não teria podido nem me mover nem falar. A fera, fosse qual fosse, guardou a sua posição sem tentar nenhuma violência imediata, enquanto eu continuava deitado sob ela num estado de perfeito desamparo e, imaginava, próximo da morte. Senti que minhas faculdades físicas e mentais me abandonavam rapidamente – numa palavra, que eu sucumbia, e sucumbia de puro medo. Meu cérebro flutuava – fui tomado de uma náusea mortal –, minha visão falhava – mesmo os globos oculares que faiscavam acima de mim escureceram. Fazendo um último e enérgico esforço, sussurrei uma débil jaculatória a Deus e me resignei a morrer. O som da minha voz pareceu avivar toda a fúria latente do animal. Ele se precipitou de comprido sobre meu corpo; mas qual não foi meu espanto quando, com um longo e surdo gemido, ele começou a me lamber o rosto e as mãos com a maior avidez e a mais extravagante demonstração de afeto e júbilo! Eu fiquei pasmo, perdido de tão estupefato – mas era impossível esquecer o peculiar ganido de Tigre, meu terra-nova, e a maneira espalhafatosa de suas carícias que eu tanto conhecia. Era ele. Senti um súbito afluxo de sangue às têmporas — uma vertiginosa e esmagadora sensação de liberdade e reanimação. Levantei-me às pressas do colchão sobre o qual estivera deitado e, lançando-me ao pescoço de meu fiel companheiro e amigo, aliviei a longa opressão de meu peito numa torrente de lágrimas arrebatadas.

Como na ocasião anterior, meu intelecto encontrava-se num estado de grande confusão e desordem após ter deixado o colchão. Durante um bom tempo pareceu-me quase impossível ligar ideia com ideia; mas, pouco a pouco, minhas faculdades mentais voltaram, e de novo me vieram à memória os diversos incidentes de minha condição. Quanto à presença de Tigre, busquei em vão explicá-la; depois de ter me perdido em mil conjeturas diversas a seu respeito, fui forçado a contentar-me com festejar que ele estivesse comigo para partilhar minha lúgubre solidão e reconfortar-me com seus carinhos. A maioria das pessoas gosta de seus cães, mas por Tigre eu tinha uma afeição muito mais ardente que o comum; e nunca, sem dúvida, alguma criatura foi mais merecedora. Por sete anos ele fora meu inseparável companheiro e, numa profusão de casos, dera prova de todas as nobres qualidades pelas quais estimamos o animal. Eu o salvara, quando filhote, das garras de um pirralho malvado de Nantucket que o conduzia à água com uma corda amarrada ao pescoço; e o cão, já crescido, retribuíra o favor cerca de três anos depois, salvando-me do porrete de um ladrão de rua.

Pegando então o relógio, descobri, levando-o ao ouvido, que parara novamente; mas isso em nada me espantou, estando convencido, pelo peculiar estado de meus sentidos, de que dormira, como antes, por longo intervalo de tempo; quanto, isso era impossível dizer. Estava ardendo de febre, e minha sede era quase intolerável. Tateei ao redor da caixa em busca do pouco que me restava da provisão de água, pois luz eu não tinha, a vela tendo queimado até o bocal da lanterna, e a caixa de fósforos não se achava prontamente à mão. Ao encontrar o jarro, no entanto, descobri que estava vazio — Tigre, sem dúvida, não resistira à tentação de beber e tampouco de devorar o restante do carneiro, cujo osso se achava, bem roído, junto à abertura da caixa. Da carne estragada eu bem que abria mão, mas apertava-me o coração pensar na água. Estava fraco ao extremo, tanto que tremia da cabeça aos pés, como num acesso de febre, ao menor movimento ou esforço. Para cúmulo de meu embaraço, o brigue arfava e jogava com grande violência, e os barris de óleo assentados sobre minha caixa ameaçavam cair a todo instante, bloqueando assim a única via de entrada ou saída. Mareado, sofria também terrivelmente de enjoo. Tais considerações determinaram-me a procurar, a todo custo, o alçapão e obter socorro imediato, antes que fosse totalmente incapaz de fazê-lo. Tomada essa decisão, tateei outra vez em busca da caixa de fósforos e das velas. A primeira eu encontrei, não sem algum esforço; mas, não encontrando as velas tão rápido quanto esperava (pois recordava vagamente o lugar em que as colocara), desisti no momento da busca e, ordenando a Tigre que ficasse deitado, logo dei início à minha viagem rumo ao alçapão.

Nessa tentativa, minha grande fraqueza ficou mais patente que nunca. Foi com extrema dificuldade que consegui arrastar-me, e com muita frequência meus membros me faltavam de repente sob os pés; permanecia então, prostrado de cara, alguns minutos num estado que beirava a insensibilidade. Contudo, lutava e avançava devagar, receando a todo momento que desmaiasse no labirinto estreito e intrincado da carga, caso no qual eu nada mais teria a esperar senão a morte. Por fim, ao lançar-me adiante com toda a energia de que podia dispor, bati violentamente a testa contra a quina de uma caixa com bordas de ferro. O acidente só me aturdiu por alguns instantes; mas descobri, para meu inexprimível pesar, que o jogo ligeiro e violento do navio arremessara a caixa bem no meu caminho, de modo a bloquear de fato a passagem. Com meus esforços mais empenhados não consegui movê-la uma só polegada, estando ela firmemente calçada entre as caixas e equipamentos de bordo. Era necessário, portanto, enfraquecido como eu estava, abandonar o fio condutor e buscar uma nova passagem ou galgar o obstáculo e retomar a rota do outro lado. A primeira alternativa apresentava muitas dificuldades e perigos para ser cogitada sem um calafrio. Em meu estado, exausto de corpo e de espírito, infalivelmente me perderia se a tentasse e sucumbiria miseravelmente em meio ao desolador e repugnante labirinto do porão. Comecei, portanto, sem hesitação, a reunir tudo quanto me restava de força e coragem, e tratei, o melhor que podia, de transpor a caixa.

Pondo-me de pé, com esse fim em vista, percebi que a empresa era uma tarefa ainda mais árdua do que meus temores me haviam levado a imaginar. De cada lado da estreita passagem erguia-se um verdadeiro muro de vários objetos pesados; o menor deslize de minha parte poderia ser o bastante para fazê-los despencar sobre minha cabeça; se tal acidente não ocorresse, a volta estaria efetivamente bloqueada pela massa desmoronada, como agora por aquele obstáculo. A caixa era comprida e volumosa, e não oferecia nenhum apoio seguro para os pés. Em vão tentei, com todos os meios ao meu alcance, alcançar o topo com as mãos, na esperança de assim ser capaz de me alçar. Tivesse eu alcançado, é certo que minha força teria sido totalmente inadequada à tarefa de me erguer, e foi melhor mesmo não ter conseguido. Enfim, num desesperado esforço para mover a caixa do lugar, senti uma forte vibração no lado mais próximo de mim. Deslizei as mãos com sofreguidão pelos cantos das tábuas e percebi que uma delas, uma bem grande, estava solta. Com meu canivete, que felizmente mantinha comigo, consegui, depois de muito penar, destacá-la por inteiro; passando através da abertura, descobri, para grande júbilo meu, que não havia tábuas no lado oposto — em outras palavras, que faltava a parte de cima, tendo sido o fundo pelo qual eu abrira caminho. Segui então pelo fio sem maiores dificuldades, até enfim chegar ao prego. Com o coração palpitante, pus-me de pé e, com um ligeiro toque, pressionei o tampo do alçapão. Ele não se ergueu tão prontamente quanto eu esperava, e pressionei com um pouco mais de determinação, temendo ainda que alguém mais que não Augustus estivesse no camarote. A porta, contudo, para espanto meu, continuava firme, e fiquei algo inquieto, pois sabia que antes requeria pouco ou nenhum esforço para deslocá-la. Empurrei-a com vigor – ela não se mexeu; com toda a minha força – ela não cedia; com raiva, com fúria, com desespero – ela desafiava meus esforços extremados; era evidente, a julgar pela natureza inflexível da resistência, que o buraco fora descoberto e efetivamente fixado a pregos, ou então que algum peso imenso fora posto por cima, e seria inútil pensar em removê-lo.

Minhas sensações eram de extremo horror e consternação. Em vão procurei atinar a causa provável de estar assim sepultado. Não pude conciliar nenhuma cadeia lógica de raciocínio e, deixando-me cair ao chão, abandonei-me, sem resistência, às cogitações mais negras, nas quais me comprimiam, iminentes e atrozes, a morte pela sede, a morte pela fome, a asfixia e o sepultamento em vida. Por fim, recobrei algo de minha presença de espírito. Levantei-me e apalpei com os dedos as juntas e frinchas da abertura. Tendo-as encontrado, examinei-as minuciosamente para verificar se filtravam alguma luz do camarote; mas nada se via. Forcei então a lâmina de meu canivete por elas, até encontrar algum obstáculo duro. Raspando-o, descobri ser uma sólida massa de ferro, que, pela sensação peculiar de ondulação da lâmina correndo ao comprido, concluí ser uma corrente de âncora. A única opção que me restava agora era refazer o caminho até a caixa e lá resignar-me à minha triste sina ou tentar tranquilizar meu espírito de modo a poder articular algum plano de fuga. Foi o que empreendi de imediato, e tive sucesso, após inúmeras dificuldades, em efetuar meu retorno. Ao me deixar cair, absolutamente exausto, sobre o colchão, Tigre estendeu-se de comprido a meu lado e parecia desejoso, pelas suas carícias, de consolar-me de minhas penas e exortar-me a suportá-las com bravura.

A singularidade de seu comportamento acabou por atrair fortemente minha atenção. Depois de lamber meu rosto e minhas mãos por alguns minutos, ele parava de repente e soltava um gemido surdo. Ao estender a mão em sua direção, achava-o sempre deitado sobre as costas, com as patas erguidas. Essa atitude, repetida com tanta frequência, pareceu-me estranha, e não havia meio de explicá-la. Como o cão parecesse desconsolado, concluí que recebera algum ferimento; tomando-lhe as patas nas mãos, examinei-as uma por uma, mas não encontrei sinais de lesão. Supus então que estivesse com fome e lhe dei um belo pedaço de presunto, que ele devorou com avidez – depois, porém, recomeçou suas extravagantes manobras. Imaginei então que ele sofria, como eu, os tormentos da sede e estava prestes a adotar essa conclusão como verdadeira quando me ocorreu a ideia de que examinara até ali apenas suas patas e que ele bem podia estar ferido em alguma outra parte do corpo ou da cabeça. Esta última eu apalpei cuidadosamente, mas não encontrei nada. Ao lhe passar a mão pelo dorso, contudo, senti um ligeiro eriçamento do pelo em todo o comprimento. Sondando-o com o dedo, descobri um cordão e, seguindo-o, percebi que cingia todo o corpo. Ao examinar mais de perto, topei com uma pequena tira que parecia de papel de carta, fixada pelo cordão sob a espádua esquerda do animal.

3

Ocorreu-me instantaneamente a ideia de que o papel era um bilhete de Augustus e que, algum inexplicável acidente tendo-o impedido de me libertar de meu calabouço, ele divisara esse método para me pôr a par do verdadeiro estado das coisas. Tremendo de impaciência, pus-me de novo à cata de meus palitos de fósforo e velas. Tinha uma confusa lembrança de tê-los guardado com todo o cuidado pouco antes de ferrar no sono; de fato, antes de minha última viagem ao alçapão, eu fora perfeitamente capaz de lembrar o lugar exato onde os depositara. Mas agora era em vão que me esforçava por trazê-los à lembrança, e gastei uma hora inteira numa busca infrutífera e irritante desses artigos que me faltavam; nunca, estou seguro, houve mais mortificante estado de ansiedade e incerteza. Por fim, enquanto tenteava por todo canto, minha cabeça junto ao lastro, próxima à abertura da caixa, percebi um fraco vislumbre de luz na direção da cabine da equipagem. Imensamente surpreso, esforcei-me por me dirigir a ele, que me parecia estar a menos de 1 metro de distância. Mal me movera com essa intenção quando o perdi inteiramente de vista e, antes que pudesse trazê-lo de novo aos olhos, fui obrigado a tatear ao longo da caixa até que tivesse exatamente reencontrado minha posição original. Então, movendo a cabeça com cuidado de cá para lá, descobri que, avançando devagar, com grande cautela, num sentido oposto ao que adotara de início, conseguia me aproximar da luz sem perdê-la de vista. Dali a pouco dei diretamente com ela (tendo aberto caminho espremendo-me por inúmeros desvios estreitos) e descobri que provinha de alguns fragmentos de meus fósforos espalhados num barril virado de lado. Perguntava-me como teriam ido parar em tal ponto, quando minha mão caiu sobre dois ou três pedaços de cera que sem dúvida haviam sido mastigados pelo cão. Concluí de pronto que ele devorara toda a minha provisão de velas e perdi as esperanças de jamais poder ler o bilhete de Augustus. Os resquícios da cera estavam tão mesclados a outros detritos no barril que desesperei de tirar qualquer proveito deles e deixei-os onde estavam. Os fósforos, dos quais havia somente uma partícula ou outra, eu os recolhi o melhor que pude, e com eles regressei, após muita dificuldade, à minha caixa, onde Tigre permanecera durante todo esse tempo.

Eu não saberia dizer o que fazer em seguida. O porão era de um escuro tão intenso que eu não podia ver minha mão, por mais próxima que a trouxesse ao rosto. A tira branca de papel mal podia ser distinguida, e nem mesmo isso quando eu a olhava diretamente; voltando a ela a parte externa da retina, ou seja, estudando-a um pouco de esguelha, descobri que se tornava em certa medida perceptível. Pode-se imaginar assim o negrume de minha prisão, e o bilhete de meu amigo, se de fato fosse dele o bilhete, parecia servir apenas para me lançar em aflição maior, atormentando sem préstimo meu espírito já fraco e agitado. Em vão revolvi em meu cérebro uma multitude de expedientes absurdos para obter luz – expedientes tais como os que assaltariam, para um propósito análogo, um homem dormindo o sono perturbado do ópio –, cada um dos quais aparece em turnos ao sonhador como a mais razoável e a mais absurda das invenções, conforme insuflem, alternadamente, as chamas da razão ou da imaginação. Por fim, ocorreu-me uma ideia que me pareceu racional e que me levou a pensar, muito justamente, na razão para não tê-la cogitado antes. Coloquei a tira de papel no dorso de um livro e, recolhendo os fragmentos de palitos de fósforo que trouxera do barril, depositei-os juntos sobre o papel. Depois, com a palma da mão, friccionei o todo vivamente, mas com firmeza. Uma luz clara difundiu-se de imediato por toda a superfície; houvesse nela algo escrito, eu não teria experimentado a menor dificuldade, tenho certeza, de lê-lo. Não havia nem uma sílaba, porém – nada senão um triste e desolador espaço em branco; a iluminação esvaiu-se em poucos segundos, e meu coração esvaiu-se em mim junto com ela.

Já afirmei mais de uma vez que meu intelecto, por certo período anterior a esse, estivera num estado vizinho à imbecilidade. Havia, é certo, intervalos momentâneos de perfeita sanidade e, vez por outra, mesmo de energia; mas esses eram raros. Há que recordar que eu respirara, decerto por vários dias, a atmosfera quase pestilencial de um apertado buraco num navio baleeiro e, por boa parte desse tempo, não fruíra senão de escassa quantidade de água. Nas últimas catorze ou quinze horas, fora totalmente privado dela – assim como de sono. Provisões salgadas da mais exasperante natureza haviam sido meu principal e, após a perda do carneiro, meu único alimento, com exceção dos biscoitos de bordo; e estes últimos me eram totalmente inúteis, sendo muito secos e duros para que minha garganta os engolisse, inchada e ressequida como estava. Eu tinha agora uma febre alta e estava em todos os sentidos extremamente mal. Isso explicará o fato de muitas horas se terem escoado depois de minha última aventura com os fósforos, antes que me viesse a ideia de que examinara apenas um lado do papel. Não tentarei descrever meus sentimentos de raiva (pois creio que estivesse mais furioso do que tudo o mais) quando a flagrante distração que eu cometera lampejou-me de repente no espírito. O descuido em si mesmo não teria sido grave, não o tivessem minha própria loucura e arrebatamento tornado assim – em minha decepção de não encontrar algumas palavras na tira, eu a rasgara infantilmente em pedaços e a jogara fora, impossível dizer onde.

Da pior parte desse dilema eu fui aliviado pela sagacidade de Tigre. Tendo pegado, depois de longa busca, um pedacinho do bilhete, coloquei-o sob o nariz do animal e apliquei-me a fazê-lo entender que me trouxesse o resto. Para espanto meu (pois não lhe ensinara nenhum dos truques pelos quais sua raça é famosa), ele pareceu penetrar de imediato meu pensamento e, remexendo por alguns momentos, logo encontrou outra considerável porção. Trazendo-me isso, fez uma pequena pausa e, esfregando o nariz contra minha mão, parecia esperar minha aprovação pelo que fizera. Dei-lhe tapinhas na cabeça, e imediatamente ele partiu de novo para sua tarefa. Transcorreram alguns minutos antes que voltasse, mas, quando o fez, trouxe consigo uma grande tira que completava todo o papel perdido – que eu parecia ter rasgado em apenas três pedaços. Por sorte, não tive problema em encontrar os poucos fragmentos de fósforo restantes – guiado pelo indistinto fulgor que uma ou duas partículas ainda emitiam. Minhas dificuldades me haviam ensinado a necessidade de cautela, e reservei tempo para refletir sobre o que estava prestes a fazer. Era muito provável, considerei, que algumas palavras estivessem escritas naquele lado do papel que não fora examinado – mas que lado seria esse? O encaixe das peças não me forneceu pistas a esse respeito, embora me assegurasse que as palavras (se é que as houvesse) seriam encontradas todas no mesmo lado e ligadas de maneira adequada, tal como tinham sido escritas. Havia a mais absoluta necessidade de verificar o ponto em questão sem nenhuma sombra de dúvida, pois o fósforo remanescente seria de todo insuficiente para uma terceira tentativa, caso eu falhasse na que estava a ponto de ensaiar. Coloquei o papel sobre um livro como antes e sentei-me por alguns minutos, revolvendo pensativo a questão na minha cabeça. Ao fim, pensei que dificilmente era possível que o lado escrito tivesse alguma irregularidade na sua superfície que um delicado senso de tato fosse capaz de detectar. Resolvi fazer a experiência, e passei o dedo com muito cuidado sobre o lado que se apresentou primeiro. Nada, porém, era perceptível, e eu virei o papel, ajustando-o ao livro. Corri então de novo o indicador por cima, quando me dei conta de um fulgor extremamente discreto, mas discernível, que acompanhava meu dedo. Isso, eu sabia, provinha decerto de algumas minúsculas partículas do fósforo com que eu cobrira o papel em minha tentativa anterior. O outro lado, o verso, era então onde estava a escrita, se é que houvesse mesmo algo escrito. Tornei a virar o bilhete e pus mãos à obra como fizera antes. Tendo friccionado o fósforo, um brilho surgiu como antes — mas dessa vez algumas linhas manuscritas em letra grande e, ao que parecia, em tinta vermelha, tornaram-se distintamente visíveis. O fulgor, embora claro o suficiente, não foi senão momentâneo. Ainda assim, se eu não estivesse tão fortemente agitado, haveria tempo de sobra para que repassasse as três frases inteiras sob meus olhos — pois vi que eram três. Em minha ansiedade, porém, de ler tudo de uma vez, só consegui ler as sete palavras finais: "sangue — continue escondido, sua vida depende disso".

Tivesse eu sido capaz de verificar o conteúdo inteiro do bilhete, o sentido completo da advertência que meu amigo tentara transmitir-me, essa advertência, ainda que me revelasse uma história de desastre das mais indizíveis, não poderia, estou firmemente convencido, ter imbuído meu espírito de um décimo do angustiante e indefinível horror que me inspirou o aviso fragmentário assim recebido. E "sangue", ademais, essa palavra dentre todas as palavras — sempre tão rica em mistério, em sofrimento, em terror —, como parecia agora três vezes plena de significado, como suas sílabas vagas (destacadas, como estavam, de quaisquer palavras precedentes que as qualificassem ou distinguissem) pareciam pesadas e geladas em meio às trevas profundas de minha prisão, nos mais íntimos recessos de meu espírito!

Augustus tinha, sem dúvida, boas razões para desejar que eu permanecesse escondido, e formulei mil conjeturas a respeito — mas nada pude encontrar que oferecesse uma solução satisfatória ao mistério. Logo após ter regressado de minha última viagem ao alçapão, e antes que minha atenção tivesse sido desviada pela singular atitude de Tigre, eu tomara a decisão de me fazer ouvir a todo custo por aqueles a bordo, ou, se nisso não fosse bem-sucedido, de tentar abrir caminho pela ponte inferior. A quase certeza que sentia de ser capaz de levar a cabo, em caso extremo, um desses dois propósitos dera-me coragem (que do contrário eu não teria) para suportar as agruras de minha situação. As poucas palavras que eu fora capaz de ler, contudo, privaram-me desses recursos finais, e agora, pela primeira vez, eu sentia toda a miséria de minha sina. Num paroxismo de desespero, joguei-me outra vez sobre o colchão, onde, pelo período de mais ou menos um dia e uma noite, permaneci deitado numa espécie de estupor, atravessado apenas por intervalos passageiros de razão e memória.

Enfim, me levantei outra vez e me ocupei em refletir sobre os horrores que me circundavam. A custo seria possível que eu sobrevivesse sem água por outras 24 horas – por mais tempo seria impossível fazê-lo. Durante a primeira parte de meu confinamento, eu fizera livre uso dos licores com que Augustus me abastecera, mas eles serviram apenas para estimular a febre, sem aplacar minimamente minha sede. Restava-me agora cerca de uma dose apenas, e essa de uma espécie de forte licor de pêssego que me mareava o estômago. As linguiças foram inteiramente consumidas; do presunto nada restava a não ser um pedacinho da pele; e todos os biscoitos, exceto algumas migalhas, haviam sido comidos por Tigre. Para cúmulo de minhas angústias, descobri que minha dor de cabeça aumentava, e com ela a espécie de delírio que me atormentara, ora mais ora menos, desde que adormecera pela primeira vez. Já fazia algumas horas que eu não podia respirar senão com a máxima dificuldade, e agora cada tentativa de fazê-lo era seguida do mais alarmante movimento espasmódico do tórax. Mas havia ainda outra fonte de inquietação, de natureza totalmente diversa, uma inquietação, de fato, cujos terrores mortificantes foram a principal causa para arrancar-me do estupor em que me encontrava sobre o colchão. A inquietude provinha do comportamento do cachorro.

Primeiro observei uma alteração em sua conduta enquanto eu friccionava o fósforo no papel em minha última tentativa. Ele roçara o focinho contra minha mão com uma ligeira rosnadela; mas eu estava agitado demais nesse momento para prestar atenção à circunstância. Logo após, será lembrado, atirei-me ao colchão e caí numa espécie de letargia. Dali a pouco me dei conta de um singular sibilo próximo a meus ouvidos, e descobri que provinha de Tigre, que arquejava e resfolegava na maior excitação, seus globos oculares faiscando ferozes através da escuridão. Dirigi-lhe a palavra, ele me respondeu com um grunhido surdo e depois ficou quieto. Dali a pouco recaí em meu estupor, do qual fui acordado de novo de maneira análoga. Isso se repetiu três ou quatro vezes, até que por fim seu comportamento me inspirou um grau de medo tamanho que me pus totalmente desperto. Ele estava agora deitado junto à porta da caixa, rosnando furioso, embora numa espécie de cicio, e rilhando os dentes como se sofresse convulsões. Eu não tinha a menor dúvida de que a privação de água ou a atmosfera confinada do porão o havia posto louco e não fazia ideia de qual providência tomar. Não podia suportar a ideia de matá-lo, porém isso me parecia absolutamente necessário, para minha própria segurança. Distinguia perfeitamente seus olhos fixos em mim com uma expressão da mais mortal hostilidade e esperava a todo instante que fosse me atacar. Por fim, não pude mais aguentar essa terrível situação e resolvi sair de minha caixa a todo custo e lhe dar um fim, se a oposição de sua parte o tornasse necessário. Para sair, tinha de passar diretamente sobre seu corpo, e ele já parecia antecipar meu desígnio — erguendo-se nas patas da frente (como percebi pela posição alterada de seus olhos), exibia a fileira de suas presas brancas, que eram facilmente discerníveis. Apanhei os restos da pele do presunto e a garrafa que continha o licor e as cosi ao corpo, junto com uma grande faca de trinchar que Augustus me deixara — depois, envolvendo-me com meu casaco, tão justo quanto possível, fiz um movimento rumo à boca da caixa. Nem bem o fizera e o cão, com um grunhido sonoro, saltou-me à garganta. Todo o peso de seu corpo golpeou-me no ombro direito, e eu caí violentamente para a esquerda, enquanto o animal enraivecido passava todo sobre mim. Caí de joelhos, com a cabeça enterrada sob os cobertores, e esses me protegeram de um segundo assalto furioso, durante o qual senti os dentes afiados pressionando com vigor a lã que me envolvia o pescoço — felizmente, porém, sem ser capaz de penetrar todas as dobras. Agora eu estava debaixo do cão e em poucos instantes me acharia inteiramente à sua mercê. O desespero me deu forças, ergui-me com arrojo, sacudindo-o de mim pela energia do movimento e arrastando comigo os cobertores do colchão. Estes eu joguei então por cima dele e, antes que pudesse desembaraçar-se, eu atravessara a porta e a fechara em caso de perseguição. Nessa batalha, porém, eu me vira forçado a largar o pedaço de pele de presunto, e agora todo o meu estoque de provisões se achava reduzido a uma única dose de licor. Quando essa reflexão atravessou-me o espírito, senti-me arrebatado por um desses acessos de perversidade que se suporia influenciar uma criança mimada em semelhantes circunstâncias, e, erguendo a garrafa aos lábios, esvaziei-a até a última gota e espatifei-a furiosamente no chão.

Mal havia morrido o eco de vidro quebrado quando ouvi meu nome pronunciado numa voz ávida mas abafada, vinda do alojamento da equipagem. Tão inesperada foi a coisa, e tão intensa a emoção causada dentro de mim pelo som, que me esforcei em vão por responder. Minhas faculdades de fala me faltavam de todo, e num paroxismo de terror, com medo de que meu amigo me desse por morto e retornasse sem tentar alcançar-me, ergui-me entre os caixotes perto da abertura da caixa, tremendo convulsivamente, arfando e lutando para achar palavras. Dependessem mil mundos de uma sílaba, eu não teria podido proferi-la. Houve então um ligeiro movimento audível em meio à carga, em algum lugar à frente da minha posição. O som ficou menos distinto depois, e dali a pouco ainda menos. Poderei algum dia esquecer minhas sensações nesse momento? Ele estava indo embora — meu amigo, meu companheiro, de quem eu tinha o direito de esperar tanto —, ele estava indo embora, ele ia me abandonar, ele se fora! Ele me deixaria perecer miseravelmente, expirar na mais horrível e deplorável das masmorras, e uma palavra, uma pequena sílaba poderia me salvar — mas essa única sílaba eu não conseguia proferir! Senti, estou certo, mais de 10 mil vezes as agonias de minha própria morte. Meu cérebro andou à roda, e eu caí, mortalmente aflito, contra a extremidade da caixa.

Ao cair, a faca de trinchar soltou-se de meu cinto e foi ao chão com um ruído estridente. Jamais acorde nenhum da mais rica melodia encheu-me tão docemente os ouvidos! Com a mais extrema ansiedade apurei a audição para constatar o efeito do ruído sobre Augustus – pois sabia que a pessoa que chamara meu nome não podia ser outra senão ele próprio. Tudo ficou em silêncio por alguns instantes. Por fim, ouvi de novo a palavra *Arthur!* repetida em voz baixa, cheia de hesitação. A esperança rediviva desatou de imediato minhas faculdades de fala, e gritei a plenos pulmões: *"Augustus! Oh, Augustus!"*. "Psiu! Pelo amor de Deus, fique quieto!", respondeu ele numa voz fremente de agitação; "eu chego até você num instante – assim que conseguir abrir caminho pelo porão". Durante bom tempo escutei-o mover-se em meio à carga, e cada instante me parecia uma eternidade. Por fim, senti sua mão sobre meu ombro e ao mesmo tempo uma garrafa de água que ele me levava aos lábios. Só aqueles que foram subitamente resgatados das mandíbulas do túmulo ou que conheceram os tormentos insuportáveis da sede sob circunstâncias de tamanha gravidade como aquelas que me assediaram em minha lúgubre prisão podem fazer ideia dos inefáveis transportes que me propiciou aquele trago, aquele longo e único trago da mais rica de todas as delícias físicas.

Quando satisfiz em certa medida minha sede, Augustus tirou do bolso três ou quatro batatas cozidas, que devorei com a maior avidez. Ele trouxera luz numa lanterna furta-fogo, e os aprazíveis raios não me proporcionavam menos conforto que a comida e a bebida. Mas eu estava impaciente para saber a causa de sua prolongada ausência, e ele passou a contar o que se passara a bordo durante meu confinamento.

4

O brigue se fizera ao mar, como eu supunha, cerca de uma hora depois que Augustus me deixara o relógio. Isso foi em 20 de junho. Será lembrado que eu já estava no porão fazia três dias, e, durante esse período, tão constante foi o alvoroço a bordo e tamanho o corre-corre, em especial na cabine e nos camarotes, que ele não tivera chance de me visitar sem correr o risco de desvendar o segredo do alçapão. Quando enfim desceu, eu lhe assegurara que tudo andava tão bem quanto possível; com isso, durante os dois dias que se seguiram, ele pouco se inquietou a meu respeito — sempre, porém, espreitando uma oportunidade de descer. Foi *somente no quarto dia* que a encontrou. Várias vezes, durante esse intervalo, ele tomara a decisão de confessar a seu pai a aventura e de pronto me fazer subir; mas ainda estávamos nas proximidades de Nantucket, e era de temer, a julgar por algumas expressões que haviam escapado ao capitão Barnard, que ele desse imediatamente meia-volta se me soubesse a bordo. Além disso, pesando melhor as coisas, Augustus, assim me disse, não podia imaginar que eu passasse alguma necessidade urgente ou que hesitaria, fosse esse o caso, em me fazer ouvir pelo alçapão. Assim, tudo bem considerado, concluiu por me deixar esperando até que encontrasse oportunidade de me visitar despercebido. Isso, como eu disse antes, não ocorreu senão no quarto dia depois de me trazer o relógio – o sétimo desde que me instalara no porão. Ele desceu então sem trazer consigo água ou provisões, tendo primeiramente em vista apenas atrair minha atenção e me fazer ir da caixa ao alçapão – quando então eu subiria ao camarote e ele de lá me entregaria aquilo de que necessitasse. Ao descer com esse propósito, percebeu que eu estava dormindo, pois parece que eu roncava bem alto. Pelos cálculos que posso fazer sobre o assunto, essa deve ter sido a modorra em que caí logo após meu retorno do alçapão com o relógio, sono que, consequentemente, deve ter durado no mínimo *mais de três noites e três dias inteiros*. Há pouco, tive razão para me certificar, tanto pela minha própria experiência quanto pelo testemunho de outros, dos fortes efeitos soporíferos do odor que emana do óleo de peixe velho quando hermeticamente fechado; quando penso na condição do porão no qual eu estava encarcerado e no longo período durante o qual o brigue fora usado como baleeiro, fico mais inclinado a espantar-me de haver afinal despertado, uma vez tendo pegado no sono, do que de ter dormido ininterruptamente por esse período.

Augustus chamou-me primeiro em voz baixa e sem fechar o alçapão – mas eu não lhe dei resposta. Então ele fechou o alçapão, falou-me num tom mais elevado e por fim num diapasão bem alto – eu, porém, continuava a roncar. Ele agora não sabia o que fazer. Levaria algum tempo para abrir caminho por entre a carga até minha caixa, e nesse meio-tempo sua ausência seria notada pelo capitão Barnard, que tinha necessidade de seus serviços a cada minuto, para arranjar e copiar papéis relativos aos negócios da viagem. Resolveu, assim, após devida reflexão, subir e aguardar outra oportunidade de me visitar. Esteve tanto mais propenso a essa resolução uma vez que meu sono parecia da mais tranquila natureza, e não seria capaz de supor que eu experimentara algum inconveniente em meu confinamento. Acabara justamente de decidir-se a esse respeito quando sua atenção foi atraída por um alvoroço incomum, cujo som parecia provir da cabine. Saltou pelo alçapão tão depressa quanto pôde, fechou-o e abriu a porta de seu camarote. Mal pusera o pé na soleira quando uma pistola lampejou-lhe o rosto, e ele foi derrubado, no mesmo instante, com um golpe da barra do cabrestante.

Uma mão vigorosa o mantinha sobre o piso da cabine, cerrando firme sua garganta; ainda assim pôde ver o que se passava a seu redor. Seu pai, mãos e pés atados, estendia-se ao longo dos degraus da escada do tombadilho, a cabeça para baixo, com um ferimento profundo na testa, do qual escorria o sangue num fluxo contínuo. Não dizia palavra e parecia moribundo. Sobre ele se debruçava o imediato, espiando-o com uma expressão de escárnio diabólico, vasculhando-lhe os bolsos com acinte, de onde tirou dali a pouco uma grande carteira e um cronômetro. Sete homens da equipagem (entre eles o cozinheiro, um negro) reviravam os camarotes a bombordo à cata de armas e logo se proveram de mosquetes e munição. Além de Augustus e do capitão Barnard, havia ao todo nove homens na cabine, e estes entre os mais desordeiros da equipagem do brigue. Os vilões subiram então ao convés, levando meu amigo com eles, após lhe terem atado as mãos atrás das costas. Seguiram direto para o castelo de proa, que se achava trancado por dentro – dois dos amotinados aí perfilados com machados, dois também junto à escotilha principal. O imediato exclamou aos brados: "Vocês aí embaixo, estão me ouvindo? Tratem de subir, um por um, entenderam bem? E não quero ninguém resmungando!". Levou alguns minutos até que alguém aparecesse; enfim, um inglês que embarcara como aprendiz subiu chorando lamentavelmente e suplicando ao imediato, da maneira mais humilde, que lhe poupasse a vida. A única resposta foi um golpe de machado na testa. O pobre rapaz rolou sobre o convés sem um gemido, e o cozinheiro negro alçou-o nos braços como se fosse uma criança e lançou-o com vontade ao mar. Ouvindo o golpe e o mergulho do corpo, os homens de baixo não se deixavam induzir a se aventurar ao convés nem com ameaças nem com promessas, até que se fez a proposta de asfixiá-los com fumaça. Foi uma comoção geral, e por um momento pareceu possível que o brigue fosse retomado. Os amotinados, porém, lograram enfim fechar solidamente o castelo de proa antes que mais de seis de seus adversários pudessem subir. Esses seis, encontrando-se em número tão desigual e sem armas, submeteram-se após breve luta. O imediato lhes falou manso – sem dúvida com vistas a induzir os de baixo a entregar-se, pois eram capazes de ouvir sem

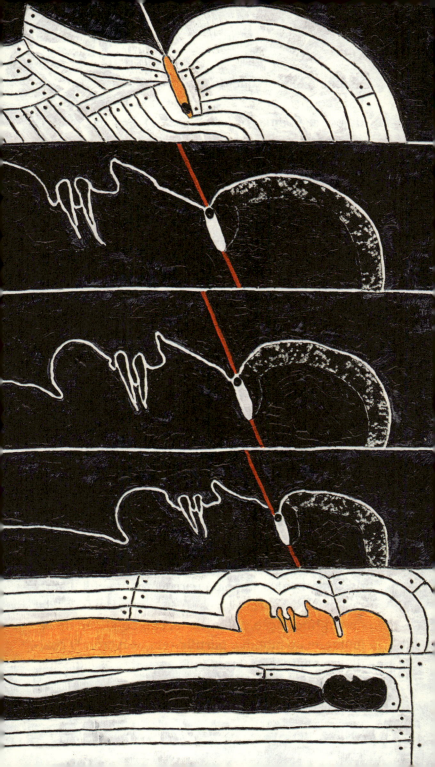

dificuldade tudo quanto era dito no convés. O resultado confirmou sua sagacidade, não menos que sua diabólica vilania. Todos no castelo de proa manifestaram dali a pouco sua intenção de sujeitar-se e, subindo um por um, foram manietados e então jogados de bruços com os seis primeiros — eram ao todo 27 os que, da equipagem, não se envolveram no motim.

Seguiu-se uma cena da mais horrível carnificina. Os marujos amarrados foram arrastados ao portaló. Ali o cozinheiro postava-se com um machado, golpeando cada vítima na cabeça enquanto os outros amotinados a lançavam pela borda do navio. Vinte e dois morreram dessa maneira, e Augustus dera-se como perdido, esperando a cada instante que fosse chegar a sua vez. Mas parecia que os vilões estavam agora cansados ou em certa medida repugnados com sua lida sangrenta; pois os quatro últimos prisioneiros, que junto com meu amigo haviam sido jogados no convés com o resto, foram pelo momento poupados, enquanto o imediato enviava seus homens abaixo em busca de rum, e toda a corja assassina entregou-se à bebedeira solta, que durou até o pôr do sol. Puseram-se então a discutir quanto ao destino dos sobreviventes, deitados a não mais de quatro passos de distância e capazes de distinguir cada palavra que diziam. Sobre alguns dos amotinados a bebida parecia ter um efeito amenizador, pois várias vozes se ergueram em favor da ampla libertação dos cativos, sob condição de se juntarem ao motim e partilharem os lucros. O cozinheiro negro, entretanto (que em todos os aspectos era um perfeito demônio e que parecia exercer tanta influência quanto o próprio imediato, se não mais), não queria ouvir nenhuma proposta do tipo e levantava-se várias vezes com o propósito de retomar sua labuta no portaló. Felizmente, ele estava a tal ponto dominado pela embriaguez que era contido sem dificuldade pelos menos sanguinários do bando, entre os quais havia um mestre cordoeiro que atendia pelo nome de Dirk Peters. Esse homem era filho de uma índia da tribo dos upsarokas, que vivem entre as fortalezas naturais das Montanhas Negras, perto da nascente do Missouri. Seu pai, se não me engano, era um mercador de peles, ou pelo menos relacionado de algum modo com entrepostos indígenas no rio Lewis. O próprio Peters era um dos homens de aspecto mais feroz que já vi. Era de estatura baixa, não mais que 1,5 metro de altura, mas seus membros eram vazados em molde hercúleo. Suas mãos, sobretudo, eram tão monstruosamente espessas e largas que mal se atinham ao formato humano. Seus braços, e assim as pernas, *arqueavam-se* da maneira mais singular e não pareciam possuir o mínimo que fosse de flexibilidade. Sua cabeça também era deformada, sendo de tamanho imenso, com uma bossa no cocuruto (como na maioria dos negros), e inteiramente calva. Para disfarçar esse último defeito, que não resultava da idade avançada, ele costumava usar uma peruca feita de qualquer material de natureza capilar que lhe caísse nas mãos – por vezes a pele de um cocker spaniel ou de um urso-cinzento americano. Na época de que falo, usava uma dessas peles de urso, que não deixava de acrescentar algo à natural ferocidade de sua fisionomia, que puxava as feições dos upsarokas. A boca rasgava-se quase de orelha a orelha; os lábios eram finos e pareciam, como outras partes de sua compleição, destituídos de maleabilidade natural, de modo que a expressão dominante jamais variava sob a influência da emoção, fosse ela qual fosse. Essa expressão habitual pode ser figurada quando se considera que os dentes eram excessivamente longos, protuberantes e jamais recobertos, ainda que em parte, pelos lábios. Passando a vista de relance por esse homem, podia-se imaginá-lo convulsionado pelo riso; mas um exame mais detido induziria a reconhecer com um calafrio que, se tal expressão era indício de regozijo, o regozijo era o de um demônio. A respeito desse ser singular corriam muitas anedotas entre os marinheiros de Nantucket. Essas anedotas tendiam a provar sua força prodigiosa quando em estado de excitação, e algumas delas levantavam dúvida sobre sua sanidade. Mas a bordo do *Grampus*, parece, ele era considerado, no momento do motim, mais como objeto de escárnio que qualquer outra coisa. Se me alonguei um pouco ao discorrer sobre Dirk Peters foi porque, feroz como ele parecia ser, se revelou o principal instrumento da salvação de Augustus, e porque terei frequente ocasião de mencioná-lo no curso de minha narrativa – uma narrativa que, permitam-me aqui dizer, incluirá em sua parte final incidentes de natureza tão inteiramente fora do registro da experiência humana, e por esse motivo tão além dos limites da credulidade humana, que prossigo na profunda desesperança de obter crédito por tudo o que contarei, mas na plena certeza de que o tempo e o progresso da ciência hão de verificar algumas de minhas asserções mais relevantes e mais improváveis.

Após muita indecisão e duas ou três escaramuças violentas, foi determinado afinal que todos os prisioneiros (com exceção de Augustus, que Peters insistia, de maneira cômica, em guardar como seu secretário) seriam abandonados à deriva num dos menores escaleres. O imediato desceu à cabine para ver se o capitão Barnard ainda estava vivo — pois, como será lembrado, ele fora deixado ali quando os amotinados subiram. Dali a pouco os dois apareceram, o capitão pálido como a morte, mas algo recuperado dos efeitos de seu ferimento. Falou aos homens numa voz apenas inteligível, implorou-lhes que não o abandonassem à deriva, mas que voltassem a suas tarefas, prometendo desembarcá-los onde quer que escolhessem e não tomar nenhuma medida para levá-los à justiça. Era como se tivesse filado aos ventos. Dois dos rufiões agarraram-no pelos braços e arrojaram-no por sobre a borda na embarcação, que fora baixada enquanto o imediato descia à cabine. Os quatro homens deitados no convés foram então desamarrados e forçados a segui-lo, o que fizeram sem esboçar nenhuma resistência — continuando Augustus ainda em sua dolorosa posição, embora lutasse e rogasse apenas pela pobre satisfação de dar adeus a seu pai. Um punhado de biscoitos de bordo e um jarro d'água foram passados aos infelizes; mas nada de mastro, de vela, de remo nem de bússola. O barco foi rebocado a ré por alguns minutos, durante os quais os amotinados reuniram-se outra vez em conselho — e foi então finalmente posto à deriva. A essa altura se fizera noite — não havia lua nem estrelas à vista — e um mar brusco e ruim se formava, embora não houvesse vento muito forte. O barco sumiu no mesmo instante de vista, e pouca esperança se podia nutrir pelos desafortunados que levava. Esse evento ocorreu, contudo, a 35° 20' de latitude norte e 61° 20' de longitude oeste, isto é, a uma distância não muito grande das Bermudas. Augustus aplicou-se, portanto, a se consolar com a ideia de que o barco talvez conseguisse tocar terra ou chegar perto o suficiente para cruzar com barcos ao largo da costa.

Foram então içadas todas as velas, e o brigue seguiu seu curso original rumo a sudoeste — estando os amotinados inclinados a alguma expedição de pirataria na qual, pelo que se podia entender, um navio seria interceptado em sua rota das ilhas de Cabo Verde a Porto Rico. Não se deu atenção a Augustus, que foi desamarrado e a quem se permitiu perambular livremente na parte dianteira do convés, até a escada do tombadilho. Dirk Peters tratava-o com certa benevolência, e numa ocasião salvou-o da brutalidade do cozinheiro. Sua situação era ainda das mais precárias, já que os homens estavam sempre bêbados, e não havia como confiar que continuariam a manter aquele bom humor ou indiferença em relação a ele. Sua angústia a meu respeito, no entanto, ele apontou-a como o resultado mais aflitivo de sua condição; de fato, jamais tive razão para duvidar da sinceridade de sua amizade. Mais de uma vez ele resolvera participar aos amotinados o segredo de minha presença a bordo, mas conteve-se, em parte pela memória das atrocidades que presenciara, em parte pela esperança de que logo seria capaz de me trazer socorro. Para tanto, estava constantemente à espreita; mas, a despeito do mais constante alerta, três dias transcorreram desde que o barco foi posto à deriva antes que uma boa oportunidade se apresentasse. Por fim, na noite do terceiro dia, sobreveio uma forte borrasca do leste, e todos os braços foram convocados para recolher velas. Durante a confusão que se seguiu, ele pôde baixar despercebido e ingressar no camarote. Qual não foi seu horror e aflição ao descobrir que o último fora transformado em depósito para uma variedade de provisões e materiais de bordo e que várias braças de cabos velhos, antes armazenados debaixo da escada do tombadilho, de lá haviam sido arrastados para abrir espaço a um baú, e se achavam agora justamente sobre o alçapão! Removê-lo sem ser descoberto era impossível, e ele retornou ao convés o mais depressa que pôde. Ao subir, o contramestre o agarrou pela garganta e, perguntando-lhe o que estivera fazendo na cabine, estava prestes a lançá-lo por sobre a amurada de bombordo quando sua vida foi de novo preservada pela intervenção de Dirk Peters. Augustus foi então preso com algemas (das quais havia muitos pares a bordo), e seus pés, estreitamente atados. Foi depois conduzido à cabine da equipagem e jogado num dos beliches inferiores próximo às anteparas do castelo de proa, com a garantia de que só tornaria a pôr os pés no convés "quando o brigue não fosse mais um brigue". Tal foi a expressão do cozinheiro, que o atirou ao beliche – qual o sentido preciso dessa frase, isso era difícil dizer. O incidente, porém, revelou-se afinal a causa de meu consolo, como veremos a seguir.

5

Alguns minutos depois que o cozinheiro deixou o castelo de proa, Augustus entregou-se ao desespero, imaginando que jamais sairia com vida do beliche. Tomou aí a resolução de informar ao primeiro que encontrasse a minha situação, pensando ser melhor deixar-me tentar a sorte com os amotinados do que morrer de sede no porão — pois fazia dez dias desde que eu fora encarcerado, e meu jarro d'água não era suprimento bastante nem para quatro. Pensando a respeito, súbito lhe veio a ideia de que talvez fosse possível comunicar-se comigo através do porão principal. Em outras circunstâncias, a dificuldade e os riscos da empresa o teriam impedido de tentar; mas agora ele tinha, em todo caso, pouca perspectiva de vida e, portanto, pouco a perder; aplicou todo o seu espírito, pois, nessa tarefa.

Suas algemas eram a primeira questão a resolver. A princípio não viu meio de removê-las e temeu ser assim frustrado logo de início; mas, após exame mais atento, descobriu que podia fazer deslizar as mãos pelos ferros, tirá-las e repô-las a seu bel--prazer, com muito pouco esforço ou inconveniência, apenas comprimindo-as — sendo essa espécie de algema totalmente ineficaz para manter cativas pessoas jovens, em quem os ossos menores logo cedem à pressão. Desamarrou então os pés e, deixando a corda de tal modo que a pudesse reajustar com facilidade no caso de alguém descer, passou a examinar a antepara que confinava com o beliche. O tabique era de macia tábua de pinho, de 1 polegada de espessura, e viu que não teria muito trabalho em perfurá-la para abrir caminho. Uma voz se fez então ouvir na escada do tombadilho do castelo de proa, e foi justo o tempo de pôr a mão direita na algema (a esquerda não fora removida) e apertar a corda em um nó de correr em volta do tornozelo, quando então apareceu Dirk Peters, seguido de Tigre, que saltou imediatamente no beliche e deitou-se. O cão fora trazido a bordo por Augustus, que sabia de meu apego ao animal e pensava que me daria prazer tê-lo comigo durante a viagem. Ele fora buscá-lo em casa logo depois de ter-me levado ao porão, mas não pensara em mencionar essa circunstância quando trouxe o relógio. Desde o motim, Augustus o via pela primeira vez fazendo sua aparição com Dirk Peters, e o dera por morto, supondo que fora atirado borda afora por alguns dos vilões perversos do bando do imediato. Descobriu-se mais tarde que ele se enfiara num buraco sob o escaler, do qual, não tendo espaço para se virar, não foi capaz de desvencilhar-se. Peters afinal o libertou e, com uma espécie de bom sentimento que meu amigo soube apreciar, trazia-o agora ao castelo de proa como companhia, deixando ao mesmo tempo algum charque e batatas, com um pote de água; depois subiu ao convés, prometendo descer com algo mais para comer no dia seguinte.

Quando partiu, Augustus livrou as duas mãos das algemas e desprendeu os pés. Dobrou então a cabeça do colchão sobre o qual estava deitado e, com seu canivete (pois os rufiões nem se haviam dignado a revistá-lo), começou a cortar vigorosamente uma das tábuas do tabique, o mais junto possível ao piso do beliche. Escolheu cortar ali porque, se subitamente interrompido, seria capaz de ocultar o que estivera fazendo apenas deixando cair a cabeça do colchão em sua posição normal. Durante o restante do dia, porém, não o perturbaram, e à noite já havia dividido completamente a tábua. Cabe observar que nenhum homem da tripulação ocupava o castelo de proa como dormitório e que viviam todos juntos na cabine desde o motim, bebendo os vinhos e banqueteando-se com as provisões do capitão Barnard, sem dar à navegação do brigue mais atenção do que a estritamente necessária. Essas circunstâncias foram nossa sorte, minha e de Augustus; pois, fossem as coisas diferentes, teria sido impossível que ele chegasse até mim. Sendo eles como eram, seguiu com confiança em seu projeto. Já rompia a barra do dia, contudo, antes que ele tivesse completado a segunda divisão da tábua (cerca de 30 centímetros acima do primeiro talhe), criando assim uma abertura ampla o suficiente para lhe permitir passagem fácil à ponte principal. Tendo lá chegado, abriu caminho sem muitas dificuldades até a grande escotilha inferior, ainda que nessa operação tivesse de grimpar as fileiras de barris de óleo empilhadas quase até a coberta superior, mal havendo espaço suficiente para seu corpo. Ao alcançar a escotilha, percebeu que Tigre o seguira, espremendo-se entre os dois renques dos barris. Agora era muito tarde, contudo, para tentar chegar até mim antes do amanhecer, consistindo a grande dificuldade em passar por entre a carga atulhada do porão inferior. Resolveu, portanto, retroceder e aguardar até a noite seguinte. Nesse propósito, começou a destravar a escotilha, de modo a ter o menor contratempo possível quando estivesse de volta. Nem bem a destravara e Tigre saltou ávido para o espaço entreaberto, farejou um instante e soltou então um longo ganido, ao mesmo tempo que raspava com as patas, como se ansioso para remover o tampo. Não havia dúvida, pela sua conduta, de que estava ciente de minha presença no porão, e Augustus achou possível que o animal fosse capaz de chegar até mim se o deixasse descer. Deu então com o expediente de me enviar um bilhete, já que era antes de tudo desejável que eu não arriscasse nenhuma tentativa de libertar-me à força, pelo menos nas atuais circunstâncias, e não havia certeza de que ele próprio pudesse ter comigo no dia seguinte, como era sua intenção. Os acontecimentos que se seguiram revelaram como foi feliz a ideia que lhe ocorreu; pois, não fosse por eu ter recebido o bilhete, indubitavelmente teria urdido algum plano, embora desesperado, para dar alarme à equipagem, e tanto a minha vida quanto a dele teriam sido com muita probabilidade sacrificadas em consequência.

Tendo resolvido escrever, a dificuldade era agora arranjar os meios de fazê-lo. Um velho palito logo foi convertido em pluma; isso após ele ter tentado por toda parte, pois as entrecobertas eram escuras como breu. Papel suficiente foi obtido com o verso de uma carta – uma cópia da carta forjada do sr. Ross. Esse fora o rascunho original; mas, não estando a caligrafia convenientemente imitada, Augustus escrevera outra, enfiando a primeira, por sorte, no bolso de seu casaco, onde bem a propósito acabava de ser descoberta. Faltava-lhe então apenas a tinta, e o sucedâneo foi imediatamente encontrado por meio de uma ligeira incisão feita com o canivete na ponta de um dedo, logo acima da unha – resultando num copioso fluxo de sangue, como é comum nas feridas nessa região. Assim foi escrito o bilhete, o melhor que podia sê-lo no escuro e em tais circunstâncias. Nele se explicava brevemente que houvera um motim; que o capitão Barnard fora abandonado à deriva; e que eu poderia contar com socorro imediato no que tocava a provisões, mas não me devia atrever a dar sinal de vida. Concluía com estas palavras: "Rabisquei isto com sangue – continue escondido, sua vida depende disso".

Uma vez amarrada a tira de papel ao cão, este foi solto pela escotilha, e Augustus voltou como pôde ao castelo de proa, onde não encontrou motivo para acreditar que alguém da tripulação lá tivesse estado durante sua ausência. Para esconder o buraco no tabique, fincou sua faca logo acima e pendurou uma jaqueta que encontrara no beliche. Repôs então as algemas e também a corda ao redor dos tornozelos.

Mal tomara tais providências quando Dirk Peters desceu, bêbado como ele só, mas de muito bom humor, e trazendo consigo a ração diária de meu amigo.

Esta consistia em uma dúzia de graúdas batatas irlandesas grelhadas e um cântaro de água. Ele sentou-se por algum tempo num baú ao lado do beliche, e se pôs a falar abertamente sobre o imediato e todos os assuntos de bordo. Suas maneiras eram extremamente caprichosas, grotescas mesmo. A certa altura Augustus ficou muito alarmado por sua conduta extravagante. Por fim, contudo, ele subiu ao convés, balbuciando uma promessa de trazer no dia seguinte um bom jantar a seu prisioneiro. Durante o dia, dois homens da equipagem (eram arpoadores) desceram acompanhados pelo cozinheiro, os três quase no último estágio de embriaguez. Tal como Peters, não tiveram escrúpulos em falar sem reservas de seus planos. Parecia que estavam muito divididos entre si quanto ao destino final da viagem, divergindo em todos os pontos, salvo no ataque ao navio das ilhas de Cabo Verde, com o qual esperavam topar a qualquer momento. Pelo que se podia avaliar, o motim não fora motivado unicamente pelo amor à pilhagem: uma rusga entre o imediato e o capitão Barnard fora o principal incentivo. Agora parecia haver duas facções definidas entre a equipagem – uma encabeçada pelo imediato, a outra, pelo cozinheiro. O primeiro partido era a favor de capturar o primeiro bom navio que se apresentasse e equipá-lo em alguma ilha das Antilhas para um cruzeiro de pirataria. A segunda facção, porém, que era a mais forte e incluía Dirk Peters entre seus partidários, inclinava-se a seguir o curso originalmente traçado para o brigue rumo ao Pacífico Sul e, lá, ou ir pescar baleia, ou agir de outra forma, conforme ditassem as circunstâncias. Os relatos de Peters, que visitara frequentemente essas paragens, pareciam ter grande peso entre os amotinados, hesitantes como estavam entre ideias mal concebidas de lucro e prazer. Ele insistia num mundo de novidade e recreio a ser descoberto em meio às inúmeras ilhas do Pacífico, na perfeita segurança e absoluta liberdade a ser desfrutada, e, mais particularmente, nas delícias do clima, nos abundantes recursos da vida e na voluptuosa beleza das mulheres. Até ali, nada fora decidido com certeza; mas as pinturas do mestre cordoeiro mestiço fincavam raízes na ardente imaginação dos marujos, e era grande a probabilidade de que as suas intenções fossem enfim postas em prática.

Os três homens se foram ao cabo de aproximadamente uma hora, e ninguém mais entrou no castelo de proa durante todo o dia. Augustus ficou quieto em seu canto até quase noite. Então se livrou de corda e ferros, e preparou-se para nova tentativa. Encontrou uma garrafa num dos beliches, encheu-a de água do jarro deixado por Peters e depois forrou os bolsos com batatas frias. Para grande alegria sua, topou também com uma lanterna e, dentro dela, com um toco de vela de sebo. Essa ele podia acender a qualquer momento, já que tinha em sua posse uma caixa de fósforos. Quando tudo ficou escuro, ele deslizou pelo buraco na antepara, tomando a precaução de arrumar as roupas de cama no beliche de modo a simular a ideia de uma pessoa coberta. Tendo passado, pendurou a jaqueta em sua faca, como antes, para

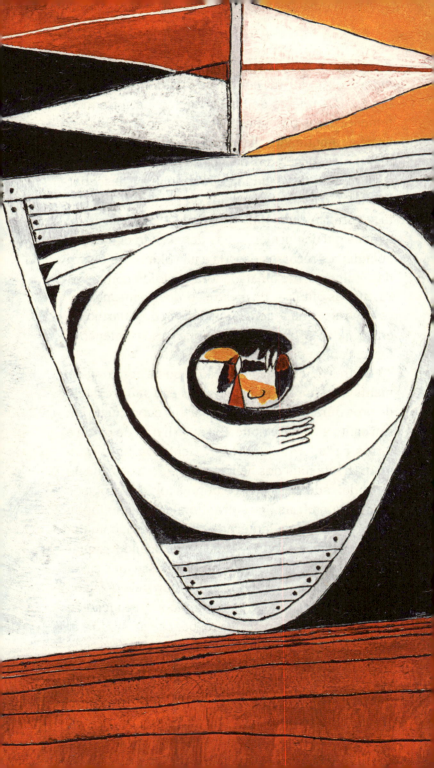

esconder a abertura — manobra que ele executou facilmente, reajustando a peça de tábua só depois. Encontrava-se agora na coberta principal e seguiu o seu caminho, como antes, entre o convés superior e os barris de óleo até a escotilha principal. Lá chegando, acendeu o toco de vela e desceu, tateando com extrema dificuldade por entre a carga compacta do porão. Ao cabo de alguns instantes, ficou alarmado com a atmosfera abafada e seu insuportável fedor. Não julgava possível que eu tivesse sobrevivido a tão longo confinamento respirando um ar tão opressivo. Chamou-me pelo nome várias vezes, mas eu não dei resposta, e suas apreensões pareceram-lhe assim confirmadas. O brigue jogava violentamente, e havia em consequência um ruído tal que era inútil prestar ouvido a sons tão fracos como os de minha respiração ou ronco. Ele abriu a lanterna e a manteve o mais alto que podia, contando que, ao observar a luz, eu talvez me desse conta, se ainda vivo, de que o socorro estava próximo. Porém nada se ouvia da minha parte, e a suspeita de minha morte começou a assumir o caráter de certeza. Ele decidiu, contudo, forçar passagem, se possível até a caixa, para ao menos verificar sem sombra de dúvida a verdade de suas conjeturas. Avançou durante algum tempo num deplorável estado de ansiedade, até que por fim descobriu que o caminho estava completamente bloqueado e que não havia possibilidade de seguir um passo adiante pelo rumo que tomara. Vencido pelas emoções, atirou-se em desespero em meio à carga e chorou feito criança. Foi nesse instante que ouviu o estrondo ocasionado pela garrafa que eu estilhaçara. Foi sorte, de fato, que o incidente tenha ocorrido — pois desse incidente, por trivial que pareça, dependia o fio de meu destino. Passaram-se muitos anos, porém, antes que eu ganhasse ciência desse fato. Uma vergonha natural e um remorso por sua fraqueza e indecisão impediram Augustus de me confessar prontamente o que uma intimidade mais profunda e sem reservas lhe permitiu mais tarde revelar. Vendo seu avanço pelo porão impedido por obstáculos que seria incapaz de vencer, ele resolvera abandonar sua tentativa de chegar a mim e regressar sem demora ao castelo de proa. Antes de condená-lo inteiramente nesse particular, as inquietantes circunstâncias que o envolviam devem ser tomadas em consideração. A noite já ia avançada, e sua ausência do castelo de proa poderia ser descoberta, o que de fato necessariamente aconteceria, se não conseguisse voltar ao beliche até o romper do dia. Sua vela já expirava no bocal, e haveria a maior das dificuldades em refazer no escuro seu caminho até a escotilha. Também será admitido que ele tinha todas as razões possíveis para me julgar morto; proveito nenhum poderia resultar para mim de sua ida até a caixa, e um mundo de perigos seria enfrentado por ele sem nenhum propósito. Chamara-me repetidas vezes, e eu não lhe dera resposta. Fazia então onze dias e onze noites que eu estava sem outra água senão aquela contida no jarro que ele deixara comigo — um suprimento que eu provavelmente não teria poupado no início de meu confinamento, já que tinha todo motivo de esperar uma rápida libertação. Vindo do ar comparativamente puro do castelo de proa, a atmosfera do porão lhe devia parecer também de uma natureza absolutamente envenenada e de longe mais intolerável do que me parecera ao me alojar na caixa pela primeira vez – as escotilhas a essa altura haviam estado o tempo todo abertas por vários meses. Some-se a tais considerações aquela cena de terror, aquele banho de sangue de que tão recentemente fora testemunha o meu amigo; seu confinamento, suas privações, a vida sempre por um fio, além daquele acordo tão frágil quanto equívoco pelo qual ainda existia – circunstâncias todas elas tão bem calculadas para prostrar qualquer energia moral –, e o leitor será levado com facilidade, como eu fui, a julgar o seu aparente lapso de amizade e fé com sentimentos antes de tristeza que de rancor.

O estrondo da garrafa foi ouvido nitidamente, porém Augustus não tinha certeza de que viesse do porão. A dúvida, contudo, foi estímulo suficiente para perseverar. Trepou quase até a coberta inferior, equilibrando-se na carga, e então, atento a uma pausa nas arfagens do navio, chamou-me com toda a força de sua voz, sem se importar de ser ouvido pela tripulação. Será lembrado que nesse momento a voz chegou a mim, mas eu estava dominado por tão violenta agitação que fui incapaz de responder. Convencido então de que seus piores receios eram bem fundados, ele desceu, com vistas a tornar ao castelo de proa sem perda de tempo. Em sua pressa, derrubou alguns caixotes, ruído que, como será recordado, chegou-me aos ouvidos. Ele fizera considerável progresso em seu caminho de volta quando a queda da faca de novo fez que hesitasse. Repisou os passos imediatamente e, trepando na carga uma segunda vez, gritou meu nome, tão alto como antes, tendo aguardado uma calmaria. Dessa feita encontrei voz para responder. Extasiado de me descobrir ainda vivo, ele resolveu fazer face a toda dificuldade e perigo para me alcançar. Deslindando-se o mais depressa possível do labirinto imenso em que estava encerrado, deu enfim com uma abertura mais promissora e, finalmente, após uma série de esforços, chegou à caixa num estado de completa exaustão.

6

Tudo o que Augustus me comunicou enquanto permanecemos ao lado da caixa foram as principais circunstâncias deste relato. Não foi senão mais tarde que entrou em todos os detalhes. Ele estava apreensivo que dessem por sua falta, e eu ardia de impaciência para deixar meu execrado cárcere. Resolvemos nos dirigir de imediato ao buraco na antepara, perto do qual eu permaneceria agora, enquanto ele saía em reconhecimento. Deixar Tigre dentro da caixa era um pensamento que nenhum de nós podia suportar; entretanto, a questão era como agir de outro modo. Ele parecia agora perfeitamente quieto, e não podíamos nem sequer distinguir o ruído de sua respiração aplicando o ouvido bem junto à caixa. Convenci-me de que estava morto e resolvi abrir a porta. Encontramo-lo deitado de comprido, aparentemente num profundo torpor, mas ainda vivo. Não havia tempo a perder, e no entanto eu não me resignava a abandonar, sem fazer algum esforço para salvá-lo, um animal que duas vezes fora instrumento de minha salvação. Assim foi que o arrastamos conosco o melhor que podíamos, embora com imensa dificuldade e fadiga; Augustus, durante parte do trajeto, sendo obrigado a trepar nos obstáculos à nossa frente com o enorme cão nos braços — um feito para o qual a fraqueza de minha constituição me tornava totalmente inadequado. Por fim, logramos alcançar o buraco, através do qual Augustus passou, e Tigre foi puxado em seguida. Tudo parecia estar seguro, e não deixamos de render graças sinceras a Deus por nos ter libertado do perigo iminente de que escapáramos. Por enquanto, foi acordado que eu permaneceria junto à abertura, através da qual o meu companheiro poderia prontamente me fazer passar parte de sua provisão diária, e onde eu teria as vantagens de respirar uma atmosfera pura, se comparada à anterior.

Para esclarecimento de algumas partes desta narrativa, nas quais tanto falei da carga do brigue e que podem parecer ambíguas aos leitores que já tiverem visto uma carga bem-acondicionada ou em ordem, devo afirmar aqui que o modo como essa tarefa, das mais importantes, fora executada a bordo do *Grampus* era um desonroso exemplo de negligência da parte do capitão Barnard, que estava longe de ser um marinheiro tão cuidadoso ou experimentado como a natureza arriscada do serviço do qual estava incumbido parecia necessariamente exigir. Uma carga que preste não pode ser acomodada com descuido, e muitos dos acidentes mais desastrosos, mesmo nos limites de minha própria experiência, derivaram da negligência ou ignorância desse detalhe. Naus de cabotagem, na frequente bulha e afobação que seguem o carregamento ou descarregamento de uma estiva, são as mais sujeitas ao revés pela falta de atenção adequada à carga. A grande questão está em não permitir à carga ou ao lastro nenhuma possibilidade de se mover, mesmo nos mais violentos balanços do navio. Para esse fim, grande atenção deve ser prestada não só à carga propriamente dita, mas à natureza da carga, à lotação completa ou parcial. Na maioria dos fretes, a carga é acondicionada usando-se uma prensa. Assim, num carregamento de tabaco ou farinha, o todo é comprimido de forma tão estreita no porão do navio que os barris ou tonéis, ao serem descarregados, encontram-se completamente achatados e levam algum tempo até retomarem sua forma original. Faz-se recurso a esse método sobretudo com vistas a obter mais espaço no porão; pois, numa carga *completa* de mercadorias como farinha ou tabaco, não há perigo algum de que as peças se movam, pelo menos não de modo a resultar em grave inconveniente. Casos houve, aliás, em que esse método resultou nas mais lamentáveis consequências, provenientes de uma causa de todo diversa do perigo que ronda uma carga em deslocamento. Um carregamento de algodão, por exemplo, compactamente prensado em dadas condições, pode, pela expansão de seu volume, ocasionar fissuras no casco de um navio. Tampouco há dúvida de que o mesmo resultado se seguiria no caso do tabaco, à medida que sofresse sua habitual fermentação, não fosse pelos interstícios decorrentes da rotundidade dos tonéis.

É quando se embarca uma carga parcial que há particularmente que temer o perigo de movimentação e que cumpre tomar todas as precauções para acautelar-se de tal infortúnio. Somente aqueles que defrontaram uma violenta rajada de vento, ou antes, que experimentaram o balanço de um navio em uma calmaria súbita após a borrasca, podem fazer uma ideia da força tremenda das arremetidas e do consequente ímpeto terrível dado a todos os objetos soltos no navio. É então que a necessidade de um acondicionamento cuidadoso de uma carga parcial torna-se patente. Quando à capa (em especial com pouca vela de proa), um navio que não tenha a vante adequadamente construída é com frequência jogado de uma boca extrema a outra, podendo isso ocorrer em intervalos de quinze a vinte minutos, em média, sem que resulte, todavia, nenhuma consequência séria, *contanto que haja um acondicionamento adequado*. Se a isso, entretanto, não tiver sido votada particular atenção, à primeira dessas brutais guinadas toda a carga tomba para o lado do navio que se acha rente à água, e, incapaz de recobrar seu equilíbrio, como do contrário necessariamente o faria, na certa ele fará água em poucos segundos e afundará. Não é exagero dizer que pelo menos a metade dos casos em que navios naufragaram em tempestades no mar pode ser atribuída a um movimento na carga ou no lastro.

Quando uma carga parcial, de que tipo for, é levada a bordo, o todo, após ser primeiro armazenado do modo mais compacto possível, deve ser coberto com uma camada de robustas tábuas móveis, estendidas em toda a largura do navio. Sobre tais tábuas cabe erguer fortes pés de carneiro provisórios, elevando-se até o madeirame acima, firmando assim cada coisa em seu lugar. Em carregamentos de grãos ou produtos análogos, maiores precauções são indispensáveis. Um porão inteiramente cheio de grãos ao desatracar não estará com mais de três quartos de sua capacidade ao chegar a seu destino – e isso embora o frete, medido alqueire por alqueire pelo consignatário, ultrapasse consideravelmente (em razão do intumescimento do grão) a quantidade consignada. Esse resultado decorre do *assentamento* durante a viagem e é tanto mais visível quanto mais severo tiver sido o tempo enfrentado. Se o grão é despejado com folga num navio, bem firmado que esteja por tábuas móveis e pés de carneiro, estará sujeito a deslocar-se em uma longa travessia a ponto de ocasionar as mais tristes calamidades. Para preveni-las, há que empregar, antes de levantar âncora, todos os meios à disposição para *assentar* a carga; para tanto, há vários expedientes, entre os quais pode ser mencionado o uso de cravar cunhas nos grãos. Feito tudo isso, e fixadas com incomum esmero as tábuas móveis, ainda assim nenhum marinheiro que entenda do ofício se sentirá de todo seguro numa tempestade de certa violência com um carregamento de grãos a bordo, e menos ainda com uma carga parcial. Há, porém, centenas de nossos navios de cabotagem e, é provável, muitos mais dos portos da Europa que navegam diariamente com cargas parciais, mesmo da mais perigosa espécie, e sem nenhuma precaução que seja. O milagre é que os acidentes não sejam mais frequentes do que já são. Um lamentável exemplo dessa imprudência, pelo que sei, foi o caso do capitão Joel Rice, da escuna *Firefly*, que fazia a rota de Richmond, Virgínia, à Madeira, com um carregamento de cereais, no ano de 1825. O capitão fizera várias viagens sem acidente sério, embora tivesse por hábito não dar nenhuma atenção à sua carga, a não ser pelo fato de acomodá-la do modo costumeiro. Nunca antes navegara com um carregamento de grãos, e nessa oportunidade o trigo fora entornado a bordo com folga, não preenchendo mais que a metade do navio. Na primeira parte da viagem, ele não encontrou mais que ventos brandos; mas, a um dia da Madeira, veio-lhe uma forte tempestade de nor-nordeste que o forçou a se pôr à capa. Trouxe a escuna ao vento sob uma única mezena, com dois rizes, portando-se a embarcação tão bem como se podia desejar, e nem sequer uma gota d'água lhe subiu a bordo. Caindo a noite, a tempestade amainou um pouco, e a escuna seguiu navegando com menos firmeza que antes, mas ainda se mantinha bem, até que uma violenta guinada arremessou-a sobre o lado de boreste. Ouviu-se então o trigo deslocar-se em massa, sendo tamanha a força do movimento que fez saltar a escotilha principal. O navio afundou como um chumbo de pesca. Isso aconteceu ao alcance da voz de uma pequena chalupa da Madeira, que resgatou um dos homens da tripulação (a única pessoa salva) e que aguentava o temporal em perfeita segurança, como aliás o faria qualquer escaler bem pilotado.

A carga a bordo do *Grampus* fora acomodada com total inépcia, se pudermos chamar de carga o que pouco mais era que uma barafunda caótica de barris[1] de óleo e material de bordo. Já falei da dispo-

---

[1] Em geral, os baleeiros são providos de tanques de ferro para o óleo – por que o *Grampus* não os possuía, nunca fui capaz de apurar. [TODAS AS NOTAS SÃO DO AUTOR.]

sição dos objetos no porão. Na coberta inferior, havia espaço suficiente para meu corpo (como já afirmei) entre os barris de óleo e a ponte superior; um espaço foi deixado vago ao redor da grande escotilha; e vários outros espaços consideráveis foram mantidos por entre a carga. Junto ao buraco aberto por Augustus na antepara havia espaço suficiente para um barril inteiro, e nesse recesso eu me encontrava no momento confortavelmente instalado.

Na altura em que meu amigo reganhou a salvo seu beliche e reajustou as algemas e a corda, o dia já rompera por completo. Escapáramos mesmo por um triz; pois, mal ele arrumara as coisas, o imediato desceu com Dirk Peters e o cozinheiro. Falaram por algum tempo sobre o navio de Cabo Verde e pareciam extremamente impacientes para o terem sob a vista. Por fim, o cozinheiro dirigiu-se ao beliche em que Augustus estava deitado e sentou-se junto à cabeceira. Eu podia ver e ouvir tudo de meu esconderijo, pois a tábua recortada não fora reposta no lugar, e eu receava a cada instante que o negro tombasse contra a jaqueta pendurada para encobrir a abertura, caso no qual tudo seria descoberto, e nossas vidas, sem dúvida, instantaneamente sacrificadas. Mas nossa boa estrela prevaleceu; e, embora ele toda hora a tocasse aos balanços do navio, nunca se apoiou nela o suficiente para dar com a coisa. A base da jaqueta fora cuidadosamente fixada à antepara, de modo que o buraco não fosse visto quando ela oscilava para o lado. Todo esse tempo Tigre permaneceu deitado ao pé do beliche e parecia ter recobrado algo de suas faculdades, pois eu podia vê-lo de tempos em tempos abrir os olhos e respirar bem fundo.

Após alguns minutos, o imediato e o cozinheiro subiram, deixando Dirk Peters para trás, o qual, tão logo eles partiram, veio e sentou-se no lugar ainda havia pouco ocupado pelo imediato. Começou a conversar com Augustus de modo bastante amigável, e podíamos ver que sua aparente embriaguez diante dos dois outros era em grande parte fingimento. Respondeu a todas as perguntas de meu amigo com perfeita desenvoltura; contou-lhe que não tinha dúvida de que seu pai fora resgatado, porquanto havia não menos que cinco velas à vista no pôr do sol no dia em que ele fora largado à deriva; e usou de uma linguagem que se empenhava em ser consoladora, o que me causou não menos surpresa que prazer. A bem dizer, comecei a nutrir esperanças de que Peters nos pudesse servir de instrumento para enfim recuperar a posse do brigue, e essa ideia eu mencionei a Augustus assim que encontrei oportunidade. Ele julgava a coisa possível, mas insistiu na necessidade de nos atermos à maior cautela nessa tentativa, já que a conduta do mestiço parecia instigada apenas pelo mais arbitrário capricho; aliás, era difícil dizer se ele tinha em algum momento o espírito são. Peters subiu ao convés dali a cerca de uma hora, e não tornou a voltar senão ao meio-dia, quando trouxe a Augustus uma bela porção de charque e chouriço. Quando fomos deixados sozinhos, comi minha parte com efusão, sem me dar ao trabalho de passar pelo buraco. Ninguém mais desceu ao castelo de proa durante o dia, e de noite me enfiei no beliche de Augustus, onde dormi a sono solto até quase o romper do dia, quando ele me acordou ao ouvir um movimento na ponte, e eu reganhei o esconderijo o mais rápido possível. Quando o dia já despontara em pleno, descobrimos que Tigre recuperara quase inteiramente suas forças e não dava sinais de hidrofobia, bebendo com aparente sofreguidão um pouco de água que lhe foi oferecida. Durante o dia, recobrou todo o seu antigo vigor e apetite. Sua conduta estranha fora ensejada, sem dúvida, pela qualidade deletéria do ar do porão e não tinha nenhuma ligação com a raiva canina. Eu não acabava de me felicitar por tê-lo trazido da caixa. Corria o dia 30 de junho – o 13º desde que o *Grampus* zarpara de Nantucket.

Em 2 de julho o imediato desceu, bêbado como de hábito e de muito bom humor. Achegou-se ao beliche de Augustus e, dando-lhe um tapa nas costas, perguntou-lhe se se portaria direito caso o soltasse e se prometeria não voltar à cabine. A isso, é claro, meu amigo respondeu com uma afirmativa, e o rufião o pôs em liberdade, depois de tê-lo feito beber de um frasco de rum que tirou do bolso do casaco. Ambos subiram então ao convés, e não vi Augustus por cerca de três horas. Ele desceu então com a boa-nova de que obtivera permissão para circular por onde quisesse no brigue, contanto que não passasse do mastro principal, e que o mandaram dormir, como de costume, no castelo de proa. Trouxe-me também um belo jantar e uma senhora provisão de água. O brigue ainda cruzava em busca do navio de Cabo Verde e agora se achava à vista uma vela que julgavam ser aquela em questão. Como os eventos dos oito dias seguintes foram de pouca importância e não tiveram relação direta com os principais incidentes de minha narrativa, lanço-os aqui em forma de diário, por não querer omiti-los de todo.

3 de julho – Augustus forneceu-me três cobertores, com os quais arrumei uma confortável cama em meu esconderijo. Ninguém desceu durante o dia, exceto meu companheiro. Tigre se instalou no beliche bem junto à abertura e dormiu pesado, como se ainda não estivesse inteiramente recuperado das sequelas de sua doença. Ao cair da tarde, uma rajada de vento surpreendeu o brigue antes que se pudesse recolher vela e por pouco não o emborcou. A rajada, entretanto, abrandou de imediato, e outra avaria não houve além do velacho que se rasgou ao meio. Dirk Peters tratou Augustus o dia todo com grande bondade e entabulou com ele uma longa conversa a respeito do oceano Pacífico e das ilhas que visitara nessa região. Perguntou-lhe se não gostaria de realizar, com os amotinados, uma espécie de viagem de exploração e recreio naqueles quadrantes e disse que os homens pouco a pouco se inclinavam às ideias do imediato. A isso Augustus achou melhor responder que muito lhe agradaria embarcar em tal aventura, já que nada melhor se podia fazer e que tudo era preferível a uma vida corsária.

4 de julho – O navio à vista resultou ser um pequeno brigue de Liverpool, e deixamos que seguisse seu curso sem molestá-lo. Augustus passava a maior parte do tempo no convés, com vistas a obter toda informação possível a respeito das intenções dos amotinados. Tinham entre si disputas frequentes e violentas, e numa delas um arpoador, Jim Bonner, foi arremessado borda afora. O partido do imediato ganhava terreno. Jim Bonner integrava o bando do cozinheiro, do qual Peters era partidário.

5 de julho – Lá pela alvorada nos chegou de rijo um vento do oeste, que ao meio-dia se avivou em tempestade, de sorte que todo o velame do brigue foi reduzido a capeirão e traquete. Ao recolher o velacho, Simms, um dos auxiliares de bordo e integrante do bando do cozinheiro, caiu borda afora, estando já bastante embriagado, e afogou-se – sem que se fizesse nenhuma tentativa de salvá-lo. O número total das pessoas a bordo era agora treze, a saber: Dirk Peters; Seymour, o cozinheiro negro; —— Jones; —— Greely; Hartman Rogers e William Allen, do partido do cozinheiro; o próprio imediato, cujo nome nunca vim a saber; Absalom Hicks; —— Wilson; John Hunt e Richard Parker, do outro partido; mais Augustus e eu.

6 de julho – A tempestade durou o dia todo, soprando em brutais saraivadas, seguidas de chuva. O brigue fez boa quantidade de água pelas costuras, e uma das bombas foi mantida em funcionamento contínuo, sendo Augustus forçado a bombear com os outros. Bem no crepúsculo, um grande navio passou perto de nós, sem que fosse percebido senão quando ao alcance da voz. O navio, supôs-se, era aquele de que os amotinados estavam à espreita. O imediato saudou-o, mas a resposta perdeu-se no bramido da tempestade. Às onze, embarcamos um vagalhão a meia-nau, o qual arrancou boa parte da amurada de bombordo e acarretou algumas outras avarias leves. Por volta do amanhecer o tempo serenou, e ao raiar do sol já quase não ventava.

7 de julho — O mar esteve encapelado durante o dia todo, e o brigue, sendo leve, jogou tremendamente; muitos objetos no porão soltaram-se, como pude ouvir distintamente de meu esconderijo. Sofri um bocado de enjoo. Peters teve nesse dia uma longa conversa com Augustus e lhe disse que dois de seu grupo, Greely e Allen, tinham-se bandeado para o imediato, determinados a virar piratas. Fez várias perguntas a Augustus, que não as compreendeu por completo. Durante parte da tarde, o navio começou a fazer muito mais água; pouco podia ser feito para remediá-lo, pois sua causa era a fadiga do brigue, e a água se insinuava pelas costuras. Uma vela foi guarnecida com fios de mialhar e estendida sob a proa, de modo que começamos a conter a água aberta.

8 de julho — Ao nascer do sol, uma brisa elevou-se do leste, e o imediato rumou o brigue para sudoeste, na intenção de avistar algumas das Antilhas e pôr em prática seus projetos de pirataria. Nenhuma oposição foi feita por Peters nem pelo cozinheiro — ao menos nenhuma do conhecimento de Augustus. A ideia de tomar o navio de Cabo Verde foi totalmente abandonada. A água aberta foi contida sem dificuldade com uma única bomba acionada a cada três quartos de hora. A vela foi retirada da proa. Contato com duas pequenas escunas durante o dia.

9 de julho – Tempo bom. Todos os braços empregados em reparar a amurada. Peters teve outra vez uma longa conversa com Augustus, e explicou-se mais claramente do que fizera até então. Disse que nada o induziria a associar-se às ideias do imediato e insinuou mesmo sua intenção de lhe arrancar o brigue das mãos. Perguntou a meu amigo se poderia contar com a sua ajuda em tal hipótese, ao que Augustus respondeu que sim, sem hesitação. Peters disse então que assuntaria os demais de seu partido a respeito e foi-se embora. Durante o restante do dia, Augustus não teve oportunidade de lhe falar em particular.

7

10 de julho – Contato com um brigue do Rio, em demanda de Norfolk. Tempo brumoso, com um ligeiro vento incômodo do leste. Hoje Hartman Rogers morreu, tendo sido acometido de espasmos no dia 8, após ter bebido um copo de grogue. Esse homem era do partido do cozinheiro e um daqueles em quem Peters depositava inteira confiança. Ele disse a Augustus que acreditava que o imediato o tivesse envenenado e que supunha, se não ficasse de sobreaviso, que sua vez não tardaria a chegar. De seu partido havia agora apenas ele, Jones e o cozinheiro – do outro lado eram cinco. Ele falara com Jones sobre arrebatar o comando ao imediato; tendo o projeto sido acolhido com reticências, abstivera-se de insistir na questão, ou sequer de tocar no assunto com o cozinheiro. Fez bem em ser tão prudente, pois, de tarde, o cozinheiro expressou sua resolução de tomar o partido do imediato e bandeou-se formalmente; Jones aproveitou o ensejo para indispor-se com Peters e insinuou que faria saber ao imediato o plano que fora aventado. Claro que não havia tempo a perder, e Peters exprimiu sua resolução de tentar apoderar-se do barco a todo custo, contanto que Augustus lhe prestasse auxílio. Meu amigo de pronto lhe assegurou sua predisposição a ingressar em qualquer plano com esse propósito e, julgando favorável a ocasião, revelou minha presença a bordo. O mestiço não ficou mais atônito que encantado, pois não tinha um pingo de confiança em Jones, a quem já considerava integrante do partido do imediato. Eles desceram imediatamente; Augustus chamou-me pelo nome, e Peters e eu logo fomos apresentados. Foi combinado que tentaríamos retomar o navio na primeira oportunidade, deixando Jones totalmente fora de nossos conselhos. Em caso de sucesso, faríamos o brigue entrar no primeiro porto que se oferecesse e o entregaríamos às autoridades. A deserção dos seus frustrara os projetos da expedição de Peters ao Pacífico — uma aventura que não podia ser levada a efeito sem uma tripulação, e agora ele se fiava em ser absolvido num julgamento, alegando insanidade (que ele jurou solenemente tê-lo instigado a prestar ajuda ao motim) ou em obter um indulto, se declarado culpado, por intermédio de nossa intercessão. Nossas deliberações foram interrompidas pelo grito de "Ferrar velas!", e Peters e Augustus correram ao convés.

Como de hábito, a equipagem estava quase toda bêbada; antes que as velas fossem ferradas convenientemente, uma violenta rajada deitou o brigue sobre um dos bordos. Arribando-o, porém, ele se aprumou, tendo embarcado boa quantidade de água. Nem bem se afastara o perigo quando outra rajada assaltou o navio, e imediatamente depois mais outra — sem causar avarias. Tudo levava a crer numa tempestade iminente, que, de fato, dali a pouco se abateu, com grande fúria, do norte e do oeste. Amarrou-se tudo o melhor que se pôde, e nos pusemos à capa, como de praxe, sob um traquete de rizes cerrados. A noite se avizinhava, o vento ganhou violência, com um mar notavelmente grosso. Peters regressou então ao castelo de proa com Augustus, e nós retomamos as deliberações.

Concordamos que nenhuma oportunidade poderia ser mais propícia do que a presente para levar a efeito nosso plano, visto que ninguém esperaria uma tentativa dessa espécie em tal momento. Com o brigue à capa, de velame reduzido, não haveria necessidade de manobrar até a volta do tempo bom, e, se tivéssemos sucesso em nossa tentativa, poderíamos libertar um ou talvez dois dos homens para nos ajudar a conduzir o brigue a um porto. A principal dificuldade era a grande desproporção de nossas forças. Havia somente três de nós, e no camarote eles eram nove. Depois, todas as armas a bordo estavam em seu poder, com exceção de um par de pistoletes que Peters escondera consigo e da grande faca de marinheiro que sempre trazia presa ao cinturão das calças. A partir de certos indícios – como não se achar nenhum machado e nenhuma alavanca nos lugares de costume –, começamos a temer que o imediato tivesse suas suspeitas, ao menos no tocante a Peters, e que não deixaria escapar a oportunidade de se livrar dele. Era evidente que, resolvêssemos fazer o que quer que fosse, não havia tempo a perder. No entanto, as forças eram muito desiguais para não procedermos com a maior cautela.

Peters se ofereceu a subir ao convés e entabular uma conversa com o vigia (Allen), até aproveitar uma boa oportunidade de atirá-lo ao mar sem pena e sem barulho; depois, Augustus e eu deveríamos subir e tentar nos apossar de algum tipo de arma no convés; enfim, juntos nos precipitaríamos e tomaríamos de assalto a escada do tombadilho, antes que se pudesse oferecer qualquer resistência. Objetei a isso, pois não acreditava que o imediato (um sujeito ladino em tudo que não tocasse seus preconceitos supersticiosos) fosse homem de se deixar apanhar tão fácil. O próprio fato de haver um vigia no convés bastava para provar que ele estava alerta – pois não era uso, exceto em navios nos quais a disciplina é rigidamente observada, plantar um vigia no convés quando um navio está à capa num temporal. Como escrevo sobretudo para pessoas que nunca estiveram no mar, talvez faça bem em explicar a exata condição de um navio sob tais circunstâncias. Ir à capa é uma medida a que se recorre por várias razões e que se efetua de diversas maneiras. Em tempo calmo, é com frequência posta em prática simplesmente com vistas a fazer parar o navio, para aguardar outro navio ou objeto semelhante. Se o navio que vai à capa está sob velas plenas, a manobra em geral é realizada pondo-se em rotação parte do velame, de modo que receba o vento em contrário, quando então o navio estaciona. Mas estamos falando aqui de um navio à capa numa tempestade. Isso se faz com vento de frente, forte demais para se portar vela sem perigo de naufrágio, e por vezes mesmo com vento moderado, estando o mar encrespado demais para que o navio lhe possa fazer frente. Se um navio navega de vento em popa num mar muito grosso, muita avaria costuma ser causada pelas ondas embarcadas na ré e às vezes pelos violentos mergulhos de proa. Em tal caso, é raro recorrer a essa manobra, a menos que haja necessidade. Quando o navio faz água, muitas vezes é posto de vento em popa, mesmo nos mares mais grossos; isso porque, se estivesse à capa, suas costuras seguramente se distenderiam muito pela violenta fadiga, e esse não é o caso quando se navega de vento em popa. Muitas vezes, também, faz-se necessário tomar o vento pela popa para fazer avançar o navio, seja quando o vendaval é de fúria tal que rasgaria em pedaços a vela empregada para ter o vento de frente, seja quando, em resultado de uma construção defeituosa do cavername, ou por outras causas, a manobra preferível não pode ser efetuada.

Navios numa tempestade vão à capa de diversas maneiras, segundo sua construção peculiar. Alguns vão melhor à capa sob um traquete, e esta, creio eu, é a vela mais comumente empregada. Grandes navios de massame quadrangular têm velas para esse expresso fim, chamadas velas de estai. Vez por outra, a bujarrona é empregada sozinha – por vezes a bujarrona e o traquete, ou um traquete com riz duplo, e não raro as velas de popa. Acontece com frequência de os velachos responderem ao propósito melhor que qualquer outra espécie de vela. O *Grampus* ia em geral à capa sob um traquete de rizes tensos.

Para ir à capa, leva-se a proa do navio para bem junto ao vento, de modo a enfunar a vela caçada – ou seja, quando ela atravessa diagonalmente o navio.

Feito isso, a popa já aponta a poucos graus da direção de onde sopra o vento, e o bordo a barlavento recebe, é claro, o choque das ondas. Nessa situação, um bom navio resistirá a uma tempestade muito forte sem embarcar uma gota d'água e sem mais socorro da parte da tripulação. O timão é em geral amarrado, mas isso é de todo desnecessário (salvo pelo barulho que faz quando solto), pois o leme não tem efeito sobre um navio à capa. Aliás, bem melhor é deixar solto o timão que atá-lo muito firme, pois o leme corre o risco de ser feito em pedaços pelo mar grosso se não houver espaço para o timão jogar. Enquanto a vela resistir, um navio bem modelado manterá sua posição e cortará todos os mares, como se imbuído de vida e razão. Se a violência do vento, no entanto, rasgar a vela (um feito que, de ordinário, requer um verdadeiro furacão para ser produzido), há então perigo iminente. O navio desprende-se do vento, e, apresentando o costado ao mar, fica totalmente à sua mercê: o único recurso nesse caso é trazê-lo calmamente a favor do vento, deixando-o deslizar até que outra vela possa ser içada. Alguns navios vão à capa sem vela alguma, mas tais não são confiáveis no mar.

Mas basta de digressão. Nunca fora costume do imediato ter um vigia no convés quando à capa numa tempestade, e o fato de agora haver um, a par da circunstância dos machados e barras desaparecidos, convenceu-nos plenamente de que a equipagem estava muito de sobreaviso para ser pega de surpresa como sugeria Peters. Algo, porém, havia de ser feito, e com a menor demora possível, pois não restava dúvida de que, uma vez entretida a suspeita contra Peters, na primeira ocasião ele seria sacrificado, e tal ocasião certamente seria ou encontrada ou ensejada ao se aplacar o vendaval.

Augustus sugeriu então que, se Peters pudesse apenas remover, sob um pretexto qualquer, a corrente de âncora depositada sobre o alçapão no camarote, talvez fosse possível cair sobre eles de improviso pelo caminho do porão; mas uma pequena reflexão nos convenceu de que o navio rolava e oscilava com demasiada violência para qualquer tentativa dessa natureza.

Por sorte, tive por fim a ideia de tirar proveito dos terrores supersticiosos e da consciência pesada do imediato. Será lembrado que um dos homens da equipagem, Hartman Rogers, morrera pela manhã, tendo sido atacado dois dias antes por espasmos depois de beber alguns licores e água. Peters nos exprimira a opinião de que esse homem fora envenenado pelo imediato e, para tanto, tinha razões incontroversas, que jamais lhe pudemos arrancar — essa recusa obstinada era bem conforme a outros pontos de seu singular caráter. Mas tivesse ele ou não mais sólidos motivos que nós mesmos para suspeitar do imediato, deixamo-nos persuadir facilmente pelas suas suspeitas e resolvemos agir de acordo.

Rogers morrera por volta das onze da manhã, em violentas convulsões; o corpo oferecia, poucos minutos após a morte, um dos mais horrendos e repulsivos espetáculos de que guardo lembrança. O ventre inchara imensamente, tal como o de um afogado que permaneceu várias semanas debaixo d'água. As mãos estavam na mesma condição, enquanto o rosto achava-se enrugado, murcho e de uma brancura de giz, exceto por duas ou três pústulas de um vermelho luzente, semelhantes àquelas ocasionadas pela erisipela: uma dessas pústulas estendia-se em diagonal pelo rosto, tapando por completo um olho, como uma tarja de veludo vermelho. Nessa condição repugnante, o corpo fora alçado da cabine por volta do meio-dia para ser lançado borda afora, quando o imediato, passando-lhe a vista (pois foi então que o viu pela primeira vez), e talvez tocado de remorso pelo seu crime ou fulminado de terror por tão horrível visão, ordenou aos homens que cosessem o corpo em sua rede de dormir e lhe concedessem os ritos costumeiros de sepultura marinha. Tendo dado essas ordens, desceu, como se quisesse evitar qualquer visão ulterior de sua vítima. Enquanto se faziam preparativos para obedecer às ordens, a tempestade abateu-se com grande fúria, e o propósito foi momentaneamente abandonado. O corpo, entregue a si mesmo, pôs-se a nadar no embornal de bombordo, onde ainda jazia no momento de que falo, debatendo-se com as furiosas guinadas do brigue.

Tendo assentado nosso plano, passamos a pô-lo em execução tão rapidamente quanto possível. Peters subiu ao convés e, como previra, foi logo abordado por Allen, que parecia postado no castelo de proa mais como um vigia que para qualquer outro propósito. A sina desse vilão, porém, foi decidida rápida e silenciosamente, pois Peters, aproximando-se dele com ar indiferente, como para lhe falar, agarrou-o pela garganta e, antes que ele pudesse emitir um único grito, arremessou-o por cima da amurada. Depois nos chamou, e nós subimos. Nossa primeira precaução foi procurar à volta por algo com que nos armar, e tínhamos de proceder com grande cuidado, pois era impossível ficar um instante de pé no convés sem apoio firme, e o mar golpeava violento o navio a cada mergulho de frente. Era indispensável ainda que fôssemos ligeiros em nossas operações, pois a cada instante esperávamos ver subir o imediato para ativar as bombas, sendo evidente que o brigue fazia água muito rápido. Depois de procurar por algum tempo, não pudemos encontrar nada mais conveniente a nosso propósito que os dois braços da bomba, dos quais Augustus tomou um e eu, o outro. De posse deles, despimos a camisa do cadáver e lançamos o corpo borda afora. Então Peters e eu descemos, deixando Augustus de sentinela no convés, onde montou guarda bem onde se postara Allen, e de costas para a escada de tombadilho da cabine, de modo que, se algum dos homens do imediato viesse a subir, suporia ser ele o vigia.

Assim que desci, comecei a disfarçar-me a fim de representar o cadáver de Rogers. A camisa que despimos do corpo muito nos ajudou, pois era de forma e caráter singulares, e facilmente reconhecível – uma espécie de bata que o defunto vestia sobre as outras roupas. Era de gaze azul, atravessada de largas listras brancas. Após tê-la vestido, passei a forjar um falso ventre, em imitação da horrível deformidade do cadáver intumescido. Isso logo foi feito com algumas roupas de cama. Conferi então a mesma aparência às mãos por meio de um par de luvas brancas de lã, enchendo-as com todo tipo de trapo ao nosso alcance. Peters arrumou-me então o rosto, primeiro esfregando-o bem com giz branco, depois borrando-o com sangue, que tirou de um corte em seu dedo. A risca sobre o olho tampouco foi esquecida, e apresentava uma aparência das mais chocantes.

8

Ao contemplar-me num fragmento de espelho pendurado na cabine e à luz opaca de uma espécie de lanterna de combate, minha aparência e a lembrança da realidade atroz que eu representava infundiram-me tal sensação de vago assombro que fui tomado de um violento tremor, e mal pude criar coragem para levar adiante meu papel. Era necessário, porém, agir com decisão, e subimos ao convés.

Lá vimos que tudo corria bem e, colando-nos à amurada, nós três deslizamos até a escada de tombadilho da cabine. Ela só estava fechada em parte, e buchas de madeira haviam sido colocadas no degrau superior, precaução cujo fim era evitar que fosse subitamente empurrada por fora, obstando o fechamento. Não encontramos dificuldade em obter uma visão completa do interior da cabine através das fendas onde ficavam as dobradiças. Foi mesmo sorte nossa que não tivéssemos tentado apanhá-los de surpresa, pois estavam evidentemente de sobreaviso. Apenas um adormecera, deitado bem ao pé da escada, com um mosquete a seu lado. O resto estava sentado sobre vários colchões, tirados dos beliches e jogados pelo chão. Estavam entretidos em conversa séria; e embora tivessem tomado alguns tragos, a julgar por duas jarras vazias e alguns copos de lata espalhados cá e lá, não se achavam tão embriagados como de hábito. Todos portavam facas, um ou dois deles tinham pistolas, e grande número de mosquetes fora deixado num beliche à mão.

Apuramos o ouvido à conversa por algum tempo antes de decidir como agir, não tendo até então resolvido nada concreto, salvo que tentaríamos paralisar sua resistência, ao atacá-los, mediante a aparição de Rogers. Eles discutiam seus planos de pirataria; tudo o que pudemos ouvir distintamente foi que somariam forças com a tripulação da escuna *Hornet* e, se possível, tomariam posse da própria escuna como preparação a uma tentativa de mais vasta escala, cujos detalhes nenhum de nós pôde discernir.

Um dos homens falou de Peters, ao que o imediato lhe respondeu em voz baixa, incapaz de ser distinguida, e depois acrescentou, em tom mais alto, que não podia entender o que Peters tanto tinha para fazer com o moleque do capitão no castelo de proa e que quanto antes esses dois fossem cuspidos borda afora, melhor. A isso não houve resposta, mas podíamos perceber facilmente que a insinuação fora bem recebida pelo bando todo, e por Jones em particular. Nessa altura eu estava agitado demais, tanto mais por ver que Augustus e Peters não conseguiam se resolver sobre como agir. Decidi, porém, vender minha vida tão caro quanto possível e não me deixar dominar por nenhum sentimento de temor.

O ruído tremendo produzido pelo rugir do vento no cordame e os golpes de mar a varrer o convés nos impediam de ouvir o que era dito, exceto durante calmarias momentâneas. Numa dessas, ouvimos com nitidez o imediato dizer a um dos homens para ir até a popa e ordenar "àqueles marujos de m..." que fossem à cabine, onde podia ficar de olho neles, pois não queria que ficassem segredando a bordo do brigue. Sorte nossa que o balanço do navio nesse momento fosse tão violento que a ordem não pudesse ser posta imediatamente em execução. O cozinheiro levantou-se de seu colchão para ir ter conosco, quando uma tremenda guinada, que imaginei fosse levar os mastros, arremessou-o de cabeça contra uma das portas da cabine de bombordo, escancarando-a, o que aumentou ainda mais a confusão. Felizmente, nenhum de nós foi arrancado de sua posição, e tivemos tempo de bater precipitadamente em retirada para o castelo de proa e improvisar um plano de ação antes que o mensageiro fizesse sua aparição, ou melhor, antes que espichasse a cabeça pela escotilha do tombadilho, pois ele não subiu ao convés. Dessa posição ele não podia notar a ausência de Allen, e assim, julgando-o ali, pôs-se a vociferar, repetindo as ordens do imediato. Peters berrou disfarçando a voz, "Sim, sim", e o cozinheiro logo desceu, sem nutrir nenhuma suspeita de que algo estivesse errado.

Meus dois companheiros dirigiram-se resolutos à proa e desceram à cabine, Peters fechando a porta atrás dele da mesma maneira que a encontrara. O imediato os recebeu com fingida cordialidade, e disse a Augustus que, por ter se portado tão bem nos últimos tempos, podia instalar-se na cabine e ser um deles no futuro. Encheu-lhe então pela metade um copo de rum e fez que o bebesse. Tudo isso eu vi e ouvi, pois segui meus amigos à cabine assim que se fechou a porta, e retomei meu antigo posto de observação. Trouxe comigo os dois braços de bomba, um dos quais escondi perto da escada do tombadilho, pronto para usá-los caso necessário.

Firmei-me então o melhor possível para ter uma boa visão de tudo quanto se passava lá dentro e esforcei-me para me compenetrar da tarefa de descer aos amotinados assim que Peters me fizesse um sinal, como fora combinado. Dali a pouco ele logrou desviar a conversa para os episódios sangrentos do motim e aos poucos levou os homens a falar dos milhares de superstições que são tão universalmente difundidas entre os marinheiros. Eu não distinguia tudo o que se falava, mas via com clareza os efeitos da conversa na fisionomia dos presentes. O imediato estava evidentemente muito agitado e dali a pouco, quando alguém mencionou a espantosa aparência do cadáver de Rogers, imaginei que ele estivesse à beira de desmaiar. Peters então lhe perguntou se não achava melhor atirar de uma vez o corpo borda afora, já que era uma visão terrível demais vê-lo debater-se nos embornais. O vilão resfolegou e passeou lentamente o olhar pelos companheiros, como se implorasse que alguém subisse e desse cabo da tarefa. Porém ninguém se mexeu, e era evidente que todo o grupo chegara ao auge da excitação nervosa. Então Peters me fez o sinal. De pronto escancarei a porta da escada do tombadilho e, descendo sem pronunciar palavra, postei-me ereto em meio ao bando.

O intenso efeito produzido por essa súbita aparição não surpreenderá ninguém, quando as várias circunstâncias forem tomadas em consideração. Em geral, em casos dessa natureza, resta no espírito do espectador algo como um lampejo de dúvida quanto à realidade da visão ante seus olhos; um grau de esperança, embora frágil, de que ele seja vítima de burla, de que a aparição não seja na verdade um visitante do país das sombras. Não é demais dizer que tais resquícios de dúvida estão na raiz de quase toda visitação dessa natureza e que o pavoroso horror por vezes suscitado deve ser atribuído, mesmo nos casos mais marcantes, naqueles que padeceram o mais vivo sofrimento, a uma espécie de horror antecipado, de medo de que a aparição *possa ser* real — mais do que a uma crença inabalável em sua realidade. No caso presente, logo se verá que no espírito dos amotinados não havia sequer a sombra de um fundamento no qual assentar a dúvida de que a aparição de Rogers fosse de fato uma ressurreição de seu repulsivo cadáver ou pelo menos sua imagem espiritual. A posição isolada do brigue, com a total impossibilidade de ser abordado por conta da tempestade, confinava os meios aparentemente possíveis de ilusão dentro de limites tão estreitos e definidos que todos se terão julgado capazes de abarcá-los de um só relance. Estavam no mar fazia 24 dias, sem manter mais que comunicação por voz com outros navios. Toda a equipagem — ao menos todos os tripulantes de que se sabia — estava reunida na cabine, com exceção de Allen, o vigia; e sua estatura gigantesca (ele beirava os 6 pés e 6 polegadas de altura) era familiar demais a seus olhos para que a ideia de que ele fosse a aparição entrasse em seus espíritos, mesmo por um instante. Somem-se a tais considerações a natureza digna de espanto da tempestade e da conversa entabulada por Peters; a profunda impressão que o aspecto asqueroso do verdadeiro cadáver causara de manhã na imaginação dos homens; a excelência da imitação em minha pessoa, e a luz incerta e vacilante na qual me contemplavam, à medida que o facho da lanterna da cabine, oscilando violentamente de lá para cá, incidia sobre minhas feições de forma dúbia e intermitente, e não haverá razão para admirar-se que a impostura tenha tido um efeito ainda maior do que esperávamos. O imediato pulou do colchão em que estava deitado e, sem proferir uma sílaba, caiu duro de costas, morto, sobre o piso da cabine e foi arremessado a sotavento, como uma tora, por um forte jogo do brigue. Dos sete restantes, apenas três retiveram de início a presença de espírito. Os outros quatro continuaram sentados por algum tempo como se tivessem criado raízes no piso — os mais deploráveis objetos de horror e desespero extremo que meus olhos já encontraram. A única resistência que experimentamos partiu do cozinheiro, de John Hunt e Richard Parker; mas a defesa deles foi frágil e irresoluta. Os dois primeiros foram instantaneamente alvejados por Peters, e eu abati Parker com um golpe na cabeça usando o braço de bomba que trouxera comigo. Enquanto isso, Augustus apanhou um dos mosquetes sobre o chão e descarregou-o no peito de outro amotinado (—— Wilson). Agora eram três que restavam; mas nessa altura eles haviam despertado de sua letargia e talvez começassem a ver que tinham sido alvo de um embuste, pois combateram com grande resolução e fúria; não fosse pela imensa força muscular de Peters, bem poderiam ter levado a melhor sobre nós. Esses três homens eram —— Jones, —— Greely e Absalom Hicks. Jones derrubara Augustus no chão, apunhalara-o em vários pontos do braço direito e sem dúvida o teria despachado (porque nem Peters nem eu pudemos nos livrar imediatamente de nossos antagonistas) não fosse pela ajuda intempestiva de um amigo com cuja assistência nós decerto não contávamos. Esse amigo outro não era senão Tigre. Com um rosnado surdo ele saltou para dentro da cabine, no momento mais crítico para Augustus, e, lançando-se sobre Jones, cravou-o no chão num instante. Meu amigo, contudo, estava agora muito gravemente ferido para nos prestar o menor auxílio, e o disfarce me embaraçava tanto que eu pouco podia fazer. O cão não largava por nada a garganta de Jones. Peters, contudo, era mais do que páreo para os dois homens restantes, e sem dúvida os teria despachado mais cedo, não fosse o espaço exíguo em que tinha de agir e as tremendas guinadas do navio. Pouco depois, foi capaz de lançar mão de um tamborete pesado, dos muitos que se espalhavam pelo chão. Com ele fendeu o crânio de Greely no momento em que este se aprestava a descarregar um mosquete sobre mim, e logo depois, um jogo do brigue arremessando-o sobre Hicks, agarrou-o pela garganta e, por obra de pura força, estrangulou-o instantaneamente. E assim, em muito menos tempo do que levei para contá-lo, vimo-nos mestres do brigue.

O único de nossos adversários que permanecia vivo era Richard Parker. Esse homem, será lembrado, eu o derrubara com um golpe do braço de bomba no início do ataque. Jazia imóvel junto à porta do camarote destroçado; Peters tocou-o com o pé, e ele falou, suplicando misericórdia. Sua cabeça tinha só um corte leve, e no mais não recebera outros ferimentos, tendo ficado apenas aturdido com o golpe. Levantou-se, e de momento amarramos suas mãos atrás das costas. O cão ainda rosnava sobre Jones; a um exame atento, descobrimos que já estava morto; um filete de sangue lhe escorria de uma profunda ferida na garganta, infligida, sem dúvida, pelos dentes afiados do animal.

Era uma hora da manhã, e o vento ainda soprava com toda a fúria. O brigue evidentemente era castigado muito mais que o normal, e tornava-se absolutamente necessário fazer algo com vistas a aliviá-lo em alguma medida. A cada jogo a sotavento ele embarcava uma onda, muitas das quais baixaram em parte à cabine durante nossa luta, pois, ao descer, eu próprio deixara a escotilha aberta. Toda a extensão da amurada de bombordo fora varrida, e assim também as fornalhas, junto com o escaler do painel de popa. Os rangidos e trabalhos do mastro principal também eram índice de que estava prestes a ceder. Para dar mais espaço à estiva no porão de ré, o pé desse mastro fora calçado entre as cobertas (prática muito censurável, a que por vezes fazem recurso os construtores ignorantes), de sorte que corria risco iminente de desarticular-se da base. Para coroar todas as dificuldades, sondamos a arca da bomba e encontramos não menos que 7 pés de água.

Deixando os corpos da tripulação na cabine, passamos a trabalhar imediatamente nas bombas — Parker, é claro, tendo sido solto para nos assistir na tarefa. O braço de Augustus também foi cuidado da melhor forma que nos era dada, e ele fez o que podia, o que, porém, não era grande coisa. Entretanto, vimos que manter em funcionamento constante uma bomba era o bastante para impedir que o veio d'água ganhasse terreno. Como só havia quatro de nós, o trabalho era árduo; mas nos empenhamos em manter o moral e aguardávamos ansiosos pelo raiar do dia, quando esperávamos aliviar o navio cortando o mastro principal.

Assim passamos uma noite de terrível ansiedade e fadiga; quando finalmente rompeu a manhã, a tempestade não amainara em nada e não havia sinais de que fosse amainar. Arrastamos então os corpos para o convés e os atiramos borda afora. Nosso cuidado seguinte foi nos livrar do mastro principal. Feitos os preparativos necessários, Peters cortou o mastro (com machados encontrados na cabine), enquanto os outros ficamos junto aos estais e colhedores. Quando o brigue deu uma tremenda guinada a sotavento, a ordem foi dada para cortar os chicotes, feito o quê, toda a massa de madeira e mastreação mergulhou no mar, longe do brigue e sem causar avarias materiais. Vimos então que o navio não era tão castigado como antes, mas nossa situação ainda era muito precária; a despeito de diligências extremas, não éramos capazes de conter a água aberta sem ajuda das duas bombas. A pouca assistência que Augustus podia nos fornecer não era em verdade de importância alguma. Para somar-se à nossa aflição, uma vaga enorme, golpeando o brigue a barlavento, lançou-o vários graus longe do vento, e, antes que ele pudesse recobrar sua posição, outra vaga rebentou-lhe em cheio e arremessou-o completamente sobre os bordos. O lastro deslocou-se então em massa para sotavento (a estiva já se debatia perfeitamente ao léu por algum tempo), e durante alguns segundos pensamos que nada nos salvaria do naufrágio. Dali a pouco, porém, aprumamos em parte; mas, o lastro mantendo ainda sua posição a bombordo, continuamos tão à banda que era inútil pensar em ativar as bombas, o que, aliás, não poderíamos continuar a fazer por muito mais tempo, já que nossas mãos estavam em carne viva com o trabalho excessivo a que nos tínhamos submetido e sangravam da maneira mais pungente.

Contrariando a opinião de Parker, passamos a cortar o mastro de proa, o que por fim conseguimos, depois de muito penar, por causa da inclinação em que estávamos. Ao cair borda afora, levou consigo o gurupés e nos deixou em estado de simples casco.

Até ali tínhamos tido razão para nos alegrar em manter ilesa nossa chalupa, que não fora avariada por nenhum mar grosso que a assaltara. Mas não tivemos muito tempo para nos felicitar: tendo partido o mastro de proa e com ele, claro, o traquete, pelos quais se estabilizava o brigue, cada onda vinha agora rebentar de chapa sobre nós, e em cinco minutos nosso convés foi varrido de proa a popa, a chalupa e a amurada de estibordo arrancadas, e mesmo o molinete, feito em pedaços. Dificilmente poderíamos estar em condição mais lamentável.

Ao meio-dia pareceu haver um ligeiro indício de calmaria, mas nisso fomos tristemente desapontados, pois a tempestade apenas acalmou por alguns minutos, para depois soprar com redobrada fúria. Por volta das quatro da tarde, era absolutamente impossível ficar de pé ante a violência das rajadas; baixando a noite sobre nós, eu não tinha uma sombra de esperança de que o navio resistisse até a manhã.

À meia-noite, assentávamos fundo na água, que já cobria a coberta inferior. O leme foi-se logo após, e o vagalhão que o arrastou ergueu toda a parte de trás do brigue, que ao cair baqueou contra a água com uma concussão comparável a um encalhe. Todos tínhamos calculado que o leme resistiria até o fim, por ser singularmente forte, e acoplado como eu jamais vira até então e nunca veria depois. Ao longo de sua peça principal estendia-se uma sucessão de robustos ganchos de ferro, e outros à mesma maneira ao longo do cadaste. Através desses ganchos corria um tirante de ferro batido bem grosso, estando o leme assim preso ao cadaste e oscilando livre sobre o tirante. A tremenda força da onda que o arrancou pode ser estimada pelo fato de os ganchos do cadaste, que se estendiam de um lado a outro, rebitados na parte interna, terem sido arrancados, todos eles, do sólido madeirame.

Mal tivemos tempo de retomar o fôlego após a violência do choque quando uma das ondas mais prodigiosas que eu já vira rebentou de rijo sobre nós, varrendo para longe a escada do tombadilho, arrombando as escotilhas e enchendo de água cada polegada do navio.

9

Por sorte, pouco antes da meia-noite, nós nos havíamos atado firmemente aos fragmentos do molinete, deitados o mais rente possível ao convés. Essa simples precaução nos salvou da destruição. Estávamos todos mais ou menos atordoados pelo imenso peso da água que havia tombado sobre nós e que não escoou senão quando estávamos à beira da exaustão. Assim que pude recobrar fôlego, gritei alto aos meus companheiros. Só Augustus respondeu, dizendo: "É o nosso fim; que Deus tenha piedade de nossa alma!". Ao cabo de alguns instantes, os outros dois conseguiram falar e nos exortaram a tomar coragem, já que ainda havia esperança: era impossível, pela natureza da carga, que o brigue fosse a pique, e tudo levava a crer que a tempestade se dissiparia pela manhã. Essas palavras me inspiraram vida nova; pois, por estranho que pareça, embora fosse óbvio que um navio com carga de barris de óleo vazios não pudesse afundar, eu tivera até ali o espírito tão confuso que essa consideração me escapara completamente; e o perigo que por algum tempo eu julgara o mais iminente era o de afundar. Revivendo em mim a esperança, fiz uso de toda ocasião para reforçar as amarras que me atavam aos destroços do molinete e logo descobri que meus companheiros também se aplicavam nessa ocupação. A noite era escura como breu, e é inútil tentar descrever o alarido estentóreo e a horrível confusão que nos rodeavam. Nosso convés estava no nível do mar, ou antes, estávamos circundados por colossais cristas de espuma, parte das quais se precipitava sobre nós a cada instante. Não é demais dizer que nossa cabeça mal ficava um segundo em três fora da água. Embora deitados próximos, nenhum de nós via o outro, nem, aliás, parte alguma do próprio brigue sobre o qual éramos tão tempestuosamente sacudidos. A intervalos chamávamos uns aos outros, empenhando-nos assim em manter viva a esperança e emprestar consolo e ânimo àqueles que mais necessitavam. A frágil condição de Augustus fazia dele um objeto de zelo de todos nós; com o braço direito dilacerado, devia ser-lhe impossível prender suas amarras com o mínimo de firmeza, e a cada instante imaginávamos que tivesse sido lançado borda afora – mas prestar-lhe ajuda era coisa totalmente fora de cogitação. Felizmente, seu posto era mais seguro que os nossos: a parte superior de seu corpo estando abrigada por um trecho do molinete destroçado, as ondas, quebrando sobre ele, eram em boa parte amortecidas em sua violência. Em qualquer outra posição que não essa (na qual fora lançado ao acaso após ter-se amarrado num local bastante exposto) ele teria inevitavelmente perecido antes do amanhecer. Com o brigue tão à banda, estávamos todos menos expostos a ser levados pela água do que, do contrário, seria o caso. O costado, como afirmei antes, pendia a bombordo, e cerca de metade do convés permanecia sempre sob a água. As ondas que golpeavam a estibordo, portanto, eram em boa parte quebradas pelo bordo do navio, só nos atingindo — a nós, estirados de bruços — em fragmentos; as que nos vinham de bombordo, essas nos atacavam pelas costas e pouca influência exerciam sobre nós à conta de nossa postura, com força insuficiente para nos arrancar de nossas amarras.

Nessa aterradora situação permanecemos até que o romper do dia nos mostrasse plenamente os horrores que nos cercavam. O brigue era um mero cepo, rolando de lá para cá ao sabor de cada onda; a tempestade só fazia aumentar, se é que fosse possível, um perfeito furacão, e não se apresentava nenhuma perspectiva natural de salvação. Por várias horas guardamos silêncio, esperando a todo instante que nossas amarras cedessem, que os destroços do molinete voassem borda afora ou que alguma onda enorme, das que rugiam em toda direção ao redor de nós, acima de nós, mergulhasse o casco tão abaixo do nível da água que afundaríamos antes que ele pudesse voltar à superfície. Por misericórdia de Deus, no entanto, fomos preservados desses perigos iminentes, e por volta do meio-dia fomos gratificados pela luz do sol abençoado. Logo depois percebemos uma sensível diminuição na força do vento, quando, pela primeira vez desde o fim da tarde anterior, Augustus falou, perguntando a Peters, deitado perto dele, se achava que havia alguma possibilidade de sermos salvos. Como a princípio nenhuma resposta foi dada, todos concluímos que o mestiço afogara-se onde jazia; mas dali a pouco, para nossa grande alegria, ele falou, embora com voz bastante débil, dizendo que estava com muitas dores, que se sentia cortado pelas amarras que lhe cerravam a barriga, que precisava encontrar meio de afrouxá-las ou morreria, por lhe ser impossível aguentar aquele suplício por muito mais tempo. Isso nos causou grande aflição, pois era de todo inútil pensar em socorrê-lo enquanto o mar continuasse a rolar sobre nós como fazia. Nós o exortamos a suportar seus sofrimentos com firmeza e prometemos aproveitar a primeira ocasião que se apresentasse para lhe dar alívio. Respondeu que em breve seria tarde demais; que estaria tudo acabado para ele antes que pudéssemos ajudá-lo; então, depois de gemer por alguns minutos, caiu em silêncio, e concluímos que morrera.

Avançando a tarde, o mar serenou tanto que era raro mais de uma onda rebentar sobre o casco a barlavento no curso de cinco minutos, e o vento amainou bastante, embora ainda soprasse uma tempestade atroz. Eu não ouvia meus companheiros falar havia horas, e então chamei Augustus. Ele respondeu, embora com voz tão fraca que não pude distinguir o que dizia. Falei depois com Peters e com Parker, nenhum dos quais deu resposta.

Pouco depois disso caí num estado de semi-insensibilidade, durante o qual as mais encantadoras imagens flutuavam em minha imaginação: árvores verdejantes, campos onde ondulava o trigo maduro, cortejos de dançarinas, tropas de cavalaria e outras fantasias. Lembro agora que, em tudo o que desfilava diante de meu espírito, o *movimento* era uma ideia predominante. Assim, jamais sonhava com um objeto imóvel, como uma casa, uma montanha ou coisas desse gênero; mas moinhos de vento, navios, grandes pássaros, balões, pessoas a cavalo, carruagens que disparavam furiosas e outros objetos animados apresentavam-se em infinita sucessão. Quando me recuperei desse estado, o sol, tanto quanto pude adivinhar, já se erguera havia uma hora. Tive extrema dificuldade em trazer à memória as várias circunstâncias referentes à minha situação, e por algum tempo permaneci firmemente convicto de que estava ainda no porão do brigue, junto à caixa, e que o corpo de Parker era o de Tigre.

Quando por fim recobrei completamente meus sentidos, descobri que soprava não mais que uma moderada brisa, e que o mar estava calmo, se comparado ao de antes; tanto assim que só lambia o brigue a meia-nau. Meu braço esquerdo soltara-se das amarras e achava-se bastante ferido na altura do cotovelo; o direito estava todo entorpecido, a mão e o pulso prodigiosamente tumefeitos pela pressão da corda, que agira do ombro para baixo. Padecia também de outra corda ao redor de minha cintura, que se estrangulara em grau intolerável. Olhando à volta para meus companheiros, vi que Peters ainda vivia, embora uma grossa corda o cerrasse tão cruelmente ao redor dos rins que lhe dava a aparência de ter sido cortado em dois; quando me mexi, ele me fez um gesto frágil com a mão, apontando a corda. Augustus não dava nenhum sinal de vida e estava quase vergado em dois por um estilhaço do molinete. Parker falou-me quando viu que eu me mexia, e perguntou se eu não tinha força suficiente para livrá-lo de sua posição, dizendo que, se eu concentrasse todas as minhas energias e lograsse desamarrá-lo, ainda poderíamos salvar nossa vida; do contrário, morreríamos todos. Disse-lhe que tomasse coragem e que me esforçaria para libertá-lo. Tateando os bolsos de minha calça, apanhei meu canivete e, após várias tentativas frustradas, consegui por fim abri-lo. Depois, com a mão esquerda, logrei desvencilhar a direita de suas amarras, e em seguida cortei as demais cordas que me retinham. Tentando, porém, mudar de posição, descobri que minhas pernas me faltavam de todo e que não podia me levantar; tampouco podia mexer o braço direito em nenhuma direção. Mencionando isso a Parker, ele aconselhou-me a permanecer quieto por alguns minutos, segurando-me ao molinete com a mão esquerda, de modo a dar ao sangue tempo para circular. Ao fazê-lo, o torpor em breve começou a dissipar-se, de sorte que pude mexer primeiro uma perna, depois outra, e pouco depois recobrei o uso parcial do braço direito. Arrastei-me então com grande cuidado na direção de Parker, sem me erguer sobre as pernas, e logo cortei todas as amarras ao redor dele, quando, após breve intervalo, ele também recobrou o uso parcial dos membros. Não perdemos tempo, então, de desprender a corda de Peters. Ela fizera um profundo talho através do cós de suas calças de lã e através de duas camisas, e penetrara na virilha, de onde o sangue brotou em cópia quando removemos o cordame. Nem bem havíamos terminado, porém, e ele entrou a falar, e pareceu experimentar alívio imediato, sendo capaz de se mover com muito mais desembaraço do que Parker e eu – coisa que ele devia, sem dúvida, à descarga de sangue.

Tínhamos pouca esperança de que Augustus recobrasse os sentidos, já que não dava sinais de vida; mas, chegando a ele, descobrimos que simplesmente desmaiara pela perda de sangue, e as bandagens com que envolvêramos seu braço foram arrancadas pela água; nenhuma das cordas que o retinham ao molinete estava tesa o suficiente para ocasionar sua morte. Tendo-o desembaraçado de suas amarras e libertado do pedaço de madeira quebrado do molinete, nós o deitamos num local seco a barlavento, com a cabeça um pouco mais baixa que o corpo, e os três nos pusemos a friccionar seus membros. Em cerca de meia hora ele tornou a si, embora apenas na manhã seguinte tenha dado sinais de reconhecer um de nós ou tenha tido força suficiente para falar. Quando terminamos de nos livrar de nossas amarras a noite já baixara, e começou a nublar, de modo que mais uma vez nos assaltou a maior das agonias, temerosos de que o vento soprasse com força, caso no qual nada nos poderia salvar da morte, exaustos que estávamos. Por boa fortuna, ele continuou bem moderado durante a noite, o mar acalmando a cada minuto, o que nos deu grandes esperanças de afinal sobreviver. Uma brisa suave ainda soprava de noroeste, mas o tempo não estava nada frio. Augustus foi cuidadosamente amarrado a barlavento de maneira a impedi-lo de deslizar borda afora com o balanço do navio, estando ainda fraco demais para segurar-se sozinho. Quanto a nós, não havia tal necessidade. Sentávamo-nos cerrados, apoiando-nos uns nos outros com a ajuda das cordas partidas ao redor do molinete e divisando métodos de escapar de nossa terrível situação. De muito conforto foi despir as roupas e torcê-las para extrair a água. Quando tornamos a vesti-las, pareciam notavelmente quentes e agradáveis, e muito serviram para nos revigorar. Ajudamos Augustus a desembaraçar-se das suas e as torcemos, experimentando ele o mesmo conforto.

Nossos principais sofrimentos eram agora a fome e a sede, e, quando antecipávamos os possíveis meios de alívio, sentíamos o coração nos faltar e éramos levados a lamentar que tivéssemos escapado aos perigos menos terríveis do mar. Esforçamo-nos, porém, para nos consolar com a esperança de logo sermos recolhidos por um navio qualquer, e nos encorajamos a suportar com firmeza os males que acaso nos estivessem reservados.

Enfim, raiou a manhã do dia 14, e o tempo continuava ainda claro e agradável, com uma brisa constante, mas bem ligeira, de noroeste. O mar estava agora bastante liso, e como, por alguma causa que não pudemos atinar, o brigue não dava tanto à banda como fizera antes, o convés estava relativamente seco e podíamos circular com liberdade. Estávamos agora havia mais de três dias e três noites sem comida nem bebida, e tornava-se absolutamente necessário que fizéssemos a tentativa de alçar algo de baixo. Como o brigue estava completamente cheio

d'água, empenhamo-nos nessa tarefa com desânimo e sem grande expectativa de obter alguma coisa. Fizemos uma espécie de draga fincando alguns pregos, que arrancamos aos destroços da cobertura da escada do tombadilho, em dois pedaços de madeira. Jungindo-os em cruz e fixando-os à extremidade de uma corda, nós os lançamos à cabine e os arrastamos de lá para cá, na débil esperança de assim sermos capazes de enganchar algum objeto que nos pudesse servir de alimento, ou que ao menos nos prestasse auxílio em obtê-lo. Passamos grande parte da manhã nessa lida, sem resultado, não pescando mais que algumas roupas de cama, que logo se enganchavam aos pregos. Aliás, nosso invento era tão grosseiro que mal se podia contar com mais sucesso.

Tentamos então o castelo de proa, mas igualmente em vão, e estávamos à raia do desespero quando Peters propôs que lhe amarrássemos uma corda ao corpo e deixássemos que fizesse uma tentativa de apanhar algo mergulhando na cabine. Saudamos a proposta com toda a alegria que a esperança renascente pode inspirar. De imediato ele passou a despir as roupas, com exceção das calças; uma corda robusta foi então cuidadosamente cingida ao redor de sua cintura, passando sobre os ombros de maneira tal que não houvesse possibilidade de escorregar. A empresa era de grande dificuldade e perigo; como mal podíamos ter esperança de encontrar grande coisa na cabine, se é que lá houvesse alguma provisão, era preciso que o mergulhador, após deixar-se submergir, fizesse uma curva à direita, seguisse debaixo d'água a uma distância de 10 ou 12 pés, através de uma passagem estreita, até o paiol de mantimentos, e voltasse, sem tomar fôlego.

Estando tudo pronto, Peters baixou à cabine pela escada do tombadilho, até que a água lhe atingisse o queixo. Então mergulhou de cabeça, logo virando à direita e esforçando-se para abrir caminho ao paiol. A primeira tentativa, contudo, foi um completo fracasso. Ainda não passara meio minuto que ele descera quando sentimos a corda ser puxada com violência (era o sinal combinado para retirá-lo da água). Nós o puxamos instantaneamente, mas com tamanho descuido que o contundimos contra a escada. Não trouxera nada com ele e fora incapaz de penetrar mais que um pequeno trecho passagem adentro, pelos constantes esforços que se vira na contingência de fazer para evitar que flutuasse contra o convés. Ao emergir, estava bastante cansado, e teve de descansar uns bons quinze minutos antes de se aventurar a descer de novo.

A segunda tentativa teve sucesso ainda menor; pois ele permaneceu tanto tempo debaixo d'água sem dar o sinal que, alarmados com sua segurança, nós o puxamos sem mais espera e descobrimos que estava quase para se asfixiar, tendo, disse ele, puxado repetidas vezes a corda sem que sentíssemos. Isso provavelmente acontecera porque uma parte da corda se havia enganchado na balaustrada ao pé da escada. Essa balaustrada, aliás, era um tal estorvo que resolvemos removê-la antes de proceder a uma nova tentativa. Como não tivéssemos meio de afastá-la senão pela força bruta, todos baixamos à água e, dando-lhe um empurrão com nossas forças reunidas, conseguimos deitá-la abaixo.

A terceira tentativa não teve mais sucesso que as duas primeiras, e ficou evidente que nada poderia ser feito sem a ajuda de algum peso com que o mergulhador se estabilizasse e que o firmasse ao piso da cabine durante sua busca. Por bom tempo olhamos em torno de nós à cata de algo que respondesse a tal propósito; mas enfim descobrimos, para nossa grande alegria, um dos enfrechates a barlavento tão frouxo que não tivemos a menor dificuldade em arrancá-lo. Tendo-o amarrado solidamente a um dos tornozelos, Peters empreendeu então sua quarta descida à cabine, e dessa vez logrou abrir caminho até a porta da despensa. Para seu inexprimível pesar, contudo, encontrou-a trancada e foi obrigado a retornar sem efetuar o ingresso, já que, com todo o esforço, não podia permanecer debaixo d'água mais que um minuto, quando muito. Nosso caso assumia positivamente um ar sombrio, e nem Augustus nem eu pudemos nos refrear de prorromper em lágrimas, pensando no mundo de dificuldades que nos assaltavam e na remota possibilidade de sermos enfim salvos. Mas essa fraqueza não durou muito. Atiramo-nos de joelhos, imploramos a Deus que nos valesse nos muitos perigos que nos assediavam; e, com esperança e vigor renovados, levantamo-nos para pensar o que ainda podia ser feito por meios mortais para levar a cabo nossa salvação.

10

Pouco depois ocorreu um incidente que, pleno de extremos de prazer e de horror, sou induzido a considerar como causa de emoção mais intensa que todos os azares que me acometeram posteriormente, no curso de nove longos anos, repletos de eventos da natureza mais sensacional e, em muitos casos, mais inaudita e inconcebível. Estávamos deitados no convés junto da escada do tombadilho e discutíamos a possibilidade de ainda abrirmos caminho até a despensa, quando, voltando os olhos para Augustus, que me fazia face, percebi que de repente lhe viera uma palidez mortal e que seus lábios tremiam da maneira mais singular e incompreensível. Fortemente alarmado, dirigi-lhe a palavra, mas ele não deu resposta, e comecei a imaginar que fora acometido por um mal súbito, quando tomei nota de seus olhos fulgurantes, que pareciam fitos em algum objeto atrás de mim. Virei minha cabeça e jamais hei de esquecer a alegria extática que se infundiu em cada partícula de meu ser quando percebi um grande brigue rumando sobre nós, a não mais que 2 milhas de distância. Saltei como se uma bala de mosquete me tivesse fulminado subitamente o coração; estendendo meus braços na direção do navio, assim permaneci, imóvel, incapaz de articular uma sílaba. Peters e Parker também foram afetados, embora de modo diverso. O primeiro dançava sobre o convés feito um louco, proferindo as mais extravagantes bravatas, entremescladas de uivos e imprecações, enquanto o segundo prorrompeu em lágrimas e continuou por vários minutos chorando como uma criança.

O navio à vista era um grande brigue-escuna, construído à holandesa, pintado de preto, com uma vistosa carranca dourada. Fora evidentemente castigado por muito mau tempo, e imaginamos que sofrera um bocado na tempestade que se revelara tão desastrosa para nós; pois seu mastaréu do velacho se fora, e também parte da amurada de estibordo. Quando o vimos pela primeira vez, estava, como eu já disse, a cerca de 2 milhas de distância e a barlavento, rumando sobre nós. A brisa era muito suave, e o que mais nos surpreendia era que ele não portava outra vela senão o traquete e a vela principal, com uma giba — avançava com lentidão, e nossa impaciência agravou-se quase ao frenesi. Notamos também a maneira canhestra com que governava, por agitados que estivéssemos. Tamanhas eram as suas guinadas que, uma ou duas vezes, julgamos impossível que nos tivesse visto, ou imaginamos que, não percebendo ninguém embarcado, estivesse prestes a virar de bordo e tomar outra rota. A cada uma dessas ocasiões gritamos e berramos a plenos pulmões, quando o navio desconhecido parecia mudar por um instante sua intenção e de novo rumava ao nosso encontro — essa conduta singular repetiu-se duas ou três vezes, de modo que ao fim não encontramos outra maneira de explicá-lo a não ser supondo que o timoneiro estivesse bêbado.

Ninguém foi visto a bordo até que ele estivesse a cerca de um quarto de milha de nós. Vimos então três marujos, a quem, pelos trajes, tomamos por holandeses. Dois deles estavam deitados sobre velas rotas junto ao castelo de proa, e o terceiro, que parecia nos olhar com grande curiosidade, debruçava-se na proa a estibordo, perto do gurupés. Este último era um homem alto e corpulento, com pele bem escura. Parecia, pelos seus gestos, encorajar-nos a ter paciência, saudando-nos de maneira jovial, mas um tanto esquisita, e sorrindo constantemente, como para exibir uma fileira de dentes da mais brilhante brancura. À medida que o navio se aproximava, vimos seu gorro de lã vermelha cair de sua cabeça na água; mas ele não fez caso disso, insistindo em seus sorrisos e gesticulações bizarras. Relato essas coisas e circunstâncias em minúcias, para que fique bem entendido como *pareceram* a nós.

O brigue aproximava-se devagar, agora com mais firmeza que antes, e — não consigo falar com sangue-frio desse episódio — nosso coração saltou alucinado dentro do peito, vertemos toda nossa alma em gritos de júbilo e ações de graças a Deus pelo completo, inesperado e glorioso salvamento que tão palpavelmente tínhamos à mão. Súbito, de uma só vez, vindo do estranho navio (que agora estava próximo de nós), chegou até nós, bafejado sobre o oceano, um cheiro, um fedor tal que não há no mundo palavras para exprimi-lo — infernal, sufocante no mais alto grau, intolerável, inconcebível. De fôlego cortado e virando-me para meus companheiros, percebi que estavam mais pálidos que mármore. Mas não tínhamos tempo para questão ou conjetura – o brigue estava a 50 pés de nós e parecia ter a intenção de nos acostar pela nossa almeida, a fim de que pudéssemos abordá-lo sem lançar um bote ao mar. Precipitamo-nos para a popa, quando, de repente, uma forte guinada o lançou a bons 5 ou 6 graus fora da rota que vinha mantendo; ao margear nossa popa à distância de uns 20 pés, tivemos visão plena de seu convés. Hei de esquecer algum dia o triplo horror daquele espetáculo? Vinte e cinco ou trinta corpos humanos, entre os quais várias mulheres, jaziam espalhados aqui e ali, entre o painel de popa e a cozinha, no último e mais repugnante estado de putrefação. Vimos nitidamente que não havia vivalma naquele barco maldito! Mas não pudemos deixar de gritar aos mortos por ajuda! Isso mesmo: longa e ruidosamente imploramos, na agonia do momento, que aquelas imagens silenciosas e repulsivas se detivessem para nós, que não nos abandonassem à mesma sorte, que nos recebessem em sua ilustre companhia! Delirávamos de horror e desespero – a angústia e a cruel decepção nos tornavam completamente loucos.

    Quando nosso primeiro berro de terror irrompeu, algo respondeu, de perto do gurupés do estranho navio, tão perfeitamente semelhante ao grito de voz humana que o ouvido mais apurado teria sido pego de surpresa e enganado. Nesse instante, outra guinada súbita trouxe por um momento a região do castelo de proa sob nossa vista, e de pronto avistamos a origem do som. Vimos a figura alta e corpulenta ainda debruçada na amurada e ainda balançando a cabeça de lá para cá, mas o rosto agora virado de modo que não podíamos contemplá-lo. Seus braços estavam estendidos sobre a balaustrada, as palmas voltadas para fora. Seus joelhos repousavam sobre uma corda sólida, estendida do pé do gurupés a uma serviola. Sobre as costas, desnudadas por um rasgo da camisa, pousava uma enorme gaivota, fartando-se ativamente da horrível carne, bico e garras enterrados fundo no corpo, a plumagem branca toda salpicada de sangue. Como o brigue continuasse a virar de modo a nos ter mais perto da vista, a ave, aparentemente com muita dificuldade, retirou do buraco sua cabeça carmesim e, após ter-nos considerado por um instante, como estupefata, alçou-se de modo preguiçoso do corpo sobre o qual se regalava e, voando diretamente sobre nosso convés, lá planou um momento com uma porção de substância coagulada, semelhante a fígado. O terrível bocado caiu por fim com um baque soturno bem aos pés de Parker. Que Deus me perdoe, mas então, pela primeira vez, atravessou meu espírito um pensamento, um pensamento que não mencionarei, e senti que dava um passo rumo ao local ensanguentado. Ergui a vista, e meus olhos encontraram os de Augustus, carregados de um grau de censura tão intensa e ávida que me trouxeram imediatamente a mim. Saltei rápido para a frente e, com um profundo calafrio, atirei a coisa hedionda ao mar.

O corpo de onde fora tirado, repousando assim sobre a corda, oscilava com facilidade sob os esforços da ave carniceira, e foi esse movimento que a princípio nos fizera crer que estivesse vivo. Quando a gaivota aliviou-o do peso, ele vacilou, virou e tombou parcialmente, de modo que seu rosto descobriu-se em cheio. Não, nada jamais foi objeto de terror tão pleno! Os olhos já haviam sumido, e assim toda a carne ao redor da boca, deixando os dentes inteiramente nus. Tal era então o sorriso que nos encorajara à esperança! Tal era... mas abstenho-me de prosseguir. O brigue, como eu já disse, passou à nossa popa e continuou sua rota, lento, mas constante, a sotavento. Com ele e sua terrível equipagem dissiparam-se todas as nossas felizes visões de salvamento e alegria. Talvez pudéssemos ter encontrado meio de abordá-lo enquanto passava devagar, se nossa súbita frustração e a natureza aterradora da descoberta que se seguiu não tivessem prostrado inteiramente todas as nossas faculdades morais e físicas. Tínhamos visto e sentido, mas não pudemos agir nem pensar antes que fosse tarde demais. Pode-se estimar o quanto nosso intelecto foi debilitado por esse incidente pelo fato de que, quando o navio afastou-se a ponto de não percebermos mais que metade de seu casco, cogitamos seriamente a possibilidade de tentar alcançá-lo a nado!

Eu, desde essa época, esforcei-me em vão por obter uma pista da abominável incerteza que envolvia a sina do navio desconhecido. Seu talhe e sua aparência geral nos inclinavam a pensar, como afirmei antes, que fosse um navio mercante holandês, e os trajes da equipagem confirmavam essa opinião. Poderíamos ter lido sem dificuldade seu nome na popa e feito outras observações que nos teriam guiado a decifrar sua natureza; mas a agitação extrema do momento nos cegou a todo indício dessa espécie. Do matiz açafranado de alguns corpos que ainda não estavam totalmente decompostos, concluímos que todos a bordo haviam morrido de febre amarela ou de alguma outra epidemia virulenta e análoga. Se tal fosse o caso (e não sei o que mais imaginar), a morte, a julgar pelas posições dos corpos, deve ter-se abatido sobre eles de modo terrivelmente súbito e esmagador – totalmente distinto daquele que caracteriza mesmo as pestes mais mortais com que a humanidade se familiarizou. É possível, aliás, que algum veneno, introduzido por acidente nas provisões de bordo, tenha ocasionado esse desastre; ou que a ingestão de algum peixe desconhecido, de espécie venenosa, de outro animal marinho ou de ave oceânica tenha induzido a isso – mas é absolutamente supérfluo formar conjeturas num caso todo envolvido – e que sem dúvida permanecerá para sempre assim – no mais aterrador e insondável mistério.

11

Passamos o restante do dia num estado de letargia estúpida, contemplando o navio que se retirava, até que a chegada das trevas, ocultando-o de nossa vista, trouxe-nos de volta a nós mesmos. As pontadas de fome e sede retornaram, absorvendo todos os outros cuidados e considerações. Nada, porém, podia ser feito até a manhã, e, instalando-nos o melhor que podíamos, esforçamo-nos por tirar um pouco de repouso. Nisso eu tive êxito além de minhas expectativas, dormindo até que meus companheiros, que não haviam tido a mesma sorte, me despertassem ao romper do dia para recomeçar as nossas tentativas de alçar provisões do paiol.

Fazia agora uma calmaria plena, com o mar tão liso quanto jamais o vira; o tempo era quente e agradável. O brigue estava fora de vista. Começamos nossas operações arrancando, com algum penar, outro dos enfrechates; tendo-o amarrado aos pés de Peters, ele novamente fez a tentativa de alcançar a porta da despensa, imaginando-se capaz de forçá-la, contanto que chegasse até ela em tempo suficiente; e nisso ele se fiava, pois o casco jazia muito mais estável que antes.

Muito rápido ele conseguiu alcançar a porta, quando, desatando um dos pesos de seu tornozelo, fez todo o possível para com ele forçar passagem, mas em vão, o travejamento do quarto sendo muito mais forte que imaginara. Ele estava completamente exausto com o longo período debaixo d'água, e tornava-se indispensável que um de nós o substituísse. Para esse serviço Parker ofereceu-se de imediato; mas, após três tentativas infrutíferas, não conseguira nem sequer chegar perto da porta. O estado lamentável do braço de Augustus tornava inútil de sua parte qualquer tentativa de mergulho, pois seria incapaz de forçar a entrada caso a alcançasse, e assim coube a mim empregar minhas forças para nosso salvamento comum.

Peters deixara um dos enfrechates na passagem, e constatei, ao mergulhar, que eu não tinha lastro suficiente para me manter firmemente sob a água. Resolvi, portanto, em minha primeira tentativa, não mais que recuperar o outro peso. Com esse propósito, tateando o piso do corredor, senti uma substância dura, que logo empunhei, não tendo tempo de verificar o que fosse, mas voltando e subindo de pronto à superfície. O prêmio revelou-se uma garrafa, e qual não foi nossa alegria quando vimos que estava cheia de vinho do Porto. Rendendo graças a Deus por esse consolo e essa assistência tão oportuna, imediatamente sacamos a rolha com meu canivete e, cada um tomando um gole moderado, sentimos o mais indescritível conforto pelo calor, força e ânimo com que nos inspirou. Tornamos então a arrolhar cuidadosamente a garrafa e, com um lenço, a amarramos de modo que fosse impossível que se quebrasse.

Tendo descansado por um instante depois dessa feliz descoberta, tornei a descer e enfim recuperei o enfrechate, com o qual logo subi. Prendi-o então ao pé e desci pela terceira vez, quando fiquei plenamente convencido de que, naquela situação, esforço nenhum me permitiria forçar a porta da despensa. Regressei, pois, em desespero.

Agora parecia não haver mais espaço para esperança, e eu podia perceber na fisionomia de meus companheiros que eles se haviam resignado a morrer. O vinho evidentemente produzira neles uma espécie de delírio, do qual me preservara, talvez, minha primeira imersão. Falavam de modo incoerente, e sobre assuntos sem nenhum nexo com nossa situação, Peters cumulando-me de perguntas sobre Nantucket. Augustus também, recordo-me, aproximou-se de mim com ar sério e me solicitou que lhe emprestasse um pente de bolso, pois seu cabelo, dizia, estava cheio de escamas de peixe, e desejava limpar-se antes de desembarcar. Parker parecia menos afetado, e me incitava a mergulhar a esmo na cabine e apanhar qualquer objeto que me caísse nas mãos. A isso consenti, e na primeira tentativa, após ter permanecido debaixo d'água um minuto inteiro, emergi com uma maleta de couro que pertencera ao capitão Barnard. Esta foi logo aberta na tênue esperança de que contivesse algo para comer ou beber. Não encontramos nada, porém, exceto um estojo de navalhas de barba e duas camisas de linho. Tornei a mergulhar, e voltei sem resultado algum. Ao erguer a cabeça acima da água, ouvi um ruído de algo que se quebrava no convés e, ao subir, vi que meus companheiros haviam torpemente tirado vantagem de

minha ausência para beber o restante do vinho, tendo deixado a garrafa cair, no afã de recolocá-la no lugar antes que os visse. Repreendi-lhes a impiedade da conduta, ao que Augustus prorrompeu em lágrimas. Os outros dois esforçaram-se para rir e transformar a coisa numa brincadeira, mas espero nunca mais ter de contemplar riso dessa espécie: a convulsão de suas fisionomias era absolutamente pavorosa. Aliás, era nítido que o estímulo produzido em estômagos vazios tivera um efeito violento e instantâneo, e que estavam todos sumamente embriagados. Com grande dificuldade eu os convenci a se deitar, e de pronto caíram num sono profundo, acompanhado de uma respiração pesada e estertorante.

Achava-me agora, por assim dizer, sozinho no brigue, e minhas reflexões, decerto, eram da mais terrível e sombria natureza. Nenhuma perspectiva oferecia-se à minha vista senão definhar de fome, ou, no melhor dos casos, ser engolido pela primeira tempestade que se erguesse, pois em nosso presente estado de exaustão não podíamos acalentar a esperança de sobreviver a outra.

A fome dilacerante que eu experimentava então era quase insuportável, e me senti capaz de ir às últimas consequências para aplacá-la. Com meu canivete, cortei um pequeno pedaço da mala de couro, e esforcei-me por comê-lo, mas foi absolutamente impossível engolir um único bocado, embora me parecesse que, ao mascar e cuspir o couro em pequenos fragmentos, eu obtinha um ligeiro alívio de meus sofrimentos. À boca da noite, meus companheiros despertaram, um por um, cada qual num indescritível estado de fraqueza e horror causado pelo vinho, cujos vapores tinham-se agora dissipado. Tremiam como vítimas de violenta sezão e imploravam água com os gritos mais lamentáveis. A condição deles afetou-me no mais vivo grau; ao mesmo tempo, causava-me júbilo o feliz acidente que me impedira de me abandonar ao vinho, poupando-me assim de compartir de sua melancolia e suas aflitivas sensações. A conduta deles, porém, inspirava-me inquietação e alarme; pois era evidente que, a menos que ocorresse uma mudança favorável, eles não me podiam prestar assistência alguma para zelar por nossa segurança comum. Eu ainda não abandonara toda a ideia de trazer algo de baixo; mas a tentativa não podia ser retomada até que algum deles estivesse senhor de si o suficiente para ajudar-me, segurando a extremidade da corda enquanto eu descesse. Parker pareceu estar um pouco mais de posse de seus sentidos que os outros, e apliquei-me, com todos os meios à minha disposição, a reanimá-lo. Julgando que um mergulho na água do mar tivesse um efeito benéfico, logrei amarrar a extremidade de uma corda ao redor de seu corpo, e então, conduzindo-o à escada do tombadilho (ele permaneceu bastante passivo o tempo inteiro), empurrei-o para dentro e imediatamente puxei-o para fora. Tive razão de felicitar-me pelo experimento, pois ele pareceu retomar vida e força, e, ao sair, perguntou-me de modo racional por que o tratava assim. Explicando-lhe meu objetivo, ele expressou sua gratidão e disse que se sentia bem melhor depois do banho, conversando em seguida com bom senso sobre nossa situação. Resolvemos então tratar Augustus e Peters da mesma maneira, o que logo fizemos, e ambos experimentaram grande benefício do choque. Essa ideia de súbita imersão me fora sugerida pela leitura, em alguma obra médica, do efeito salutar da ducha no caso de pacientes que sofrem de *mania à potu*.

Vendo enfim que me podia fiar nos companheiros para segurarem a extremidade da corda, tornei a fazer três ou quatro mergulhos na cabine, embora já estivesse bastante escuro e um marulho suave mas longo, vindo do norte, tornasse o casco um pouco instável. No curso dessas tentativas, consegui trazer à tona duas facas de mesa, um jarro de 3 galões – vazio – e um cobertor, mas nada que nos servisse de alimento. Após ter encontrado esses objetos, continuei meus esforços, até que estivesse completamente exausto, mas nada mais apanhei. Durante a noite, Parker e Peters ocuparam-se em turnos da mesma maneira; mas, nada caindo à mão, desistimos da tentativa em desespero, concluindo que nos esgotávamos em vão.

Passamos o restante da noite na mais intensa angústia moral e física que se possa imaginar. A manhã do dia 16 raiou enfim, e vasculhamos ávidos o horizonte em busca de socorro, mas em vão. O mar ainda estava liso, apenas com um longo marulho do norte, como na véspera. Era o sexto dia desde que saboreáramos pela última vez comida ou bebida, com exceção da garrafa de porto, e estava claro que não poderíamos resistir senão muito pouco tempo, a menos que algo pudesse ser obtido. Nunca vira antes, nem desejo voltar a ver, seres humanos tão profundamente emaciados como Peters e Augustus. Se os tivesse encontrado em terra em seu estado de então, nem sequer me teria ocorrido que pudesse tê-los conhecido. A fisionomia deles havia mudado completamente de caráter, de modo que mal podia me convencer de que fossem os mesmos indivíduos em cuja companhia eu estivera poucos dias antes. Parker, embora tristemente abatido e tão fraco que era incapaz de erguer a cabeça, não estava no mesmo estado que os outros dois. Ele sofria com grande paciência, não fazia nenhuma queixa e empenhava-se em nos inspirar esperança com todos os meios que divisasse. Quanto a mim, embora tivesse passado maus bocados no começo da viagem, e embora sempre tenha tido uma constituição delicada, sofria menos que qualquer um de nós, tendo emagrecido muito menos e conservado minhas faculdades mentais em grau surpreendente, enquanto os demais tinham o intelecto completamente prostrado e pareciam reconduzidos a uma espécie de segunda infância, estampando em geral um sorriso tolo no rosto, como os idiotas, e proferindo as mais absurdas trivialidades. A intervalos, porém, pareciam de repente reavivar-se, como se inspirados de golpe pela consciência de sua situação, quando então se punham de pé num lampejo de vigor e falavam de suas perspectivas de maneira totalmente racional, embora plena do mais intenso desespero. É bem possível, porém, que meus companheiros tenham entretido a mesma opinião de sua própria condição e que involuntariamente eu tenha sido culpado das mesmas extravagâncias e imbecilidades — eis uma questão impossível de decidir.

Por volta de meio-dia, Parker declarou ter avistado terra do lado de bombordo, e foi com a maior das dificuldades que pude impedi-lo de mergulhar no mar para ganhar a costa a nado. Peters e Augustus prestaram pouca atenção ao que dizia, estando aparentemente envoltos em lúgubre contemplação. Ao olhar na direção indicada, não pude perceber a mais leve aparência de litoral — aliás, sabia muito bem que estávamos longe de toda terra para me abandonar a uma esperança dessa natureza. Precisei de bastante tempo, contudo, para convencer Parker de seu equívoco. Ele desfez-se então numa torrente de lágrimas, chorando como uma criança, com berros altos e soluços, por duas ou três horas, quando, vencido pelo cansaço, pegou no sono.

Peters e Augustus fizeram então vários esforços ineficazes para engolir pedaços do couro. Aconselhei-os a mastigá-lo e cuspi-lo; mas estavam excessivamente debilitados para serem capazes de seguir meu conselho. Continuei a mastigar pedaços a intervalos e disso tirei algum alívio; meu principal tormento era a falta de água, e só resisti à tentação de beber um trago do mar lembrando-me das horríveis consequências que resultaram a outros nas mesmas condições que nós.

O dia transcorria desse modo, quando de súbito descobri uma vela a leste, a bombordo da proa.

Parecia ser um navio grande e rumava quase de bombordo a boreste sobre nós, estando provavelmente a 12 ou 15 milhas de distância. Nenhum de meus companheiros o descobrira, e me abstive por um momento de mostrá-lo, por medo de que fôssemos mais uma vez frustrados em nosso consolo. Por fim, como ele se aproximasse, vi distintamente que rumava direto sobre nós, com as velas cheias. Não pude mais me conter e apontei-o aos meus companheiros de sofrimento. Ergueram-se num salto, de novo entregando-se às mais extravagantes demonstrações de alegria, chorando, rindo de maneira idiota, pulando, sapateando no convés, arrancando os cabelos, rezando e praguejando alternadamente. Vi-me tão influenciado pelo seu comportamento, bem como por aquilo que agora julgava uma perspectiva certa de salvamento, que não pude deixar de juntar-me a eles em sua loucura e dei vazão aos impulsos de gratidão e êxtase espojando-me e rolando no convés, batendo palmas, gritando e coisas do gênero, até que subitamente fui chamado à razão e lembrado mais uma vez da miséria e do desespero humanos, ao perceber que, de repente, o navio nos apresentava em cheio sua popa e governava em direção quase oposta àquela em que eu o vira pela primeira vez.

Levou algum tempo até que eu pudesse induzir meus companheiros a acreditar que esse triste revés em nossas perspectivas de fato ocorrera. Responderam a todas as minhas asserções com olhares fixos e gestos que significavam que não seriam iludidos com tais gracejos. A conduta de Augustus foi a que mais me afetou. A despeito de tudo que pude dizer ou fazer em contrário, ele persistia em dizer que o navio se aproximava rapidamente de nós, e fazia os preparativos para subir a bordo. Afirmava que algumas algas que boiavam junto ao brigue eram o escaler do navio, e fez menção de atirar-se a elas, uivando e bradando de maneira a cortar o coração, quando usei da força para impedi-lo de lançar-se ao mar.

Recobrando um pouco a calma, continuamos a observar o navio, até que afinal o perdemos de vista, enevoando-se o tempo com uma ligeira brisa que se erguia. Assim que ele se foi por inteiro, Parker virou-se para mim com uma expressão no rosto que me fez gelar. Tinha um ar de serenidade que eu não notara nele até então, e, antes que ele abrisse os lábios, meu coração me disse o que ele iria dizer. Propôs, em poucas palavras, que um de nós fosse sacrificado para preservar a existência dos outros.

12

Já fazia algum tempo que eu refletia sobre a perspectiva de sermos reduzidos a esse terrível extremo, e decidira em segredo suportar a morte em qualquer de suas formas ou sob quaisquer circunstâncias antes de lançar mão desse recurso. Não fraquejara nessa resolução pela presente intensidade da fome sob a qual eu laborava. A proposta não fora ouvida nem por Peters nem por Augustus. Assim, chamei Parker de lado; e, rogando mentalmente a Deus o poder de dissuadi-lo do execrável propósito que entretinha, fiz longos protestos, da maneira mais suplicante, implorando-lhe em nome de tudo que tinha por sagrado e, instando com toda espécie de argumento que a extremidade do caso sugeria, que abandonasse a ideia e não a mencionasse a nenhum dos outros dois.

Ele ouviu tudo o que eu dizia sem tentar rebater nenhum dos meus argumentos, e eu começava a ter esperanças de que lograria convencê-lo. Mas, quando cessei de falar, ele disse que sabia muito bem que tudo o que eu dizia era verdadeiro, e que recorrer a tal meio era a mais terrível alternativa que podia ocorrer ao espírito do homem; mas ele sofrera tanto quanto a natureza humana podia suportar; parecia desnecessário que todos morressem, quando, pela morte de um, era possível, provável até, que o resto fosse afinal preservado; acrescentando que eu podia poupar o trabalho de tentar demovê-lo de seu propósito, tendo já seu espírito formado opinião sobre o assunto mesmo antes da aparição do navio, e que apenas o fato de ele ter despontado no horizonte o impedira de mencionar antes a sua intenção.

Implorei-lhe então, se não podia convencê-lo a abandonar seu projeto, que ao menos o diferisse por mais um dia, quando talvez algum navio nos viesse ao socorro; reiterei todo argumento que pude divisar e que supunha capaz de ter influência sobre alguém de sua rude natureza. Ele disse, em resposta, que aguardara quieto até o momento derradeiro, que não mais podia viver sem sustento de algum tipo, e que, portanto, deixada para o outro dia, sua sugestão viria tarde demais, ao menos no que lhe dizia respeito.

Vendo que nada que eu dissesse em tom brando poderia comovê-lo, assumi um ar diferente e disse que devia saber que eu sofrera menos que qualquer um deles com nossas calamidades; que minha saúde e força, portanto, eram no momento bem superiores, não só às dele, mas também às de Peters e Augustus; em suma, que eu estava em condições de empregar a força se julgasse necessário; e que, se ele tentasse de algum modo participar aos outros seu maldito plano canibalesco, eu não hesitaria em lançá-lo ao mar. Nisso ele me agarrou prontamente pela garganta e, sacando uma faca, fez vários esforços inúteis para me apunhalar na barriga; uma atrocidade que apenas sua excessiva fraqueza o impediu de realizar. Enquanto isso, inflamado ao cúmulo da raiva, forcei-o até a borda do navio, com a firme intenção de atirá-lo ao mar. Mas ele foi salvo de seu destino pela interferência de Peters, que se aproximou e nos separou, perguntando a causa da pendenga. Parker disse tudo antes que eu encontrasse meio de impedi-lo.

O efeito de suas palavras foi ainda mais terrível do que eu previra. Tanto Augustus como Peter, que, parece, de muito entretinham secretamente a mesma ideia temível que Parker fora apenas o primeiro a tornar pública, aliaram-se a ele e insistiram que fosse imediatamente levada a efeito. Eu calculara que ao menos um dos dois estaria ainda de posse de suficiente força de espírito para formar comigo e resistir a qualquer tentativa de executar propósito tão macabro; com a ajuda de um deles, julgava-me inteiramente capaz de impedir sua realização. Desapontado nessa expectativa, fez-se absolutamente necessário que eu zelasse pela minha própria segurança, já que a resistência de minha parte talvez fosse considerada pelos homens, em sua deplorável situação, como desculpa suficiente para me recusar igualdade de condições na tragédia que seria vivamente encenada.

Eu lhes disse então que acatava voluntariamente a proposta, requerendo apenas uma delonga de cerca de uma hora, a fim de que a névoa que baixara sobre nós tivesse tempo de se dissipar, quando seria possível que o navio já avistado antes retornasse à vista. Após muita dificuldade, arranquei deles a promessa de esperar até lá; como eu imaginara (uma brisa sobrevindo depressa), a névoa ergueu-se antes que se expirasse a hora, quando, nenhum navio surgindo à vista, preparamo-nos para tirar a sorte.

É com extrema relutância que me estendo sobre a cena aterradora que se seguiu; uma cena que, com seus ínfimos detalhes, nenhum evento posterior pôde apagar de minha memória o mínimo que fosse e cuja implacável lembrança envenenará cada instante de minha existência futura. Permitam-me despachar essa parte de minha narrativa tão prontamente quanto comporte a natureza dos incidentes a serem relatados. O único método que pudemos entrever para essa loteria terrível, em que cada qual teria um risco a correr, foi tirar palitinhos. Pequenas lascas de madeira responderam ao nosso propósito, e combinamos que eu distribuiria a sorte. Retirei-me a uma ponta do navio, enquanto meus pobres companheiros tomaram em silêncio posição na ponta contrária, de costas para mim. Padeci a mais cruel ansiedade de todo esse pavoroso drama enquanto me ocupava do arranjo dos palitos. Poucas são as situações em que o homem pode meter-se nas quais não sentirá um profundo interesse na preservação de sua existência; um interesse que cresce instante a instante com a fragilidade do laço que prende essa existência. Mas agora a natureza silenciosa, precisa e severa do trabalho a que me abandonava (tão diversa dos tumultuosos perigos da tempestade ou dos horrores progressivos da fome) permitia-me refletir sobre as poucas chances que eu tinha de escapar à mais bárbara das mortes — para o mais bárbaro dos propósitos —, e cada partícula daquela energia que por tanto tempo me dera ânimo dissipou-se como plumas ao vento, deixando-me presa impotente do mais abjeto e desprezível terror. A princípio, mal pude reunir força suficiente para desprender e agrupar as pequenas lascas de madeira, meus dedos absolutamente recusavam o serviço, meus joelhos batiam violentamente um contra o outro. Meu espírito percorreu ligeiro mil projetos absurdos para evitar a funesta especulação. Pensei em cair de joelhos ante meus companheiros e suplicar que permitissem furtar-me a essa necessidade; em precipitar-me sobre eles e, dando cabo do primeiro, tornar supérflua a decisão pela sorte — em suma, em tudo menos em levar adiante o que me era dado fazer. Por fim, depois de perder bastante tempo nessa conduta imbecil, fui chamado aos sentidos pela voz de Parker, que me apressava para tirá-los afinal da terrível ansiedade por que passavam. Mesmo então não pude me resolver a arranjar de imediato as lascas de madeira, mas me pus a refletir sobre toda espécie de artifício pelo qual pudesse trapacear e induzir um dos meus companheiros de sofrimento a tirar a menor lasca, já que fora combinado que quem tirasse de minha mão a mais curta das quatro lascas morreria para a preservação do resto. Antes que alguém me condene por essa aparente torpeza, que seja posto numa situação precisamente semelhante à minha.

Enfim, nenhum atraso mais era possível, e, com o coração quase a saltar-me do peito, avancei rumo ao castelo de proa, onde meus companheiros me aguardavam. Estendi minha mão com as lascas, e Peters logo tirou. Ele estava livre — *a sua*, pelo menos, não era a mais curta; e havia agora uma chance a mais contra mim. Reuni toda a minha força e estendi a sorte a Augustus. Também tirou imediatamente, e também ele estava livre; agora, devesse eu viver ou morrer, as chances eram exatamente as mesmas. Nesse momento, toda a ferocidade do Tigre apossou-se de meu peito, e senti contra Parker, criatura igual a mim, o mais intenso, o mais diabólico ódio. Mas a sensação não durou; por fim, com um frêmito convulsivo e de olhos fechados, estiquei-lhe as duas lascas remanescentes. Passaram-se bons cinco minutos antes que ele se resolvesse a tirar a sua, período de suspense durante o qual, dilacerando-me o coração, não abri uma vez sequer os olhos. Enfim, uma das lascas foi rapidamente tirada de minha mão. A sorte estava decidida, mas eu não sabia se era a meu favor ou contra mim. Ninguém disse palavra, e eu não me atrevia a satisfazer-me olhando o pedaço que me restava. Peters afinal me tomou pela mão, e forcei-me a erguer a vista, quando vi na mesma hora pela fisionomia de Parker que eu estava salvo e que ele fora condenado a padecer. Arquejando, caí sem sentidos no convés.

Voltei a mim a tempo de assistir ao desenlace da tragédia, a morte daquele que fora seu principal instrumento. Não opôs resistência alguma e foi apunhalado nas costas por Peters, caindo morto instantaneamente. Não me alongarei no terrível festim que logo se seguiu. Tais coisas podem ser imaginadas, mas as palavras não têm o poder de impressionar o espírito com o requintado horror de sua realidade. Basta dizer que, tendo em alguma medida aplacado no sangue da vítima a sede ardente que nos consumia, e tendo por comum acordo decepado as mãos, os pés e a cabeça, lançando-os ao mar junto com as entranhas, devoramos o resto do corpo, pedaço a pedaço, ao longo dos quatro dias para sempre memoráveis de 17, 18, 19 e 20 de julho.

No dia 19, sobrevindo um aguaceiro intenso que durou quinze ou vinte minutos, logramos colher alguma água por meio de um lençol que pescáramos da cabine com nossa draga, logo após a tempestade. A quantidade que recolhemos ao todo não montava a mais que meio galão; mas mesmo essa escassa provisão nos muniu de comparativa força e esperança.

No dia 21, fomos novamente reduzidos à última necessidade. O tempo ainda permanecia quente e agradável, com brumas ocasionais e brisas ligeiras, em geral de norte a oeste.

No dia 22, estando os três sentados, uns contra os outros, remoendo melancolicamente nossa lamentável situação, atravessou-me o espírito uma ideia súbita, que me inspirou com uma viva centelha de esperança. Lembrei que, quando o mastro de proa fora cortado, Peters, achando-se nos ovéns de barlavento, passara-me um dos machados, pedindo-me que o pusesse, se possível, em local seguro, e que, alguns minutos antes de o mar golpear o brigue e inundá-lo, eu levara esse machado ao castelo de proa e o depositara sobre um dos beliches de bombordo. Imaginei ser agora possível que, deitando mão a esse machado, pudéssemos talvez abrir o convés sobre a despensa e assim nos abastecer facilmente de provisões.

Quando comuniquei esse projeto a meus companheiros, eles proferiram um débil grito de alegria, e todos nós seguimos sem demora ao castelo de proa. Ali, a dificuldade de descer era bem maior que a de mergulhar na cabine, a abertura sendo muito menor, pois será lembrado que todo o vigamento ao redor da cobertura da escada do tombadilho da cabine fora arrancado, enquanto o passadiço do castelo de proa, uma simples escotilha de apenas 3 pés quadrados, restara incólume. Não hesitei, entretanto, em ensaiar uma tentativa; com uma corda amarrada em volta do corpo como antes, mergulhei com vontade, de pé; rapidamente abri caminho ao beliche e na primeira tentativa trouxe o machado. Ele foi saudado com todo o êxtase da alegria e do triunfo, e a facilidade com que fora obtido foi considerada um presságio de nosso salvamento definitivo.

Começamos então a golpear o convés com toda a energia da esperança reacesa, Peters e eu tomando o machado em turnos, o braço de Augustus não lhe permitindo que nos fosse de nenhuma ajuda. Como ainda estivéssemos tão fracos a ponto de mal sermos capazes de nos manter de pé sem apoio, e como assim podíamos somente trabalhar um minuto ou dois sem descansar, cedo ficou patente que seriam necessárias muitas e longas horas para ultimar nossa tarefa – ou seja, para cortar uma abertura capaz de franquear livre acesso ao paiol. Essa consideração, porém, não nos desencorajou; trabalhando a noite inteira ao luar, na manhã do dia 23, ao romper do dia, conseguimos alcançar nosso propósito.

Peters ofereceu-se para descer; tendo feito todos os arranjos como antes, desceu e logo retornou trazendo consigo um pequeno frasco, que para nossa grande alegria se revelou cheio de azeitonas. Tendo-as partilhado entre nós, devorando-as com a maior avidez, tratamos de baixá-lo de novo. Dessa vez seu êxito superou em muito todas as nossas expectativas, regressando instantaneamente com um grande pernil e uma garrafa de vinho da Madeira. Do último, cada qual tomou um comedido gole, tendo aprendido por experiência as consequências perniciosas de abandonar-se a ele com imoderação. O pernil, exceto por 2 libras junto ao osso, não estava em condição de ser comido, tendo sido inteiramente estragado pela água salgada. A parte sadia foi dividida entre nós. Peters e Augustus, incapazes de refrear o apetite, engoliram a deles no mesmo instante; fui mais cuidadoso e comi só um pequeno pedaço da minha, temendo a sede que havia de resultar. Descansamos um pouco de nosso trabalho, que fora intoleravelmente árduo.

Por volta do meio-dia, sentindo-nos fortificados e restabelecidos, renovamos nossas tentativas de alçar provisões. Peters e eu descemos alternadamente, sempre com algum sucesso, até o pôr do sol. Durante esse intervalo, tivemos a felicidade de trazer à tona, ao todo, mais quatro pequenos frascos de azeitonas, outro pernil, um garrafão contendo quase 3 galões de excelente madeira e, o que nos deu ainda mais prazer, uma pequena tartaruga-das-galápagos, muitas das quais haviam sido trazidas a bordo pelo capitão Barnard no momento em que o

Grampus deixava o porto, provenientes da escuna *Mary Pitts*, recém-chegada de uma viagem de pesca à baleia no Pacífico.

Numa parte subsequente desta narrativa, terei ocasião frequente de mencionar essa espécie de tartaruga. Ela é encontrada principalmente, como talvez saiba a maioria de meus leitores, no grupo de ilhas Galápagos, que aliás derivam o nome do animal – o termo espanhol *galápago* significa uma variedade de tartaruga de água doce. Pela peculiaridade de seu formato e de seus costumes, foi chamada por vezes tartaruga-elefante. Encontram-se com frequência algumas de tamanho enorme. Eu mesmo já vi algumas que pesavam de 1.200 a 1.500 libras, embora não tenha lembrança de nenhum navegador que tenha falado de tais tartarugas que pesassem mais de 800 libras. Sua aparência é singular e mesmo repulsiva. Seus passos são bem lentos, medidos e pesados, seu corpo eleva-se a cerca de 1 pé do solo. O pescoço é longo e excessivamente delgado; um comprimento de 18 polegadas a 2 pés é bem comum, e eu matei uma na qual a distância do ombro à extremidade da cabeça não era menos de 3 pés e 10 polegadas. A cabeça guarda admirável semelhança com a de uma serpente. Podem sobreviver sem comida durante um intervalo de tempo quase incrível, e casos são conhecidos em que foram lançadas ao porão de um navio e lá ficaram por dois anos sem alimento de nenhum tipo – tão gordas e, em todos os aspectos, tão sadias ao termo desse prazo como no dia em que ali foram postas. Num particular esses animais extraordinários assemelham-se ao dromedário ou ao camelo do deserto. Numa bolsa na raiz do pescoço carregam consigo uma constante provisão de água. Em alguns casos, ao matá-las após um ano inteiro de privação de alimento, encontraram-se em suas bolsas até 3 galões de água perfeitamente doce e fresca. Alimentam-se sobretudo de salsa selvagem e aipo, mais beldroega, clorofíceas e opúncias, vegetal este de que elas se valem espantosamente, e uma grande quantidade dele é encontrada nas vertentes junto à costa em que o animal fixa seu lar. Essas tartarugas são alimento excelente e dos mais nutritivos, e sem dúvida serviram de meio para preservar a vida de milhares de marujos empregados na pesca à baleia e outros misteres no Pacífico.

Aquela que tivemos a felicidade de alçar do paiol não era das grandes, pesando provavelmente 65 ou 70 libras. Era uma fêmea, em excelente forma, prodigamente gorda e portando em sua bolsa mais de um quarto de galão de água doce e límpida. Era de fato um tesouro; tombando de joelhos por unanimidade, rendemos fervorosas graças a Deus por tão oportuno alívio.

Tivemos grande dificuldade em fazer passar o animal pela abertura, por ser feroz a sua resistência e prodigiosa a sua força. Esteve a ponto de escapar às mãos de Peters e escorregar de volta para a água, quando Augustus, lançando-lhe ao redor do pescoço uma corda de nó corrediço, assim a reteve até que eu pulasse no buraco ao lado de Peters para ajudá-lo a erguê-la ao convés.

Transferimos a água cuidadosamente da bolsa para o jarro, o qual, como será lembrado, fora alçado da cabine. Tendo feito isso, partimos o gargalo de uma garrafa de modo a formar, com a ajuda da rolha, uma espécie de copo que mal continha um quarto de quartilho. Bebemos então cada qual um desses copos cheios e resolvemos nos cingir a essa quantidade por dia, pelo tempo que durasse a provisão.

Durante os dois ou três últimos dias, o tempo estando seco e agradável, as cobertas que alçáramos da cabine haviam secado completamente, e assim também nossas roupas, de modo que passamos essa noite (a do dia 23) em relativo conforto, desfrutando um repouso tranquilo após nos termos regalado de azeitonas e pernil, com uma pequena ração de vinho. Temendo que algumas de nossas provisões se perdessem borda afora durante a noite, no caso de se erguer uma brisa, resolvemos amarrá-las o melhor possível com uma corda aos destroços do molinete. Quanto à tartaruga, que estávamos ansiosos para preservar viva o quanto pudéssemos, nós a pusemos de costas e a prendemos com cuidado.

13

24 de julho – Essa manhã nos viu singularmente restaurados em ânimo e força. Não obstante a arriscada situação em que ainda nos achávamos, ignorantes de nossa posição, embora decerto a grande distância de toda terra, sem mais comida que para uma quinzena, mesmo a administrando com grande cuidado, quase sem água, e flutuando para lá e para cá, sobre a mais deplorável carcaça, à mercê de todo vento e onda – ainda assim as angústias e os perigos infinitamente mais terríveis de que havíamos recente e tão providencialmente escapado faziam-nos considerar o que suportávamos agora como pouco mais que um contratempo de rotina – tão estritamente relativos são o bem e o mal.

Ao nascer do sol, nós nos preparávamos para renovar as tentativas de fazer subir algo do paiol, quando, sobrevindo um aguaceiro intenso, com alguns raios, voltamos nossa atenção para o recolhimento de água com o lençol que já nos servira antes a esse propósito. Outro meio não tínhamos de recolher a chuva senão segurando o lençol esticado com uma das placas do enfrechate no meio. A água, assim conduzida ao centro, era escoada para dentro da jarra. Quase a tínhamos enchido desse modo quando uma forte rajada, vinda do norte, obrigou-nos a desistir, já que o casco começou mais uma vez a jogar com tal violência que não conseguíamos mais nos manter de pé.

Fomos para a proa e, amarrando-nos solidamente ao restante do molinete como antes, aguardamos os acontecimentos com muito mais calma que se poderia prever ou se teria imaginado possível em tais circunstâncias. Ao meio-dia o vento refrescara; já era uma brisa a cerrar dois rizes e, caindo a noite, uma forte ventania, acompanhada de um marulho tremendamente pesado. Tendo-nos ensinado a experiência, porém, o melhor método de dispor nossas amarras, resistimos a essa triste noite em passável segurança, embora encharcados a cada instante pelo mar e em perpétuo perigo de sermos varridos pelas águas. Por sorte, o tempo estava tão quente que tornava a água antes aprazível que incômoda.

25 de julho – Pela manhã, serenada a tempestade, dela não restou mais que uma brisa de 10 nós, e o mar baixou tão consideravelmente que éramos capazes de nos manter a seco sobre o convés. Para nosso grande pesar, contudo, descobrimos que dois de nossos frascos de azeitonas, bem como todo o pernil, haviam sido varridos borda afora, apesar de todos os cuidados com que tinham sido amarrados. Resolvemos não matar ainda a tartaruga, e por ora nos contentamos com um desjejum de parcas azeitonas e uma ração de água cada qual, que depois misturamos, meio a meio, com vinho, extraindo grande alívio e força da mistura, sem a aflitiva ebriedade que resultara do porto. O mar ainda estava grosso demais para renovar nossos esforços de alçar provisão da despensa. Durante o dia, vários objetos, de nenhuma importância em nossa presente situação, subiram à tona pela abertura e foram imediatamente arrastados borda afora. Observamos também que o casco dava à banda mais do que nunca, de modo que não podíamos ficar de pé um único instante sem nos amarrar. Por conta disso, passamos um dia triste e desconfortável. Ao meio-dia o sol nos apareceu quase na vertical, e não tivemos dúvida de que essa longa sucessão de ventos norte e noroeste nos havia arrastado quase à vizinhança do equador. À tardinha, vimos vários tubarões e ficamos alarmados pelo modo audacioso como um deles, enorme, aproximou-se de nós. A certa altura, tendo uma guinada mergulhado o convés bem abaixo d'água, o monstro de fato nadou rumo a nós, debatendo-se por alguns instantes logo acima da escotilha e golpeando Peters violentamente com a cauda. Uma forte onda arremessou-o por fim borda afora, para nosso grande alívio. Com tempo calmo, seríamos facilmente capazes de capturá-lo.

26 de julho – Nessa manhã, o vento amainando-se bastante, e o mar não estando muito grosso, resolvemos retomar nossos empenhos na despensa. Após muito trabalho duro o dia inteiro, vimos que nada mais havia a esperar desse lado, as anteparas do recinto haviam sido rompidas durante a noite e seu conteúdo fora varrido porão adentro. Essa descoberta, como se pode supor, encheu-nos de desespero.

27 de julho – O mar quase liso, com vento leve, sempre do norte e do oeste. O sol da tarde despontando quente, ocupamo-nos em secar nossas roupas. Banhando-nos no mar, encontramos muito alívio contra a sede e muito conforto quanto ao mais; nisso, porém, fomos obrigados a usar de grande cautela, por medo dos tubarões, muitos dos quais foram vistos nadando ao redor do brigue durante o dia.

28 de julho – Sempre tempo bom. O brigue começou agora a pender à banda de modo tão alarmante que receamos fosse virar definitivamente de borco. Preparamo-nos o melhor que podíamos para tal emergência, amarrando nossa tartaruga, nosso jarro d'água e nossos dois frascos restantes de azeitona na extremidade a barlavento, dispondo-os fora do casco, abaixo dos enfrechates. Um mar bem liso o dia todo, com pouco ou nenhum vento.

29 de julho – Ainda o mesmo tempo. O braço ferido de Augustus começou a dar sinais de gangrena. Meu amigo queixou-se de sonolência e sede excessiva, mas não de dor aguda. Nada podia ser feito para aliviá-lo além de friccionar suas feridas com um pouco de vinagre das azeitonas, e disso não pareceu resultar nenhum benefício. Fizemos de tudo ao nosso alcance para seu bem-estar, e triplicamos sua ração de água.

30 de julho – Dia demasiado quente, sem vento. Um enorme tubarão manteve-se junto ao casco durante toda a manhã. Fizemos várias tentativas infrutíferas para capturá-lo por meio de um laço. Augustus piorou muito e enfraquecia-se visivelmente, tanto por falta de alimento adequado quanto pelo efeito de suas feridas. Suplicava sem parar que o livrássemos de seus sofrimentos, nada mais desejando senão a morte. Nessa noite comemos nossas últimas azeitonas e encontramos a água de nosso jarro tão pútrida que não pudemos engoli-la sem nela adicionar vinho. Resolvemos matar nossa tartaruga de manhã.

31 de julho – Após uma noite de ansiedade e fadiga extremas, pela posição do navio, tratamos de matar e retalhar nossa tartaruga. Ela revelou-se bem menor que supuséramos, embora em boa condição – toda a carne que lhe pudemos tirar não montava a mais de 10 libras. Com vistas a preservar uma parte dela o maior tempo possível, nós a cortamos em pedaços miúdos e com eles enchemos os três frascos restantes e a garrafa de vinho (que havíamos preservado), vertendo em seguida o vinagre das azeitonas. Desse modo, pusemos de lado cerca de 3 libras da tartaruga, tencionando não tocar nelas antes de termos consumido o resto. Decidimos nos restringir a cerca de 4 onças da carne por dia; o todo duraria assim treze dias. Ao cair da noite, uma chuvarada intensa, com muitos raios e trovões – mas que durou tão pouco que só conseguimos recolher cerca de meio quartilho de água. De comum acordo, demos tudo a Augustus, que parecia agora estar nas últimas. Bebeu a água do lençol à medida mesmo que a recolhíamos (ele deitado e nós segurando o lençol de modo que a água escorresse à sua boca), pois nada mais nos restara capaz de conter água, a menos que tivéssemos escolhido esvaziar o vinho do garrafão ou a água estagnada do jarro. Tivesse durado o aguaceiro, teríamos recorrido a qualquer desses expedientes.

O enfermo não pareceu tirar da bebida senão pouco benefício. Seu braço estava completamente preto do punho ao ombro, e seus pés eram como gelo. Esperávamos a todo instante vê-lo dar o último suspiro. Estava espantosamente emaciado; tanto que, embora pesasse 127 libras ao partir de Nantucket, agora não pesaria mais que *40 ou 50, no máximo*. Seus olhos estavam profundamente encovados nas órbitas, mal eram perceptíveis, e a pele das bochechas pendia tão flácida que o impedia de mastigar qualquer comida ou mesmo de engolir algum líquido sem grande dificuldade.

1º de agosto – Sempre o mesmo tempo calmo, com um sol opressivamente quente. Sofremos de uma sede terrível, a água no jarro estava absolutamente pútrida e formigante de vermes. Logramos, no entanto, engolir uma parte, misturando-a ao vinho; nossa sede, porém, pouco se aplacou. Encontramos maior alívio banhando-nos no mar, mas não pudemos fazer uso desse expediente senão a longos intervalos, por conta da contínua presença dos tubarões. Constatamos então claramente que Augustus não podia mais ser salvo – morria a olhos vistos. Nada podíamos fazer para atenuar seus sofrimentos, que pareciam atrozes. Por volta do meio-dia, expirou em fortes convulsões e sem ter proferido uma palavra durante várias horas. Sua morte nos encheu dos mais funestos presságios, e tal foi seu efeito sobre nosso espírito que permanecemos imóveis, sentados ao lado do cadáver durante o dia inteiro, sem trocar palavra exceto aos sussurros. Foi apenas ao cair da noite que reunimos coragem para nos levantar e lançar o corpo borda afora. Escapa a toda expressão sua repugnante aparência, e tal era seu estado de decomposição que, quando Peters tentou erguê--lo, uma perna inteira ficou em suas mãos. Quando a massa putrefata deslizou ao mar sobre a amurada do navio, o clarão fosfórico em que estava envolta nos revelou nitidamente sete ou oito tubarões, dos grandes: o estridor de seus horríveis dentes, à medida que a presa era rasgada em pedaços entre eles, poderia ter sido ouvido à distância de 1 milha. Com esse ruído, penetrou-nos até a medula dos ossos o mais profundo horror.

2 de agosto – O mesmo tempo, terrivelmente calmo e quente. A aurora nos surpreendeu num estado de deplorável abatimento e total exaustão física. A água do jarro estava absolutamente imprestável, não passava de uma espessa massa gelatinosa – vermes de aparência aterradora mesclados ao lodo. Nós a jogamos fora, enxaguamos bem o jarro no mar e vertemos um pouco de vinagre de nossas garrafas de tartaruga em conserva. Nossa sede era agora quase intolerável, e tentamos em vão aplacá-la com vinho, que pareceu apenas jogar lenha na fogueira e nos estimulou a extremos de embriaguez. Empenhamo-nos em aliviar nossos sofrimentos misturando o vinho à água do mar; mas disso resultaram no mesmo instante as mais violentas náuseas, de modo que não tornamos a tentá-lo. Durante o dia inteiro buscamos ansiosamente ocasião de nos banhar, mas sem resultado; pois o casco estava agora inteiramente assediado de todos os lados por tubarões – sem dúvida os mesmos monstros que haviam devorado nosso pobre companheiro na noite anterior e que estavam na expectativa, a cada instante, de outro festim de igual natureza. Essa circunstância nos causou o mais amargo pesar e nos encheu dos presságios mais deprimentes e melancólicos. O banho nos costumava propiciar indescritível alívio, e perder esse recurso de modo tão brutal era mais do que podíamos tolerar. Aliás, não estávamos de todo livres de apreensão pelo perigo imediato, pois o mais leve escorregão ou passo em falso nos lançaria prontamente ao alcance daqueles peixes vorazes, que muitas vezes investiam direto contra nós, nadando a sotavento. Nenhum grito ou movimento de nossa parte parecia alarmá-los. Ainda quando um dos maiores foi golpeado com um machado por Peters, saindo bastante ferido, não foi menos persistente em suas tentativas de avançar. Uma nuvem surgiu à boca da noite, mas seguiu adiante sem descarregar, para nossa extrema desilusão. É de todo impossível conceber o que padecemos de sede nesse período. Varamos a noite em claro, tanto em razão disso como pelo medo dos tubarões.

3 de agosto – Nenhuma perspectiva de resgate, e o brigue pendia cada vez mais à banda, de modo que agora nossos pés não tinham mais apoio algum no convés. Ocupamo-nos em amarrar nosso vinho e nossa carne de tartaruga, de sorte a não os perder no caso de emborcarmos. Arranquei duas robustas cavilhas dos enfrechates e, com a ajuda do machado, fixei-as ao casco a barlavento, a cerca de 2 pés da água; o que não era muito longe da quilha, já que estávamos quase totalmente adernados. A essas cavilhas atamos então nossas provisões, por nos parecerem mais seguras ali que em sua antiga posição sob os cabos. Grande agonia de sede durante o dia inteiro — sem ocasião de nos banhar por conta dos tubarões, que não nos deixaram por um instante. Conciliar o sono, impossível.

4 de agosto — Pouco antes do romper do dia percebemos que o casco punha a quilha ao ar, e ficamos em alerta para não sermos lançados longe pelo movimento. A princípio, a rotação foi lenta e gradual, e logramos trepar muito bem a barlavento, tomando a precaução de deixar cordas pendentes das cavilhas que havíamos fincado para a provisão. Mas não calculamos suficientemente a aceleração do impulso; pois, dali a pouco, o movimento ficou forte demais para que lhe acompanhássemos o ritmo; antes que um de nós soubesse o que estava para acontecer, sentimo-nos furiosamente arremessados ao mar, debatendo-nos várias braças abaixo da superfície, com o enorme casco logo acima de nós.

Ao mergulhar, eu fora obrigado a soltar minha corda; sentindo que estava completamente sob o navio, com as forças quase esgotadas, mal fiz algum esforço para salvar minha vida e em poucos segundos me resignei a morrer. Mas ainda nisso eu me enganava, não tendo levado em consideração o rechaço natural do casco a barlavento. O turbilhão de água ascendente, causado por essa revolução parcial do navio, trouxe-me à superfície com ainda mais violência do que fora mergulhado. Ao regressar à tona, encontrei-me a cerca de 20 jardas do casco, segundo meus cálculos. O navio estava de quilha para o ar, balançando furiosamente de um bordo a outro, e o mar, em todos os sentidos à volta, estava muito agitado e repleto de violentos redemoinhos. Nada de Peters. Um barril de óleo flutuava a poucos pés de mim, e vários outros objetos do brigue espalhavam-se aqui e ali.

Meu principal terror ficava agora por conta dos tubarões, que eu sabia estarem em minha vizinhança. A fim de lhes deter a aproximação, se possível, bati vigorosamente a água com mãos e pés à medida que nadava rumo ao casco, criando uma esteira de espuma. Não tenho dúvida de que a esse expediente, simples que fosse, deveu-se minha salvação; pois o mar ao redor do brigue estava tão apinhado desses monstros que devo ter tido, e de fato tive, contato físico com algum deles durante meu progresso. Por grande fortuna, porém, alcancei o bordo do navio a salvo, embora tão absolutamente exausto pelo violento esforço despendido que jamais teria sido capaz de galgá-lo não fosse a assistência oportuna de Peters, que agora, para minha grande alegria, fez sua aparição (tendo trepado à quilha pelo outro lado do casco) e atirou-me a extremidade de uma corda – uma daquelas que amarráramos às cavilhas.

Mal tendo escapado a esse perigo, nossa atenção foi dirigida à terrível iminência de outro – o da fome absoluta. O estoque inteiro de provisão fora varrido borda afora, a despeito de todo o nosso cuidado em colocá-lo a salvo; já não vendo a mais remota possibilidade de obter outro igual, nós dois nos abandonamos ao desespero, soluçando alto como crianças, sem que um tentasse oferecer consolo ao outro. Mal se pode conceber tamanha fraqueza, e a quem jamais se viu em situação análoga ela parecerá, sem dúvida, pouco natural; mas há que lembrar que nosso intelecto estava tão inteiramente desorganizado pela longa série de privações e terrores a que fôramos submetidos que, naqueles momentos, não podíamos ser considerados legitimamente à luz de seres racionais. Em perigos subsequentes, quase tão graves, se não mais, enfrentei com coragem todos os males de minha situação, e Peters, como veremos, demonstrou uma filosofia estoica, quase tão incrível quanto sua apatia e sua imbecilidade pueril nesse momento – a condição mental fez toda a diferença.

A viravolta do brigue e mesmo a consequente perda do vinho e da tartaruga não tinham, de fato, tornado nossa situação mais deplorável que antes, salvo pelo desaparecimento das roupas de cama, que até ali nos serviam para captar a água da chuva, e do jarro no qual a conservávamos; pois descobrimos toda a carena, desde 2 ou 3 pés do cintado até a quilha, e a própria quilha, *recoberta de uma camada espessa de cracas, que se revelaram alimento excelente e altamente nutritivo*. Assim, em dois aspectos importantes, o acidente que tanto havíamos temido revelou-se antes um benefício que um prejuízo; abrira-nos uma reserva de provisões que, usada com moderação, não teríamos podido esgotar mesmo em um mês; e contribuíra em grande parte para o nosso conforto no que respeita à posição, nós agora estando muito mais à vontade e infinitamente menos expostos que antes.

A dificuldade, porém, de obter água nos cegava a todos os benefícios da mudança de nossa situação. Para que estivéssemos aptos a tirar proveito, tanto quanto possível, do primeiro aguaceiro que sobreviesse, despimos nossas camisas para usá-las como tínhamos feito com os lençóis – sem esperar, é claro, obter por esse meio, mesmo nas circunstâncias mais favoráveis, mais que um oitavo de quartilho por vez. Nenhum sinal de nuvem durante o dia, e as agonias da sede eram quase intoleráveis. À noite, Peters conciliou cerca de uma hora de sono agitado; quanto a mim, os sofrimentos intensos não me permitiram fechar os olhos um instante sequer.

5 de agosto – Hoje, uma brisa suave que se ergueu carregou-nos através de uma vasta quantidade de algas, entre as quais tivemos a felicidade de encontrar onze caranguejos pequenos, que nos forneceram várias refeições deliciosas. Como eram bastante tenras suas cascas, nós os comemos inteiros e descobrimos que irritavam nossa sede bem menos que as cracas. Não vendo traços de tubarões entre as algas, também nos aventuramos a um banho e permanecemos na água por quatro ou cinco horas, durante as quais experimentamos uma sensível diminuição de nossa sede. Estávamos extraordinariamente revigorados, passamos uma noite algo

mais confortável que a anterior, e nós dois tiramos um pequeno cochilo.

6 de agosto — Nesse dia fomos abençoados por uma chuva intensa e contínua, que durou desde cerca do meio-dia até depois do escurecer. Lamentamos então amargamente a perda do jarro e do garrafão; pois, a despeito da insuficiência dos meios que tínhamos para recolher a água, teríamos podido encher um deles, se não os dois. Seja como for, logramos satisfazer os ardores de sede, deixando que nossas camisas se saturassem de água e torcendo-as depois para gotejarem em nossa boca o líquido aprazível. Assim passamos o dia inteiro.

7 de agosto — Logo ao romper do dia avistamos ao mesmo tempo uma vela a leste, *que se dirigia evidentemente rumo a nós*! Saudamos a gloriosa visão com um longo, porém débil, grito de êxtase; e começamos instantaneamente a fazer todos os sinais possíveis, agitando as camisas no ar, pulando tão alto quanto nos permitia nossa fraqueza e mesmo berrando a plenos pulmões, embora o navio não pudesse estar a uma distância de menos de 15 milhas. Contudo, ele continuava sempre a aproximar-se de nosso casco, e sentimos que, se ao menos mantivesse o mesmo curso, inevitavelmente chegaria tão perto que nos veria. Cerca de uma hora depois que o descobrimos, podíamos divisar com clareza os homens no convés. Era uma escuna longa e baixa, com uma gávea bastante inclinada para trás e um círculo negro no velacho, aparentemente dotada de vasta tripulação. Ficamos então alarmados, mal imaginando que ela não nos tivesse avistado, e nossa apreensão era que pretendesse nos deixar perecer como estávamos – um ato de diabólica barbaridade, que, por incrível que pareça, é repetidamente perpetrado no mar, em circunstâncias bastante análogas, e por seres considerados como pertencentes à espécie humana.[2] Dessa vez, porém, graças a Deus, estávamos fadados ao mais feliz dos enganos; pois logo notamos uma

---

[2] O caso do brigue *Polly*, de Boston, apresenta-se com tamanha naturalidade aqui, e seu destino, em muitos aspectos, é tão notavelmente semelhante ao nosso, que não resisto a lhe fazer alusão. Esse navio, um de 130 toneladas de arqueação, zarpou de Boston com uma carga de pranchas de madeira e víveres, para Santa Croix, em 12 de dezembro de 1811, sob o comando do capitão Casneau. Havia oito almas a bordo além do capitão – o imediato, quatro marujos e o cozinheiro, mais o sr. Hunt e uma menina negra que lhe pertencia. No dia 15, tendo transposto o baixio de Georges, ele abriu água numa tempestade vinda de sudeste, e afinal emborcou; mas, com os mastros caindo pela borda, ele logo adriçou. Permaneceram nessa situação, sem fogo, e com bem pouca provisão, pelo período de *191 dias* (de 15 de dezembro a 20 de junho), quando o capitão Casneau e Samuel Badger, os únicos sobreviventes, foram recolhidos pelo *Paine*, de Hull, capitão Featherstone, em torna-viagem para o Rio de Janeiro. Quando resgatados, estavam a 28° de latitude norte e 13° de longitude oeste, *tendo derivado acima de 2 mil milhas*. Em 9 de julho, o *Fame* cruzou com o brigue *Dromeo*, capitão Parkins, que desembarcou os dois infelizes em Kennebeck. A narrativa da qual colhemos esses detalhes termina com as seguintes palavras:

"*É natural indagar como eles puderam flutuar em tão vasta distância, pela parte mais frequentada do Atlântico, e não serem descobertos todo esse tempo. Mais de uma dúzia de navios passaram-lhe ao largo, um dos quais chegou tão perto que puderam ver distintamente pessoas no convés e no massame olhando para eles; mas, para inexprimível desilusão desses infelizes, gelados e mortos de fome, aqueles sufocaram os ditames da compaixão, içaram vela e cruelmente os abandonaram ao destino*".

súbita comoção no convés do navio estranho, que içou de imediato um pavilhão britânico e, orçando pelo vento, rumou diretamente para nós. Meia hora depois, encontrávamo-nos na cabine. Essa escuna era a *Jane Guy*, de Liverpool, sob o capitão Guy, que partira em viagem de caça à foca e comércio nos Mares do Sul e no Pacífico.

14

A *Jane Guy* era uma escuna de bela aparência e 180 toneladas de arqueação. Era singularmente afilada na proa e, à bolina, em tempo moderado, o veleiro mais rápido que já vi. Mas suas qualidades de barco de mar aberto deixavam a desejar, e seu calado era grande demais para o trato a que se destinava. Para esse particular serviço é desejável um navio maior e de calado proporcionalmente ligeiro – digamos, um navio de 300 a 350 toneladas, que deve ser mastreado à barca, além de outros detalhes de construção diversa dos usuais navios dos Mares do Sul. É absolutamente indispensável que seja bem armado. Deve ter, digamos, dez ou doze caronadas de 12 libras e duas ou três bem mais longas, com bacamartes de bronze e arcas à prova d'água para cada gávea. Suas âncoras e cabos devem ser bem mais fortes do que o requer toda outra espécie de comércio, e, acima de tudo, sua equipagem deve ser numerosa e eficiente – não menos, para um navio tal como o descrito, que cinquenta ou sessenta homens robustos. A *Jane Guy* possuía uma tripulação de 35 marujos destros, além do capitão e do imediato, mas não era nem tão bem armada nem tão bem equipada como poderia desejar um navegador afeito aos perigos e dificuldades do ofício.

O capitão Guy era um senhor de grande urbanidade e de considerável experiência no tráfico do sul, ao qual devotara a maior parte de sua vida.

Faltava-lhe energia, porém, e aquele espírito indispensável a empresas desse gênero. Era coproprietário do barco em que navegava e estava investido de poderes discricionários para cruzar os Mares do Sul e embarcar toda carga que lhe caísse prontamente nas mãos. Trazia a bordo, como de hábito nessas viagens, miçangas, espelhos, isqueiros, machados, machadinhas, serras, enxós, plainas, cinzéis, goivas, verrumas, limas, rasouras, grosas, martelos, pregos, facas, tesouras, navalhas, agulhas, linha de costura, faianças, chita, bijuterias e outros artigos de análoga natureza.

A escuna zarpara de Liverpool em 10 de julho, cruzara o trópico de Câncer no dia 25, a 20° de longitude oeste, e, aos 29 do mês, atingira Sal, uma das ilhas de Cabo Verde, onde embarcara sal e outras provisões necessárias para a viagem. Em 3 de agosto ela deixara Cabo Verde e governara a sudoeste, em bordada rumo à costa do Brasil, de modo a atravessar o equador entre os meridianos de 28° e 30° de longitude oeste. É a rota que costuma ser escolhida pelos navios que vão da Europa ao cabo da Boa Esperança, ou que seguem além, rumo às Índias Orientais. Assim procedendo, evitam as calmarias e fortes correntes contrárias que prevalecem continuamente na costa da Guiné, de sorte que, feitas as contas, essa acaba sendo a rota mais curta, pois nunca faltam ventos oeste com que atingir o cabo. Era a intenção do capitão Guy fazer sua primeira escala em Kerguelen – não sei bem por que razão. No dia em que fomos recolhidos, a escuna achava-se à altura do cabo São Roque, a 31° de longitude oeste; de modo que, ao sermos descobertos, deriváramos provavelmente, de norte a sul, *não menos que 25 graus*.

A bordo da *Jane Guy*, fomos tratados com toda a benevolência que reclamava nossa deplorável situação. Dali a cerca de uma quinzena, durante a qual continuamos rumando para o sudeste, com brisas amenas e tempo bom, Peters e eu nos recuperamos inteiramente dos efeitos de nossas últimas privações e pavorosos sofrimentos, e começamos a lembrar o passado antes como um sonho aterrador do qual fôramos por sorte despertados do que como uma série de eventos ocorridos na sóbria e nua realidade. Tive ocasião de notar desde então que essa espécie de amnésia parcial costuma ser ocasionada pela transição súbita, seja da alegria à dor, seja da dor à alegria – o grau de esquecimento sendo proporcional à amplitude do contraste. Assim, em meu próprio caso, parecia-me impossível compreender toda a dimensão das agruras pelas quais passara durante os dias transcorridos sobre o casco. Os incidentes são relembrados, mas não as sensações engendradas pelos incidentes à época de sua ocorrência. Tudo o que sei é que, quando elas de fato ocorriam, eu *então* pensava que a natureza humana não poderia suportar agonia maior.

Seguimos nossa viagem por algumas semanas sem nenhum incidente de maior importância que o encontro ocasional com baleeiros, e mais frequentemente com a baleia-preta ou baleia-lisa, assim chamada para distingui-la do cachalote. Estes, porém, eram encontrados sobretudo ao sul no paralelo 25. Em 16 de setembro, estando nas imediações do cabo da Boa Esperança, a escuna enfrentou sua primeira tempestade de alguma violência desde que zarpara de Liverpool. Nessas paragens, mas com mais frequência a sul e a leste do promontório (estávamos a oeste), os navegadores têm muitas vezes de lutar contra tempestades do norte, que sopram com grande fúria. Sempre trazem consigo um mar grosso, e uma de suas características mais perigosas é a súbita mudança do vento, um acidente que quase sempre ocorre no auge da tempestade. Um verdadeiro furacão soprará, em certo momento, do norte ou do nordeste, e no momento seguinte nem um bafejo de vento será sentido dessa direção, sendo do sudoeste que ele saltará com uma violência quase inconcebível. Uma nesga de céu claro a sul é o presságio seguro da mudança, e os navios são assim capazes de tomar as devidas precauções.

Eram por volta das seis da manhã quando a ventania chegou, do norte, como de costume, e com uma rajada que nuvem alguma prenunciara. Pelas oito ela recrudescera bastante, e despejou sobre nós um dos mares mais assombrosos que eu já vira. Tudo fora bem cerrado, o melhor possível, mas a escuna laborava excessivamente e punha em evidência suas más qualidades como barco de alto-mar, o castelo de proa arfando a cada mergulho, e emergindo com a maior das dificuldades de uma onda antes de ser sepultada por outra. Pouco antes do pôr do sol, a nesga de céu claro pela qual estávamos à espera apareceu a sudoeste, e dali a uma hora percebemos nossa pequena vela de proa tremulando contra o mastro. Dois minutos depois, malgrado toda precaução, fomos arremessados a um dos bordos, como que por mágica, e uma verdadeira voragem de espuma rebentou em cheio sobre nós pelo través. Por sorte, contudo, a lufada de sudoeste não foi mais que uma rajada passageira, e tivemos a felicidade de adriçar o navio sem perder uma vergôntea sequer. Um mar encapelado em sentido contrário nos deu ainda muito trabalho por algumas horas, mas por volta do amanhecer nos encontramos em condições quase tão boas quanto antes da tempestade. O capitão Guy reputou que escapara por um triz, que a coisa fora pouco menos que um milagre.

Em 13 de outubro tivemos vista da ilha do Príncipe Eduardo, a 46° 53' de latitude sul e 37° 46' de longitude leste. Dois dias depois encontramo-nos perto da ilha da Possessão, e em breve passamos as ilhas Crozet a 42° 59' de latitude sul e 48° de longitude leste. No dia 18 atingimos a ilha Kerguelen ou Desolação, no oceano Índico Sul, e jogamos âncora em Christmas Harbor, sobre 4 braças de água.

Essa ilha, ou antes esse grupo de ilhas, está situada a sudeste do cabo da Boa Esperança, e dele dista perto de 800 léguas. Foi descoberta em 1772 pelo barão de Kergulen, ou Kerguelen, um francês que, supondo formar a terra uma parte de um extenso continente ao sul, retornou para casa com informação sobre isso, que causou muita sensação na época. O governo, tomando notícia do assunto, enviou o barão de volta no ano seguinte, com o propósito de conferir à sua nova descoberta um exame crítico, quando então o equívoco foi descoberto. Em 1777, o capitão Cook abordou o mesmo grupo, e deu à ilha principal o nome de ilha da Desolação, um título que bem ela merece. Ao aproximar-se da terra, porém, o navegador poderia ser induzido ao contrário, já que as encostas da maioria das colinas, de setembro a março, estão revestidas do mais brilhante verdor. Tal aparência ilusória é causada por uma pequena planta semelhante à saxífraga, abundante na ilha, que cresce em amplas manchas sobre uma espécie de musgo farinhento. Além dessa planta, raros são os sinais de vegetação na ilha, se excetuarmos alguma relva áspera e espessa junto ao porto, algum líquen e um arbusto semelhante a um repolho deiscente, cujo gosto é amargo e acre.

O aspecto do país é montanhoso, embora nenhuma das colinas possa ser chamada majestosa. Seus cumes são eternamente cobertos de neve. Há vários portos, do qual Christmas Harbor é o mais conveniente. É o primeiro que se encontra do lado leste da ilha, após se dobrar o cabo François, que marca a costa norte e que serve, pelo seu formato particular, para distinguir o porto. Ele se projeta, em sua extremidade, num rochedo elevado, através do qual se abre um grande buraco, formando um arco natural. A entrada é a 48° 40' de latitude sul e 69° 6' de longitude leste. Ali passando, fácil é encontrar bom ancoradouro ao abrigo de algumas ilhotas que formam proteção suficiente contra todos os ventos de leste. Seguindo a leste a partir desse ancoradouro, chega-se a Wasp Bay, à barra do porto. Trata-se de uma pequena bacia, completamente cercada de terra, na qual se pode ingressar sobre 4 braças e encontrar de 10 a 3 para ancoradouro, com fundo de argila compacta. Um navio pode ali permanecer o ano inteiro a ferro de proa sem nenhum risco. À barra da Wasp Bay, a oeste, corre um riacho de excelente água, do qual se pode dispor facilmente.

Alguma foca de pele e cerda ainda pode ser encontrada na ilha Kerguelen, e elefantes-marinhos abundam. As espécies emplumadas são representadas em grande número. Pinguins são muito numerosos, e desses há quatro famílias diferentes. O pinguim-real, assim chamado pelo seu tamanho e bela plumagem, é o maior. A parte superior de seu corpo em geral é cinza, por vezes de um matiz lilás; a parte inferior, do mais puro branco que se possa imaginar. A cabeça é de um preto acetinado e assaz brilhante, a exemplo dos pés. Mas a principal beleza da plumagem consiste em duas largas listras cor de ouro que descem da cabeça ao peito. O bico é longo e ora rosa, ora vivo escarlate. Essas aves caminham eretas, com porte majestoso. Trazem alta a cabeça com as asas pendentes feito dois braços, e, como a cauda projeta-se do corpo em linha com as pernas, a semelhança com a figura humana é bastante notável, e seria capaz de enganar o espectador ao primeiro relance ou no crepúsculo da tarde. Os pinguins-reais que encontramos na terra de Kerguelen eram bem maiores que um ganso. As demais espécies são o pinguim *macaroni*, o *jackass* e o *rookery*. Estes são bem menores, menos belos de plumagem e diferentes em outros aspectos.

Além do pinguim, muitas outras aves são ali encontradas, entre as quais se podem mencionar corvos-marinhos, petréis azuis, marrecas, patos, galinhas de Port Egmond, cormorões, pombas-do-cabo, a *nelly*, andorinhas-do-mar, trinta-réis, gaivotas, galinhas Mother Carey, grandes petréis ou gansos Mother Carey e, por fim, o albatroz.

O grande petrel é tão grande quanto o albatroz comum, e é carnívoro. É chamado com frequência de rompe-ossos ou petrel-pescador. Não são nada ariscos, e, quando adequadamente temperados, são comida palatável. Em voo, costumam planar bem próximos da superfície da água, com as asas distendidas, sem parecer que as movem minimamente ou que com elas fazem o menor esforço.

O albatroz é uma das maiores e mais impetuosas aves dos Mares do Sul. Pertence à espécie das procelárias e apanha sua presa em pleno voo, sem nunca descer a terra, exceto para procriar. Entre essa ave e o pinguim existe a mais singular das amizades. Seus ninhos são construídos com grande uniformidade, segundo o plano ajustado entre as duas espécies – estando o do albatroz situado no centro de um pequeno quadrado formado pelos ninhos de quatro pinguins. Os navegadores concordam em chamar a um ajuntamento de tal tipo uma *rookery*. Essas colônias foram descritas mais de uma vez, mas como talvez meus leitores não tenham todos lido essas descrições, e como terei mais tarde ocasião de falar do pinguim e do albatroz, não fugirá ao propósito dizer aqui duas palavras sobre seu modo de construção e existência.

Quando chega a época de incubação, as aves reúnem-se em vasto número, e durante alguns dias parecem deliberar sobre o método apropriado a seguir. Enfim, procedem à ação. Selecionam um terreno plano, de extensão conveniente, abarcando em geral 3 ou 4 acres, e situado o mais perto possível do mar, embora fora de seu alcance. O local é escolhido com referência à uniformidade da superfície, sendo dada primazia àquele menos atravancado por pedras. Esgotada essa questão, as aves põem-se, de comum acordo, e como movidas de um único espírito, a traçar, com correção matemática, seja um quadrado seja outro paralelogramo, tal como melhor se ajuste à natureza do terreno, e do justo tamanho suficiente para acomodar com folga todas as aves reunidas, mas não mais – parecendo determinadas, nesse particular, a vedar acesso a futuros vagabundos que não participaram do trabalho do acampamento. Um dos lados do território assim demarcado corre paralelo à orla da água, e é deixado aberto para as aves que entram e saem.

Tendo definido os limites da colônia, a comunidade passa então a livrá-la de todo tipo de entulho, apanhando pedra por pedra e carregando-as além das divisas, mas junto delas, de modo a formar um muro nos três lados que fazem face à terra. Colado a esse muro, na parte interna, forma-se um calçamento perfeitamente plano e liso, com 6 a 8 pés de largura, que se estende ao redor de todo o acampamento – servindo assim ao propósito de passeio comum.

O passo seguinte é a divisão de toda a área em pequenos quadrados exatamente iguais na dimensão. Isso é feito formando sendas estreitas, bem lisas, que se cruzam em ângulos retos por toda a extensão da colônia. Em cada interseção dessas sendas o ninho de um albatroz é construído, e no centro de cada quadrado, o ninho de um pinguim – assim cada pinguim é rodeado de quatro albatrozes, e cada albatroz, por igual número de pinguins. O ninho de pinguim consiste num buraco na terra, bem raso, de profundidade apenas suficiente para impedir seu único ovo de rolar. O albatroz é um pouco menos simples em seus arranjos, erguendo um montículo de cerca de 1 pé de altura e 2 de diâmetro. Este é feito de terra, algas e conchas. No topo ele constrói seu ninho.

As aves tomam um cuidado todo especial em jamais deixar desocupados seus ninhos durante o período de incubação, ou mesmo até que a prole esteja forte o suficiente para cuidar de si própria. Na ausência do macho, que sai em busca de comida no mar, a fêmea permanece a postos, e é somente com o regresso de seu parceiro que se aventura além. Os ovos nunca são deixados a descoberto – quando uma ave deixa o ninho, aninha-se a outra por seu turno. Essa precaução torna-se indispensável por causa da propensão à gatunagem reinante na colônia, não tendo os habitantes nenhum escrúpulo em furtarem-se uns aos outros os ovos sempre que haja uma boa oportunidade.

Embora existam algumas colônias povoadas só por pinguins e albatrozes, na maioria delas encontra-se uma variedade de aves oceânicas, que desfrutam todos os privilégios de cidadania, espalhando aqui e ali seus ninhos, onde quer que encontrem espaço, sem jamais interferir, porém, nos postos ocupados pelas espécies maiores. O aspecto desses acampamentos, vistos a distância, é extremamente singular. Toda a atmosfera logo acima da colônia é escurecida pelo imenso número de albatrozes (mesclados às espécies menores) que planam continuamente sobre ela, quer em trânsito para o mar, quer voltando para casa. Ao mesmo tempo, uma multidão de pinguins pode ser observada, uns indo e vindo nas ruelas estreitas, outros marchando, com aquela pompa militar que lhes é característica, ao longo do passeio comum que circunda a colônia. Em suma, encaremos a coisa de tal ou qual modo, nada pode ser mais surpreendente que o espírito de reflexão evidenciado por esses seres emplumados, e nada, por certo, é mais bem calculado para suscitar a reflexão em toda a inteligência humana bem ordenada.

Na manhã após nossa chegada a Christmas Harbor, o imediato, sr. Patterson, tomou os escaleres e (embora a estação mal tivesse começado) partiu em busca das focas, deixando o capitão e um jovem parente seu num ponto de terra árida a oeste, tendo estes a fechar algum negócio, cuja natureza não pude averiguar, no interior da ilha. O capitão Guy levou consigo uma

garrafa na qual havia uma carta lacrada, e, de onde pôs pés à terra, dirigiu-se a um dos picos mais altos do lugar. É provável que sua intenção fosse deixar a carta naquele cume para algum navio que ele esperava chegar depois dele. Assim que o perdemos de vista (Peters e eu estávamos no escaler do imediato), começamos a explorar a costa, à cata de focas. Nesse mister ocupamos cerca de três semanas, examinando com minúcias cada canto e recanto, não só da terra de Kerguelen, mas de várias ilhotas vizinhas. Nossos trabalhos, porém, não foram coroados de nenhum êxito notável. Vimos bom número de focas de pele nobre, mas estas extremamente ariscas, e a duríssimas penas só pudemos obter 350 peles ao todo. Elefantes--marinhos eram abundantes, sobretudo na costa oeste da ilha principal, mas destes matamos apenas vinte, e ainda com grande dificuldade. Nas ilhas menores descobrimos grande quantidade de focas de cerda, porém não as molestamos. Em 11 de novembro retornamos à escuna, onde encontramos o capitão Guy e seu sobrinho, que fizeram do interior um péssimo relato, representando-o como um dos países mais soturnos e mais estéreis do mundo. Haviam passado duas noites na ilha, em razão de algum mal-entendido entre ele e o segundo-imediato, que não lhes enviara um escaler para recolhê-los a bordo.

15

No dia 12 levantamos velas de Christmas Harbor, retraçando nossa rota a oeste e deixando a bombordo a ilha Marion, uma das ilhas do arquipélago Crozet. Passamos a seguir pela ilha do Príncipe Eduardo, deixando-a também à nossa esquerda, depois, governando mais ao norte, alcançamos, em quinze dias, as ilhas de Tristão da Cunha, situadas a 37° 8' de latitude sul e 12° 8' de longitude oeste.

Esse arquipélago, hoje tão conhecido, e que se compõe de três ilhas circulares, foi descoberto originalmente pelos portugueses, e visitado mais tarde pelos holandeses em 1643 e pelos franceses em 1767. As três ilhas formam juntas um triângulo e distam uma da outra cerca de 10 milhas, havendo entre elas ampla passagem. A terra em todas elas é bem alta, sobretudo naquela propriamente dita Tristão da Cunha. Essa é a maior do grupo, tendo 15 milhas de circunferência, e tão elevada que pode ser vista em tempo claro à distância de 80 ou 90 milhas. Uma parte da costa rumo ao norte ergue-se mais de 1.000 pés perpendicularmente acima do mar. Um platô a essa altura estende-se quase até o centro da ilha, e desse platô eleva-se um imponente cone como aquele de Tenerife. A metade inferior desse cone é revestida de árvores de bom tamanho, mas a região superior é rocha nua, em geral oculta entre as nuvens e coberta de neve durante a maior parte do ano. Não há baixios nem outros perigos ao redor da ilha, sendo os litorais notavelmente íngremes e a água, profunda. Na costa noroeste há uma baía com uma praia de areia preta, onde se pode desembarcar com botes sem dificuldade, contanto que haja vento do sul. Aí se acha com facilidade excelente água em abundância; e bacalhau e outros peixes podem ser pescados com anzol e linha.

A segunda maior ilha, e a mais a oeste do grupo, é conhecida como a Inacessível. Sua posição exata é 37° 17' de latitude sul e 12° 24' de longitude oeste. Tem 7 ou 8 milhas de circunferência, e de todos os lados apresenta um aspecto proibitivo e escabroso. Seu topo é perfeitamente plano, e toda a região é estéril, nada crescendo sobre ela exceto alguns mirrados arbustos.

A ilha Rouxinol, a menor e a mais ao sul, está a 37° 26' de latitude sul e 12° 12' de longitude oeste. Ao largo de sua extremidade sul há um elevado recife de ilhotas rochosas; outros mais de aparência análoga são vistos também a nordeste. O solo é irregular e estéril, e um profundo vale a separa em parte.

As costas dessas ilhas abundam, na estação propícia, em leões-marinhos, elefantes-marinhos, em focas de pele e de cerdas, junto com uma grande variedade de aves oceânicas. Baleias são também copiosas em sua vizinhança. Em razão da facilidade com que esses vários animais foram outrora capturados, o grupo, desde sua descoberta, foi sempre visitado. Holandeses e franceses o frequentaram desde os primeiros tempos. Em 1790, o capitão Patten, do navio *Industry*, da Filadélfia, aportou em Tristão da Cunha, onde permaneceu sete meses (de agosto de 1790 a abril de 1791) no fito de recolher peles de foca. Nesse intervalo, juntou não menos que 5.500 delas, e diz ele que não teria dificuldade de carregar, em três semanas, um grande navio com óleo. À sua chegada, não encontrou quadrúpedes, com exceção de alguns cabritos selvagens; hoje a ilha é farta de todos os nossos melhores animais domésticos, que foram introduzidos pelos navegadores subsequentes.

Creio ter sido pouco após a visita do capitão Patten que o capitão Colquhoun, do brigue americano *Betsey*, tocou a maior das ilhas para fazer aguada. Plantou cebolas, batatas, repolhos e outros legumes mais, todos eles numa abundância de que ainda se é testemunha.

Em 1811, um certo capitão Heywood, do *Nereus*, visitou Tristão. Lá encontrou três americanos que se demoravam na ilha para preparar peles de foca e óleo. Um desses homens chamava-se Jonathan Lambert e intitulava-se soberano do país. Limpara e amanhara cerca de 60 acres de terra, e dirigia agora toda a sua atenção para o cultivo do café e da cana-de-açúcar, com que fora munido pelo ministro americano no Rio de Janeiro. Esse povoamento, porém, foi finalmente abandonado, e em 1817 o governo britânico enviou um destacamento do cabo da Boa Esperança para tomar posse das ilhas. Não as retiveram, entretanto, por muito tempo; mas, após a evacuação do país como possessão britânica, duas ou três famílias inglesas lá fixaram residência independentemente do governo.

Em 25 de março de 1824, o *Benvick*, capitão Jeffrey, de Londres com destino à terra de Van Diemen, tocou a ilha, onde encontrou um inglês de nome Glass, ex-cabo da artilharia britânica. Este se arvorava em supremo governador das ilhas, e tinha sob o seu comando 21 homens e três mulheres. Fez um relato bastante favorável da salubridade do clima e da produtividade do solo. A população ocupava-se sobretudo de coletar peles de foca e óleo de elefante-marinho, que traficavam com o cabo da Boa Esperança, sendo Glass proprietário de uma pequena escuna. Na época de nossa chegada, o governador ainda era um residente, mas sua pequena comunidade se multiplicara, havendo 65 pessoas sobre Tristão, afora um povoado menor de sete pessoas na ilha Rouxinol. Não tivemos dificuldade de nos prover de quase todo tipo de víveres de que necessitávamos – carneiros, porcos, bois, coelhos, aves, peixe em grande variedade e legumes eram abundantes. Jogamos âncora bem perto da grande ilha, a 18 braças de profundidade, e embarcamos convenientemente tudo o que queríamos. O capitão Guy também adquiriu junto a Glass quinhentas peles de foca e algum marfim. Lá permanecemos uma semana, durante a qual os ventos prevalecentes foram de noroeste e o tempo, algo brumoso. Em 5 de dezembro zarpamos rumo a sudoeste, na intenção de explorar a fundo um grupo de ilhas chamadas as Auroras, a respeito de cuja existência vigorava grande diversidade de opinião.

Dizem que essas ilhas foram descobertas já em 1762 pelo comandante da nau *Aurora*. Em 1790, o capitão Manuel de Oyarvido, da nau *Princess*, pertencente à Companhia Real das Filipinas, navegou, assim afirma, diretamente através delas. Em 1794, a corveta espanhola *Atrevida* partiu na resolução de verificar sua posição exata, e, num memorial publicado pela Sociedade Real Hidrográfica de Madri em 1809, usam-se os seguintes termos a respeito dessa expedição: "A corveta *Atrevida* efetuou, na vizinhança imediata do arquipélago, de 21 a 27 de janeiro, todas as observações necessárias, e mediu com cronômetros a diferença de longitude entre essas ilhas e o porto de Soledad nas Malvinas. São três as ilhas; estão situadas quase no mesmo meridiano; a do centro é algo baixa, e as outras duas podem ser vistas a 9 milhas de distância". As observações feitas a bordo da *Atrevida* fornecem os seguintes resultados quanto à posição exata de cada ilha. A mais ao norte está a 52° 37' 24" de latitude sul e 47° 43' 15" de longitude oeste; a do meio, a 53° 2' 40" de latitude sul e 47° 55' 15" de longitude oeste; e a que ocupa a extremidade sul, a 53° 15' 22" de latitude sul e 47° 57' 15" de longitude oeste.

Em 27 de janeiro de 1820, o capitão James Weddel, da Marinha britânica, zarpou de Staten Land em busca das Auroras. Relata ele que, tendo executado as mais diligentes buscas e passado não só imediatamente sobre os pontos indicados pelo comandante da *Atrevida*, mas ainda em todos os sentidos ao redor desses pontos, não foi capaz de descobrir indício algum de terra. Essas afirmações contraditórias induziram outros navegadores a procurar as ilhas;

e, coisa estranha, enquanto alguns esquadrinhavam o mar onde elas supostamente estariam sem encontrá-las, não foram poucos os que declararam positivamente tê-las visto, e mesmo se aproximado de suas costas. Era a intenção do capitão Guy envidar todos os esforços possíveis para solucionar uma questão tão singularmente controversa.[3]

Mantivemos nosso curso, entre o sul e o oeste, com tempo variável, até o dia 20 do mês, quando nos encontramos no local em discussão, a 53° 15' de latitude sul e 47° 58' de longitude oeste – ou seja, bem próximo ao local indicado como a posição da ilha meridional do grupo. Não percebendo nenhum sinal de terra, seguimos a oeste pelo paralelo de 53° sul, até o meridiano de 50° oeste. Subimos então a norte até o paralelo de 52° sul, quando viramos a leste, e mantivemos nosso paralelo por duplas altitudes, manhã e noite, e pelas altitudes meridianas dos planetas e da Lua. Tendo assim esticado a leste até o meridiano da costa oeste da Geórgia, mantivemos esse meridiano até alcançarmos a latitude de que partíramos. Tomamos então cursos diagonais por toda a extensão do mar circunscrito, conservando sempre um vigia no cesto da gávea e repetindo com grande cuidado nosso exame pelo período de três semanas, durante o qual tivemos um tempo

---

[3] Entre os navios que, em diferentes épocas, professaram ter encontrado as Auroras, mencionem-se a nau *San Miguel*, em 1769; a nau *Aurora*, em 1774; o brigue *Pearl*, em 1779; e a nau *Dolores*, em 1790. Todos eles são unânimes quanto aos 53° de latitude sul.

notavelmente bom e agradável, sem nenhuma névoa. Assim ficamos plenamente convencidos de que, se em algum momento existiram ilhas nessa vizinhança em época precedente, delas não restara vestígio algum no presente. Desde que voltei para casa, tive notícia de que o mesmo trajeto fora traçado, com igual zelo, em 1822, pelo capitão Johnson, da escuna americana *Henry*, e pelo capitão Morrell, da escuna americana *Wasp* – em ambos os casos com os mesmos resultados que os nossos.

16

Fora a intenção original do capitão Guy, após ter satisfeito sua curiosidade sobre as Auroras, seguir pelo estreito de Magalhães e margear a costa da Patagônia; mas informação recebida em Tristão da Cunha o induziu a governar ao sul, na esperança de topar com algumas ilhotas situadas, diziam, à volta de 60° de longitude sul e 41° 20' de latitude oeste. No caso de não descobrir essas terras, ele projetava, contanto que lhe fosse favorável a estação, avançar até o polo. Consequentemente, em 12 de dezembro singramos nessa direção. No dia 18 encontramo-nos ao redor da posição indicada por Glass, e cruzamos durante três dias nessas imediações, sem encontrar traços das ilhas que ele mencionara. No dia 21, estando singularmente agradável o tempo, rumamos outra vez a sul, com o propósito de avançar nessa direção o máximo possível. Antes de ingressar nessa parte de minha narrativa, é bom que se faça, para informação daqueles leitores que não seguiram com atenção a marcha das descobertas nessas regiões, um breve resumo de algumas poucas tentativas feitas até hoje para atingir o polo Sul.

A do capitão Cook foi a primeira de que temos registro objetivo. Em 1772, ele zarpou rumo ao sul, no *Resolution*, acompanhado do tenente Furneaux, do *Adventure*. Em dezembro encontrava-se já no 58° paralelo de longitude sul, a 26° 57' de longitude leste.

Lá deparou com estreitos lençóis de gelo, com uma espessura de 8 a 10 polegadas, estendendo-se de noroeste a sudeste. Esse gelo agrupava-se em grandes torrões, e em geral aglutinado tão compactamente que o navio tinha grande dificuldade de forçar passagem. Nessa época o capitão Cook supôs, pelo farto número de aves à vista e por outros indícios, que se achava na vizinhança de terra. Seguiu no rumo sul, com tempo extremamente frio, até atingir o paralelo 64, a 38° 14' de longitude leste. Ali encontrou tempo ameno, com brisas suaves, durante cinco dias, marcando o termômetro 2 °C. Em janeiro de 1773, os navios cruzaram o círculo antártico, mas não lograram penetrar muito além; pois, ao atingir os 67° 15' de latitude, tiveram sua marcha obstada por um imenso corpo de gelo que se estendia por todo o horizonte sul até onde alcançava a vista. Esse gelo era de múltipla variedade — e amplas banquisas, com milhas de extensão, formavam uma massa compacta, erguendo-se a 18 ou 20 pés sobre a água. Indo avançada a estação, e sem nutrir esperanças de contornar esses obstáculos, o capitão Cook dobrou relutante rumo ao norte.

No novembro seguinte, ele renovou sua busca pelo Antártico. A 59° 40' de latitude encontrou uma forte corrente dirigindo-se para o sul. Em dezembro, quando os navios estavam a 67° 31' de latitude e 142° 54' de longitude oeste, o frio foi extremo, com fortes rajadas e nevoeiro. Ali também as aves abundavam: o albatroz, o pinguim e sobretudo o petrel. A 70° 23' de latitude, foram encontradas algumas grandes ilhas de gelo, e pouco além as nuvens a sul assumiram uma brancura de neve, indicando a vizinhança de campos de gelo. A 71° 10' de latitude e 106° 54' de longitude oeste, os navegadores foram detidos, como antes, por uma enorme extensão de mar gelado que cobria toda a linha do horizonte a sul. A extremidade norte dessa planície era hirta e denteada, tão solidamente calçada que compunha barreira intransponível, estendendo-se cerca de 1 milha ao sul. Atrás dela a superfície congelada era comparativamente lisa por certa distância, até em seu extremo limite terminar com uma gigantesca cadeia de montanhas, cumuladas umas sobre as outras. Concluiu o capitão Cook que esse vasto campo ia ter ao polo ou confinava com um continente. O sr. J. N. Reynolds, cujos enérgicos esforços e perseverança lograram enfim montar uma expedição nacional, em parte com o propósito de explorar essas regiões, fala nestes termos da tentativa do *Resolution*: "Não nos surpreende que o capitão Cook não tenha sido capaz de ir além de 71° 10' de latitude, mas nos espanta que tenha, sim, atingido esse ponto do meridiano a 106° 54' de longitude oeste. A terra de Palmer situa-se ao sul das Shetlands, a 64° de latitude, e prolonga-se a sul e a oeste mais que qualquer navegante já penetrou. Cook rumava para essa terra quando sua marcha foi obstada pelo gelo; coisa que, receamos, sempre será o caso nesse ponto, e tão no começo da estação quanto 6 de janeiro – e não nos surpreenderia se uma parte das montanhas geladas descritas se prendesse ao corpo principal da terra de Palmer, ou a alguma outra porção de terra situada além, rumo a sudoeste".

Em 1803, os capitães Kreutzenstern e Lisiausky foram enviados pelo czar Alexandre da Rússia em viagem de circum-navegação do globo. Empenhados em rumar ao sul, não foram além de 59° 58' de latitude e 70° 15' de longitude oeste. Lá encontraram fortes correntes conduzindo a leste. Baleias eram abundantes, mas eles não viram gelo. No tocante a essa viagem, o sr. Reynolds observa que, se Kreutzenstern tivesse chegado a esse ponto menos adiantada a estação, na certa teria encontrado gelo — era março quando atingiu a referida latitude. Os ventos do sudoeste então reinantes haviam carregado as banquisas, ajudados pelas correntes, àquela região gelada, limitada ao norte pela Geórgia, a leste pelas Sandwich e as Orkneys do Sul e a oeste pelas Shetlands do Sul.

Em 1822, o capitão James Weddell, da Marinha britânica, penetrou, com dois navios bem pequenos, mais ao sul que nenhum navegante anterior, e isso sem encontrar dificuldades extraordinárias. Ele relata que, embora tenha sido muitas vezes rodeado pelo gelo *antes* de atingir o paralelo 72, ainda assim, em lá chegando, dele não descobriu mais nenhuma partícula, e que, indo ter a 74° 15' de latitude, nenhum campo, e somente três ilhas de gelo eram visíveis. O notável é que, embora fossem vistos bandos de aves e outros indícios de terra, e embora, ao sul das Shetlands, o vigia na gávea tivesse distinguido costas desconhecidas estendendo-se a sul, Weddell descarta a ideia de que possa existir terra nas regiões polares do sul.

Em 11 de janeiro de 1823, o capitão Benjamin Morrell, da escuna americana *Wasp*, partiu da terra de Kerguelen com vistas a penetrar o mais ao sul possível. Em 1º de fevereiro, encontrava-se a 64° 52' de latitude sul e 118° 27' de longitude leste. Extraio de seu diário a seguinte passagem: "O vento logo esfriou, virando uma brisa de 11 nós, e aproveitamos essa oportunidade para rumar a oeste; estando convencidos, porém, de que, quanto mais avançássemos rumo ao sul, para além de 64° de latitude, menos gelo teríamos a temer; governamos um pouco a sul, e, havendo cruzado o círculo antártico, chegamos a 69° 15' de latitude leste. Nessa latitude não havia *nenhum campo de gelo*, e muito poucas ilhas de gelo à vista".

Na data de 14 de março, descobri também esta nota: "O mar estava agora inteiramente livre de banquisas, e não havia mais que uma dúzia de ilhas de gelo à vista. Ao mesmo tempo, a temperatura do ar e da água era pelo menos 13 graus mais alta (mais amena) que jamais a encontráramos entre os paralelos sul 60 e 62. Estávamos agora a 70° 14' de latitude sul, e a temperatura do ar era de 8,3 graus, e a da água de 6,6 graus. Calculei assim que a variação era de 14° 27' rumo a leste, por azimute. [...] Cruzei inúmeras vezes o círculo antártico, em diferentes meridianos, e observei constantemente que tanto o ar quanto a água ficavam cada vez mais amenos à medida que avançava além do 65° grau de latitude sul, e que a variação decresce na mesma proporção. Enquanto ao norte dessa latitude, digamos entre 60° e 65°, frequentemente tínhamos grande dificuldade de encontrar passagem para o navio entre as imensas e inúmeras ilhas de gelo, algumas das quais tinham de 1 a 2 milhas de circunferência e elevavam-se a mais de 500 pés acima do nível do mar".

Quase desprovido de combustível e água, sem instrumentos adequados, indo também avançada a estação, o capitão Morrell foi então obrigado a retroceder, sem tentar progredir mais rumo a oeste, embora todo um mar se abrisse diante dele. Ele é da opinião de que, não o tivessem forçado a bater em retirada essas imperiosas considerações, poderia ter penetrado, se não até o próprio polo, ao menos até o paralelo 85. Relatei com certa minúcia suas ideias a respeito desses assuntos para que o leitor tenha uma oportunidade de ver até onde elas foram corroboradas pela minha própria experiência ulterior.

Em 1831, o capitão Briscoe, a serviço dos srs. Enderby, armadores baleeiros em Londres, partiu no brigue *Lively* para os Mares do Sul, acompanhado do cúter *Tula*. Em 28 de fevereiro, achando-se a 66° 30' de latitude sul e 47° 13' de longitude leste, avistou terra e "descobriu claramente através da neve os picos negros de uma cadeia de montanhas correndo a és-sudeste". Permaneceu nessa vizinhança durante todo o mês seguinte, mas foi incapaz de aproximar-se mais que a 10 léguas da costa, por causa do estado tempestuoso do tempo. Vendo ser impossível fazer nova descoberta durante aquela estação, regressou a norte para invernar na terra de Van Diemen.

No início de 1832, pôs-se novamente em rota para o sul e, em 4 de fevereiro, avistou terra a sudeste, a

67° 15' de latitude e 69° 29' de longitude oeste. Esta logo provou ser uma ilha próxima ao cabo do país que ele descobrira antes. Em 21 do mesmo mês, logrou desembarcar nessa última, e dela tomou posse em nome de Guilherme IV, batizando-a ilha Adelaide, em homenagem à rainha inglesa. Esses detalhes foram transmitidos à Real Sociedade Geográfica de Londres, e disso tirou-se a conclusão de "que um vasto trato de terra estende-se continuamente de 47° 30' de longitude leste a 69° 29' de longitude oeste, correndo paralelo aos 66° e 67° de latitude sul". A respeito dessa conclusão, observa o sr. Reynolds: "Com sua exatidão nós absolutamente não concordamos, nem as descobertas de Briscoe abonam tal inferência. Foi dentro desses limites que Weddell rumou para o sul num meridiano a leste da Geórgia, das Sandwich, da Orkney do Sul e das ilhas Shetlands". Veremos que minha própria experiência atestará com clareza a falsidade da conclusão adotada pela sociedade.

Tais foram as principais tentativas feitas para penetrar até uma alta latitude sul, e agora se verá que restavam, antes da viagem da *Jane Guy*, quase 300 graus de longitude pelos quais o círculo antártico não fora atravessado. É claro que um vasto campo de descobertas abria-se diante de nós, e foi com o sentimento do mais ardente interesse que ouvi o capitão Guy expressar a sua resolução de avançar bravamente rumo ao sul.

17

Durante quatro dias, após abrir mão da busca das ilhas de Glass, mantivemos o rumo sul sem encontrar gelo nenhum. No dia 26, ao meio-dia, estávamos a 63° 23' de latitude sul e 41° 25' de longitude oeste. Vimos então algumas grandes ilhas de gelo e uma banquisa que, a bem dizer, não era de extensão considerável. Os ventos em geral sopravam do sudeste, ou do nordeste, mas eram bem suaves. Sempre que tínhamos vento oeste, o que era raro, vinha ele acompanhado invariavelmente de rajadas de chuva. Todo dia tínhamos maior ou menor quantidade de neve. O termômetro, no dia 27, marcava 2 graus.

1º de janeiro de 1828 – Nesse dia nos encontramos completamente rodeados de gelo, e nossas perspectivas pareciam mesmo pouco alentadoras. Uma forte tempestade soprou do nordeste durante toda a manhã e arremessou contra o leme e a popa do navio grandes torrões com tal violência que trememos todos pelas consequências. Entrada a noite, a tempestade ainda soprando com fúria, uma vasta banquisa à nossa frente abriu-se, e fomos capazes, ferrando velas, de forçar passagem pelos flocos menores até o mar aberto. Ao nos aproximarmos desse espaço, diminuímos a vela gradualmente, e, vendo-nos livres por fim, nos pusemos à capa sob o traquete com um único riz.

2 de janeiro — Tivemos tempo bastante agradável. Ao meio-dia, encontramo-nos a 69° 10' de latitude sul e 42° 20' de longitude oeste, tendo cruzado o círculo antártico. A sul, percebíamos muito pouco gelo, embora tivéssemos vastas banquisas às nossas costas. Nesse dia fabricamos uma espécie de sonda usando um grande pote de ferro, capaz de conter 20 galões, e uma linha de 200 braças. A corrente, descobrimos, rumava para o sul, a cerca de um quarto de milha por hora. A temperatura do ar girava em torno de meio grau. A variação da agulha era de 14° 28' a leste, por azimute.

5 de janeiro — Ainda avançávamos rumo ao sul sem nenhum obstáculo de monta. Nessa manhã, contudo, estando a 73° 15' de latitude leste e 42° 10' de longitude oeste, fomos detidos de novo por uma imensa extensão de gelo firme. Vimos, entretanto, muito mar aberto a sul, e não tivemos dúvida de sermos capazes de alcançá-lo afinal. Rumando a leste ao longo da banquisa, chegamos enfim a uma passagem de cerca de 1 milha de largura, através da qual nos insinuamos ao pôr do sol. O mar em que agora estávamos cobria-se densamente de ilhotas de gelo, mas sem bancos, e avançamos tão audazes como antes. O frio não parecia aumentar, embora tivéssemos neve com bastante frequência e vez por outra rajadas de granizo de grande violência. Nuvens imensas de albatrozes passaram voando sobre a escuna nesse dia, indo de sudeste a noroeste.

7 de janeiro — O mar ainda permanecia bastante livre, de modo que não tivemos dificuldade em manter nosso curso. A oeste vimos alguns *icebergs* de tamanho inconcebível, e à tarde passamos bem perto de um cujo topo não estaria a menos de 400 braças da superfície do oceano. Seu perímetro, na base, era provavelmente de três quartos de légua, e vários regatos corriam por sulcos em seus flancos. Guardamos vista dessa ilha por dois dias, para só então perdê-la num nevoeiro.

10 de janeiro – De manhã cedo tivemos a infelicidade de perder um homem que caiu ao mar. Era um americano, chamado Peter Vredenburgh, nativo de Nova York, e um dos melhores braços a bordo da escuna. Ao passar sobre a proa, seu pé escorregou, e ele caiu entre dois torrões de gelo para não mais se levantar. Ao meio-dia dessa jornada estávamos a 78° 30' de latitude e 40° 15' de longitude oeste. O frio era agora excessivo, e tínhamos contínuas rajadas de granizo de noroeste. Nessa direção vimos também alguns *icebergs* imensos, e todo o horizonte a leste parecia tomado por bancos de gelo, erguendo-se em camadas, uma massa sobre a outra. De noite, alguns blocos de madeira passaram flutuando à deriva, e uma grande quantidade de aves planava acima, entre elas *nellies*, petréis, albatrozes e um pássaro graúdo de plumagem azul brilhante. A variação por azimute era então menor do que fora antes, quando havíamos cruzado o círculo antártico.

12 de janeiro – Nossa passagem para o sul pareceu novamente duvidosa, já que nada se via na direção do polo senão uma banquisa que parecia ilimitada, recortada contra verdadeiras montanhas de gelo denteado, cujos precipícios erguiam-se encavalados em rugas. Mantivemos o rumo oeste até o dia 14, na esperança de descobrir uma passagem.

14 de janeiro — Nessa manhã atingimos a extremidade oeste da banquisa que nos barrava o passo, e, dobrando-a, saímos a mar aberto, sem uma partícula de gelo. Sondando com uma linha de 200 braças, encontramos uma corrente de rumo sul à velocidade de meia milha por hora. A temperatura do ar era de 8 graus; a da água, de 1 grau. Governamos então a sul, sem obstáculos de vulto até o dia 16, quando, ao meio-dia, nos encontrávamos a 81° 21' de latitude e 42° de longitude oeste. Lançamos outra vez a sonda, e inferimos uma corrente ainda rumando para sul à velocidade de três quartos de milha por hora. A variação por azimute diminuíra, e a temperatura do ar era suave e agradável, com o termômetro marcando os 10 graus. Nesse intervalo, não foi descoberta nenhuma partícula de gelo. Todos os braços a bordo estavam certos de atingir o polo.

17 de janeiro — Esse dia foi repleto de incidentes. Inúmeros bandos de pássaros passaram sobre nós, vindos do sul, e alguns foram abatidos a tiros; um deles, uma espécie de pelicano, revelou-se excelente iguaria. Por volta do meio-dia, o vigia da gávea avistou um pequeno banco de gelo a bombordo, e sobre ele parecia haver algum animal, dos grandes. Como o tempo estivesse bom e fosse quase plena a calmaria, o capitão Guy ordenou que se baixassem dois botes para averiguar do que se tratava. Dirk Peters e eu acompanhamos o imediato no escaler maior.

Ao chegarmos ao banco de gelo, percebemos que ele estava ocupado por uma criatura gigantesca, da raça do urso ártico, mas de proporções que excediam em muito o maior daqueles animais. Estando bem armados, não tivemos escrúpulos em atacá-lo sem demora. Vários tiros foram disparados em rápida sucessão, a maioria dos quais, aparentemente, atingindo a cabeça e o corpo. Em nada desencorajado, porém, o monstro atirou-se do gelo e pôs-se a nadar, as mandíbulas abertas, rumo ao bote em que estávamos, eu e Peters. Em razão da confusão que se seguiu entre nós nesse inesperado lance da aventura, ninguém se pusera imediatamente a postos para um segundo disparo, e o urso lograra de fato deitar metade de sua massa enorme através da amurada e agarrar um de nossos homens pelos rins, antes que se tomassem medidas eficientes para repeli-lo. Nessa situação extrema, nada senão a agilidade e a prontidão de Peters nos salvou da destruição. Saltando sobre o costado da besta enorme, mergulhou a lâmina de uma faca atrás do pescoço, atingindo a medula espinhal de um só golpe. O animal tombou ao mar sem vida, sem opor a menor resistência, rolando sobre Peters ao cair. Este último logo se recuperou e, sendo-lhe jogada uma corda, amarrou a carcaça antes de subir ao bote. Retornamos então em triunfo para a escuna, com nosso troféu a reboque. Esse urso, ao ser medido, revelou-se ter bons 15 pés em sua maior extensão. Sua pelagem era perfeitamente branca, e bem áspera, de cerrada urdidura. Os olhos eram de um vermelho sanguíneo, e maiores que aqueles do urso ártico; o focinho, mais arredondado, lembrando antes o focinho de um buldogue. A carne era macia, mas demasiado rançosa e com gosto de peixe, embora os homens a tenham devorado com avidez e a tenham declarado excelente repasto.

Mal tínhamos içado nossa presa ao longo do bordo, o homem na gávea fez ouvir o grito alegre de "*terra a estibordo!*". Todos os braços se puseram então de sobreaviso, e, ao se erguer muito oportunamente uma brisa de noroeste, logo nos avizinhamos da costa. Esta se revelou uma ilhota baixa e rochosa, de cerca de 1 légua de circunferência, e completamente privada de vegetação, salvo por uma espécie de opúncia. Ao se abordá-la pelo norte, vê-se uma singular saliência de rochedo projetando-se ao mar, que guarda forte semelhança com fardos de algodão amarrados com cordas. Dobrando essa saliência a oeste há uma pequena baía no fundo da qual nossas embarcações puderam fundear convenientemente.

Não tardou muito para que explorássemos cada recanto da ilha, mas, salvo uma única exceção, nada encontramos digno de nota. Na extremidade sul, apanhamos perto da costa, meio enterrado numa pilha de pedras soltas, um pedaço de madeira que parecia ter servido de proa a uma canoa. Houvera sem dúvida alguma tentativa de talhá-la, e o capitão Guy julgou nela discernir a figura de uma tartaruga, mas a semelhança não me pareceu muito convincente. Além dessa proa, se é que fosse uma, outro indício não encontramos de que alguma criatura viva jamais tivesse estado ali. Perto da costa encontramos cá e lá pequenos blocos de gelo – mas estes em pequeno número. A exata situação dessa ilhota (à qual o capitão Guy deu o nome de ilha de Bennet, em homenagem ao seu parceiro na propriedade da escuna) é 82° 50' de latitude sul e 42° 20' de longitude oeste.

Avançáramos a sul mais de 8 graus além dos limites de qualquer outro navegador precedente, e o mar ainda se estendia perfeitamente livre diante de nós. Descobrimos também que a variação diminuía de modo uniforme à medida que avançávamos e, o que era ainda mais surpreendente, que a temperatura do ar, e mais recentemente da água, suavizava-se cada vez mais. O tempo até que poderia ser chamado de agradável, e tínhamos uma brisa constante mas bem suave, soprando sempre de algum ponto a norte do quadrante. O céu era em geral claro, com o surgimento de tempos em tempos de algum vapor tênue no horizonte – isso, porém, era invariavelmente de breve duração. Duas dificuldades apenas se revelavam a nossas vistas: começava a nos faltar alimento, e sintomas de escorbuto já se haviam manifestado entre alguns homens da tripulação. Essas considerações começaram a causar impressão sobre o capitão Guy, que falava com frequência da necessidade de regressar. Eu, de minha parte, confiante que estava em logo tocar terra de algum valor seguindo sempre a mesma rota, e tendo toda razão para acreditar, pelas presentes aparências, que lá não encontraríamos o solo estéril das altas altitudes árticas, insisti ardentemente com ele acerca da conveniência de perseverar, ao menos por alguns dias mais, na direção mantida até ali. Uma oportunidade tão tentadora de solucionar o grande problema relativo ao continente antártico jamais se ofertara a homem algum, e confesso que quase rebentei de indignação ante as tímidas e intempestivas sugestões de nosso comandante. Creio mesmo que tudo o que não consegui refrear-me de lhe dizer a tal respeito teve por efeito induzi-lo a seguir adiante. Assim, embora não possa senão lamentar os mais tristes e sangrentos sucessos que foram o saldo imediato de meu conselho, ainda me é lícito sentir algum grau de satisfação por ter sido um instrumento, conquanto remoto, de uma descoberta e por abrir os olhos da ciência a um dos segredos mais empolgantes que já captaram sua atenção.

18

18 de janeiro — Nessa manhã[4] seguimos nossa rota rumo ao sul, com o mesmo tempo agradável que antes. O mar estava inteiramente liso, o vento era de nordeste e passavelmente quente, a temperatura da água a 12 graus. Retomamos nossas operações de sondagem e, com 150 braças de linha, descobrimos a corrente rumando para o polo à velocidade de 1 milha por hora. Essa tendência constante do vento e da corrente rumo ao sul causou certo grau de especulação, e mesmo de alarme, em diferentes setores da escuna, e eu vi distintamente que ela produzira não pouca impressão no espírito do capitão Guy. Ele era demasiado sensível ao ridículo, porém, e por fim consegui que ele próprio risse de suas apreensões. A variação agora era trivial. No curso do dia, avistamos algumas baleias grandes da espécie lisa, e inúmeras revoadas de albatrozes passaram sobre o navio. Pescamos também um arbusto, cheio

---

4 Os termos *manhã* e *noite*, de que fiz uso para evitar, o máximo possível, a confusão em minha narrativa, não devem, é claro, ser tomados em seu sentido costumeiro. Havia tempos que não conhecíamos mais a noite, sendo a luz do dia contínua. As datas correspondem todas ao tempo náutico, e as coordenadas devem ser entendidas conforme a bússola. Cabe aqui observar também que não posso aspirar, na primeira parte do que agora vai escrito, a uma estrita exatidão a respeito de datas, latitudes ou longitudes, não tendo mantido um diário senão depois do período de que trata esta primeira parte. Em muitos casos, fiei-me unicamente em minha memória.

de bagas vermelhas como aquelas do pilriteiro, e a carcaça de um animal terrestre de aspecto singular. Tinha 3 pés de comprimento, mas só 6 polegadas de altura, com quatro pernas bem curtas, os pés armados de longas presas de um escarlate brilhante, análogo em substância ao coral. O corpo era revestido de pelo sedoso e liso, perfeitamente branco. O rabo era como o dos ratos, pontiagudo, e com cerca de 1,5 pé de comprimento. A cabeça lembrava a de um gato, com exceção das orelhas – estas pendiam como as do cachorro. Os *dentes* eram do mesmo escarlate brilhante que as presas.

19 de janeiro – Nesse dia, a 83° 20' de latitude e 43° 5' de longitude oeste (estando o mar de uma cor extraordinariamente escura), avistamos mais uma vez terra do mastro da gávea e, a um exame mais detido, descobrimos ser uma ilha pertencente a um arquipélago bastante grande. A costa era a pique, e o interior parecia bem provido de madeira, circunstância que nos causou grande contentamento. Cerca de quatro horas depois de termos descoberto terra, lançávamos âncoras sobre 10 braças de profundidade, num fundo arenoso, a 1 légua da costa, já que uma forte ressaca, com marolas altas aqui e ali, tornava uma abordagem mais próxima de uma comodidade duvidosa. Ordenou-se então que se baixassem os dois escaleres maiores, e um destacamento, bem armado (do qual Peters e eu fazíamos parte), partiu em busca de uma abertura no recife que parecia circundar a ilha. Após procurar por algum tempo, descobrimos uma enseada onde já entrávamos quando vimos quatro grandes canoas que se destacavam da costa, repletas de homens que pareciam bem armados. Deixamos que se aproximassem, e, como se movessem com grande rapidez, logo chegaram ao alcance da voz. O capitão Guy içou então um lenço branco na pá de um remo, ao que os estranhos estacaram e se puseram de repente a tagarelar alto, soltando gritos de quando em quando, nos quais podíamos distinguir as palavras: *"Anamoo-moo!"* e *"Lama-Lama!"*. Continuaram com essa algaravia por pelo menos uma hora, durante a qual tivemos boa oportunidade de lhes observar a aparência.

Nas quatro canoas, que bem podiam ter 50 pés de comprimento por 5 de largura, havia ao todo 110 selvagens. Tinham quase a mesma estatura dos europeus, mas eram de compleição mais musculosa e carnuda. Sua tez era de um preto retinto, e os cabelos, longos, espessos e lanosos. Estavam vestidos em peles de um animal negro desconhecido, felpudas e sedosas, e talhadas à medida do corpo com algum grau de aptidão, a pelagem voltada para dentro, exceto onde era virada para fora na altura do pescoço, dos punhos e dos tornozelos. Suas armas consistiam sobretudo em clavas, de uma madeira escura, e aparentemente bastante pesada. Observamos entre eles, porém, algumas lanças com pontas de sílex e umas fundas. O soalho das canoas estava repleto de pedras negras do tamanho de um ovo grande.

Quando terminaram sua arenga (pois era evidente que tomavam seu palavrório por tal), um deles, que parecia ser o chefe, ergueu-se à proa da canoa e nos fez sinais para que trouxéssemos nossos barcos ao longo de seu bordo. Fingimos não entender essa sugestão, julgando mais prudente manter, se possível, o intervalo entre nós, uma vez que o número deles era mais que o quádruplo do nosso. Adivinhando ser esse o caso, o chefe ordenou que as três outras canoas se detivessem, enquanto ele avançava para nós com a sua. Assim que nos alcançou, saltou a bordo do maior de nossos barcos e sentou-se ao lado do capitão Guy, apontando ao mesmo tempo para a escuna e repetindo as palavras "*Anamoo-moo!*" e "*Lama-Lama!*". Regressamos então ao navio, as quatro canoas seguindo a uma curta distância.

Chegando ao longo do bordo, o chefe deu sinais de extrema surpresa e deleite, batendo palmas, golpeando as coxas e o peito e rindo estrepitosamente. Seu séquito uniu-se a seu regozijo, e por alguns minutos a balbúrdia foi tamanha que quase nos deixou surdos. Restaurando por fim o silêncio, o capitão Guy ordenou que os barcos fossem içados, como precaução necessária, e deu a entender ao chefe (cujo nome logo descobrimos ser *Too-wit*) que não podíamos admitir mais que vinte homens no convés de uma vez. Com esse arranjo ele pareceu perfeitamente satisfeito, e passou algumas ordens às canoas, ao que uma delas se aproximou, o resto permanecendo a cerca de 50 jardas. Vinte dos selvagens subiram então a bordo e se puseram a bisbilhotar cada canto do convés, a trepar aqui e ali entre o cordame, pondo-se muito à vontade e examinando cada objeto com grande curiosidade.

Era patente que jamais tinham visto antes um indivíduo da raça branca — de cuja tez, aliás, pareciam sentir repugnância. Imaginavam que a *Jane* fosse uma criatura viva, e pareciam receosos de feri-la com a ponta de suas lanças, que eles voltavam com cuidado para cima. Momento houve em que nossa tripulação muito se divertiu com a conduta de Too-wit. O cozinheiro estava rachando lenha perto da cozinha e, acidentalmente, cravou o machado no convés, abrindo um talho de considerável profundidade. O chefe logo acorreu e, empurrando o cozinheiro de lado com bastante rispidez, prorrompeu num meio gemido, meio uivo, fortemente indicativo da compaixão com que considerava os sofrimentos da escuna, dando tapinhas e acariciando a ferida com a mão e lavando-a com um balde de água do mar que se achava ao lado. Era esse um grau de ignorância para o qual não estávamos preparados, e eu, de minha parte, não pude evitar a ideia de um pouco de fingimento.

Após terem satisfeito, o melhor que podiam, sua curiosidade em relação ao cordame e ao convés, nossos visitantes foram conduzidos para baixo, onde seu assombro ultrapassou todos os limites. Sua estupefação parecia agora profunda demais para exprimir-se em palavras, pois circulavam em silêncio, rompido apenas por surdas exclamações. As armas lhes forneceram larga matéria para especulação, e lhes foi permitido manuseá-las e examiná-las à vontade. Não creio que tivessem a menor suspeita de seu uso, antes as tomavam por ídolos, vendo o cuidado que dispensávamos com elas e a atenção com que acompanhávamos seus movimentos enquanto as manuseavam. Os canhões lhes redobraram o pasmo. Deles se aproximaram com todos os sinais da mais profunda reverência e respeito, mas se abstiveram de examiná-los minuciosamente. Havia dois grandes espelhos na cabine, e este foi o auge de seu espanto. Too-wit foi o primeiro que deles se aproximou, e já chegara ao meio da cabine, com a cara voltada para um e as costas para o outro, antes de realmente se aperceber de ambos. Erguendo os olhos e vendo-se refletido no espelho, imaginei que o selvagem fosse à loucura; mas, voltando-se bruscamente para bater em retirada, e revendo-se na direção contrária, temi que fosse expirar ali mesmo. Nada o persuadiu a dar uma segunda olhada; espojando-se no chão, com o rosto enterrado nas mãos, ele permaneceu imóvel até que fomos obrigados a arrastá-lo ao convés.

Todos os selvagens foram assim recebidos a bordo, sucessivamente, em grupos de vinte, sendo permitido a Too-wit permanecer todo esse intervalo. Não observamos neles nenhum pendor ao furto nem demos pela falta de nenhum objeto depois que partiram. Ao longo de toda a sua visita, deram mostras das maneiras mais amigáveis. Havia, porém, certos traços de sua conduta que não chegávamos a entender; por exemplo, não nos foi possível fazer que se aproximassem de vários objetos bastante inofensivos — tal como as velas da escuna, um ovo, um livro aberto ou um vasilhame de farinha. Tentamos inferir se traziam consigo algum objeto que pudesse tornar-se artigo de troca, mas encontramos grande dificuldade em nos fazer compreender. Descobrimos, contudo, para nosso grande espanto, que as ilhas abundavam em grandes tartarugas da espécie de Galápagos, uma das quais vimos na canoa de Too-wit. Vimos também alguma *biche de mer* nas mãos de um dos selvagens, que a devorava com grande avidez em seu estado natural. Essas anomalias — pois tais eram elas quando consideradas em relação à latitude — induziram o capitão Guy a cobiçar uma investigação completa do país, na esperança de tirar de sua descoberta alguma especulação proveitosa. Eu, de minha parte, ansioso como estava para saber algo mais dessas ilhas, inclinava-me ainda mais seriamente para seguir viagem rumo ao sul sem demora. Tínhamos agora tempo bom, mas nada nos dizia o quanto duraria; e estando já no 84° paralelo, com mar livre à nossa frente, com uma corrente que portava vigorosamente ao sul e bons ventos, não me era dado ouvir com paciência uma proposição de nos deter mais do que o absolutamente necessário para a saúde da tripulação e para trazer a bordo um suprimento adequado de combustível e provisões frescas. Protestei ao capitão que podíamos facilmente deixar esse grupo de ilhas para quando de nosso retorno, e mesmo ali invernar no caso de o gelo nos barrar a passagem. Ele por fim se passou às minhas ideias (pois, de algum modo, por motivos que desconheço, eu adquirira muita influência sobre ele), e afinal foi resolvido que, mesmo no caso de encontrarmos em abundância a *biche de mer*, lá não permaneceríamos mais de uma semana para nos refazer, e que então avançaríamos para o sul o mais que nos fosse possível. Fizemos assim todos os preparativos necessários, e, tendo Too-wit como guia, conduzimos a escuna a salvo através do recife, ancorando a cerca de 1 milha da costa, numa excelente baía, completamente rodeada de terra, no litoral sudeste da ilha principal, e a 10 braças de água, sobre fundo de areia negra. Na extremidade dessa baía corriam (nos disseram) três riachos de boa água, e vimos abundância de madeira na vizinhança. As quatro canoas nos seguiram, observando, porém, uma distância respeitável. Quanto a Too-wit, ele permaneceu a bordo, e, ao lançarmos âncora, por ele fomos convidados a acompanhá-lo a terra e visitar seu vilarejo no interior. A isso consentiu o capitão Guy; deixando dez selvagens a bordo como reféns, um destacamento nosso de doze homens pôs-se de prontidão para seguir o chefe. Tomamos cuidado de nos armar bem, mas sem deixar transparecer a menor desconfiança. A escuna assestou seus canhões, içou suas malhas de abordagem, e toda precaução conveniente foi tomada para nos guardar de surpresas. Recomendações foram deixadas ao imediato para que não recebesse pessoa alguma a bordo durante nossa ausência, e, no caso de não voltarmos em doze horas, que enviasse o cúter, armado de um canhonete, à nossa busca ao redor da ilha.

A cada passo que dávamos terra adentro, sedimentava-se a convicção de que estávamos num país que diferia essencialmente de todos os visitados até então pelo homem civilizado. Nada do que víamos nos era familiar. As árvores não pareciam vegetação nem da zona tórrida, nem da temperada, nem das frias zonas boreais, e discrepavam totalmente daquelas das latitudes meridionais inferiores que já havíamos atravessado. As próprias rochas eram novas pela sua massa, sua cor e sua estratificação; e os regatos mesmos, por incrível que possa parecer, tinham tão pouco em comum com aqueles dos outros climas que hesitávamos em deles beber, e, aliás, encontrávamos dificuldade em nos persuadir de que as suas qualidades fossem puramente naturais. Em um pequeno riacho que cortava nosso caminho (o primeiro que cruzamos), Too-wit e seu séquito pararam para beber. Em razão do caráter singular da água, recusamos bebê-la, supondo-a poluída; e não foi senão mais tarde que viemos a compreender que tal era a aparência dos riachos em todo o arquipélago. Não sei de fato como dar uma ideia clara da natureza desse líquido, e não posso fazê-lo sem empregar muitas palavras. Embora fluísse com rapidez em todos os declives, como o faria qualquer água comum, jamais ele tinha, salvo quando caindo em cascata, a aparência costumeira de *limpidez*. E no entanto, devo dizer, era tão perfeitamente límpido como qualquer água calcária existente, divergindo apenas na aparência. À primeira vista, e sobretudo em casos em que o declive era pouco, ele guardava semelhança, quanto à consistência, com uma espessa infusão de goma-arábica em água comum. Mas essa era a menos notável de suas extraordinárias qualidades. *Não* era incolor nem era de nenhuma cor uniforme – ao correr, apresentava ao olho todo matiz possível de roxo, feito as nuanças da seda cambiante. Essa variação de matiz efetuava-se de maneira a produzir no espírito dos nossos um espanto tão profundo quanto o espelho o fizera no caso de Too-wit. Colhendo dessa água uma bacia cheia, e deixando-a assentar totalmente, percebíamos que toda a massa de líquido era feita de certo número de veios distintos, cada qual de um matiz diverso; que esses veios não se misturavam; e que sua coesão era perfeita no tocante às moléculas de que eram compostos, e imperfeita no tocante aos veios adjacentes. Fazendo passar a lâmina de uma faca através dos veios, a água se fechava de imediato sobre ela, tal qual conosco, e também, ao retirá-la, todo traço de passagem da faca era instantaneamente obliterado. Se, porém, a lâmina secionasse dois veios com rigor, operava-se uma perfeita separação, que o poder da coesão não retificava de imediato. Os fenômenos dessa água formavam o primeiro elo definido dessa vasta cadeia de aparentes milagres pela qual eu estava destinado a ser por fim envolvido.

19

Levamos cerca de três horas para chegar ao vilarejo, estando ele a mais de 9 milhas no interior, serpenteando o caminho por uma região acidentada. Ao avançarmos, o grupamento de Too-wit (os 110 selvagens das canoas) era reforçado de instantes a instantes por destacamentos menores, de dois a seis ou sete indivíduos, que se uniam a nós, como por acaso, em diferentes quebradas da estrada. Parecia haver tanto sistema nisso que não pude evitar sentir desconfiança, e falei ao capitão de minhas apreensões. Agora era tarde demais, no entanto, para retroceder, e concluímos que o melhor a fazer para nossa segurança era demonstrar perfeita confiança na boa-fé de Too-wit. Assim, tocamos adiante, sempre de olho nas manobras dos selvagens, e não lhes permitindo que dividissem os nossos metendo-se de permeio. Desse modo, tendo atravessado uma ravina escarpada, enfim chegamos ao que nos disseram ser o único grupo de habitações na ilha. Tendo-as ao alcance da vista, o chefe soltou um grito e repetiu várias vezes a palavra *Klock-klock*, que supúnhamos ser o nome do vilarejo, ou talvez o nome genérico para vilarejos.

As moradas eram da natureza mais miserável possível, e, ao contrário daquelas da mais baixa das raças selvagens com que a humanidade está familiarizada, estas não seguiam um plano uniforme.

Algumas delas (e estas, como soubemos, pertenciam aos *Wampoos* ou *Yampoos*, os grandes da terra) consistiam em uma árvore cortada a cerca de 4 pés da raiz, com uma grande pele negra estendida por cima, pendendo em dobras soltas sobre o chão. Sob ela aninhava-se o selvagem. Outras eram formadas por meio de ramos toscos de árvores, conservando ainda sua folhagem seca, reclinados a 45 graus contra um banco de argila, erguido, sem forma regular, a uma altura de 5 ou 6 pés. Outras, ainda, eram simples buracos cavados perpendicularmente na terra e recobertos com ramos análogos, sendo estes removidos quando o morador estava para entrar, e repostos no lugar quando já estivesse dentro. Umas poucas eram construídas entre os ramos de árvore em forquilha conforme se apresentavam, sendo os galhos superiores parcialmente aparados, de modo a penderem sobre os inferiores, formando assim um abrigo mais espesso contra as intempéries. As mais numerosas, porém, consistiam em pequenas cavernas rasas, aparentemente arranhadas na superfície de uma saliência escarpada de pedra negra, parecida à greda de pisoeiro, que limitava os três flancos do vilarejo. À porta de cada uma dessas cavernas primitivas havia uma pequena pedra que o morador depositava com cuidado junto à entrada ao sair da residência – com que finalidade, não pude averiguar, já que a pedra nunca era de tamanho suficiente para tampar mais que um terço da abertura.

Esse vilarejo, se é que fosse digno do nome, situava-se num vale de certa profundidade, e só podia ser atingido pelo sul, pois a saliência escarpada de que falei cortava todo acesso nas demais direções. Pelo meio do vale corria um riacho rumoroso da mesma água de aparência mágica que foi descrita. Vimos diversos animais estranhos ao redor das habitações, todos parecendo perfeitamente domesticados. A maior dessas criaturas lembrava nosso porco comum, tanto pela estrutura do corpo como pelo focinho; o rabo, no entanto, era espesso, e as pernas mais delgadas que as do antílope. Seu andar era extremamente canhestro e indeciso, e nunca o vimos tentando correr. Notamos também alguns animais bem semelhantes na aparência, porém mais alongados de corpo, e recobertos de uma lã negra. Havia grande variedade de aves domésticas circulando soltas, e estas pareciam constituir o principal alimento dos nativos. Para nosso espanto, vimos albatrozes pretos entre essas aves, num estado de perfeita domesticação, que iam ao mar periodicamente em busca de comida, mas sempre regressavam ao vilarejo como sua casa, e usavam a costa sul nas proximidades como local de incubação. Ali, como de hábito, associavam-se a seus amigos, os pinguins, mas estes últimos nunca os seguiam às moradas dos selvagens. Entre as outras espécies de aves domésticas havia os patos, que muito pouco diferiam dos patos-selvagens de nosso país, mergulhões pretos e uma ave graúda que não era dessemelhante ao busardo na aparência, mas não carnívora. De peixe parecia haver grande abundância. Vimos, durante nossa visita, uma quantidade de salmão seco, bacalhau, golfinho azul, cavalinha, pescada-preta, arraia, congro, peixe-elefante, tainha, linguado, bodião, cangulo, cabrinha, abrótea, solha, barracuda e inúmeras outras espécies. Notamos também que a maioria delas era semelhante às espécies encontradas nas paragens das ilhas de Lord Auckland, a 51° de latitude sul. A tartaruga-das-galápagos também era farta. Vimos poucos animais selvagens, nenhum de porte avantajado, e nenhum de uma espécie que nos fosse familiar. Uma ou duas serpentes de formidável aspecto cruzaram nosso caminho, mas os nativos pouco lhes deram atenção, e concluímos não serem venenosas.

Ao nos aproximarmos do vilarejo com Too-wit e seu bando, uma vasta multidão precipitou-se ao nosso encontro, com gritos altos, entre os quais só pudemos distinguir os sempiternos *"Anamoo-moo!"* e *"Lama-Lama!"*. Muito nos surpreendeu perceber que, afora uma ou duas exceções, esses recém-chegados estavam completamente nus, e as peles eram usadas apenas pelos homens das canoas. Todas as armas do país pareciam também na posse destes últimos, pois não vimos traços delas entre os aldeões. Havia grande número de mulheres e crianças, não faltando absolutamente àquelas o que pode ser chamado de beleza pessoal. Eram aprumadas, altas e bem-apessoadas, com graça e liberdade de gestos já não encontradas na sociedade civilizada. Seus lábios, porém, tal como os dos homens, eram grossos e desajeitados, de sorte que, mesmo quando riam, jamais mostravam os dentes. Seus cabelos eram de uma textura mais fina que a dos homens. Entre esses aldeões nus, haveria dez ou doze que estavam vestidos de pele preta, tal como o bando de Too-wit, e armados de lanças e pesados bastões. Estes pareciam exercer grande influência sobre os demais, e sempre lhes dirigiam a palavra pelo título de *Wampoo*. Eram os mesmos que habitavam os palácios de pele negra. O de Too-wit situava-se no centro do vilarejo, e era muito maior e um pouco mais bem construído que os outros da mesma espécie. A árvore que formava seu suporte fora cortada a uma distância de cerca de 12 pés da raiz, e alguns ramos foram preservados logo abaixo do talho, servindo estes para estender a cobertura e assim impedir que se agitasse contra o tronco. A própria cobertura, que consistia em quatro peles, das bem grandes, unidas entre si com espetos de madeira, achava-se presa na base com cavilhas que a trespassavam e fixavam-se ao solo. O chão estava coberto de uma quantidade de folhas secas, à maneira de tapete.

A essa cabana fomos conduzidos com grande solenidade, e atrás de nós amontoaram-se os nativos, tantos quanto foi possível. Too-wit sentou-se sobre as folhas e nos fez sinais para que lhe seguíssemos o exemplo. Foi o que fizemos, e nos encontramos assim numa situação singularmente incômoda, quando não crítica. Estávamos no chão, sendo nós doze, junto com os selvagens, sendo eles quarenta, sentados em seus jarretes tão próximos de nós que, se tivesse surgido algum distúrbio, nos teria sido impossível fazer uso de nossas armas ou mesmo nos pôr de pé. A pressão não era só dentro da tenda, mas fora, onde provavelmente se achava toda a população da ilha, sendo a multidão impedida de nos esmagar sob os pés apenas pelos incessantes esforços e vociferações de Too-wit. Nossa principal segurança, no entanto, era a presença do próprio Too-wit entre nós, e, vendo nisso a melhor chance de nos livrar do dilema, resolvemos colar-nos a ele, prontos para sacrificá-lo ao primeiro sinal de hostilidade.

Depois de algum tumulto, certo grau de silêncio foi restabelecido, quando o chefe nos dirigiu a palavra num discurso de grande extensão, muito parecido àquele proferido nas canoas, exceto pelo fato de que os *Anamoo-moos!* eram agora um pouco mais vigorosamente sublinhados que os *Lama-Lamas!*. Escutamos em profundo silêncio até a conclusão de sua arenga, quando o capitão Guy respondeu assegurando ao chefe sua eterna amizade e benevolência, e concluiu o que tinha a dizer presenteando-o com alguns colares de contas azuis e uma faca. Ao receber os colares, o monarca, para nossa grande surpresa, ergueu o nariz com uma certa expressão de desdém; mas a faca lhe propiciou imensa satisfação, e ele ordenou imediatamente o jantar. Este foi passado de mão em mão sobre a cabeça dos circunstantes, e consistia nas entranhas palpitantes de alguma espécie de animal desconhecido, provavelmente um dos porcos de pernas esguias que observáramos ao nos aproximar do povoado. Vendo que não sabíamos como proceder, ele começou, a modo de exemplo, a devorar jarda por jarda do tentador repasto, até que foi positivamente impossível suportarmos mais tal espetáculo, e demos mostras tão manifestas de rebelião estomacal que sua majestade experimentou um grau de assombro só inferior àquele causado pelos espelhos. Declinamos, no entanto, partilhar os manjares que nos eram ofertados e nos esforçamos em fazê-lo notar que não tínhamos apetite algum, mal tendo acabado de fazer um lauto *déjeuner*.

Quando o monarca terminou sua refeição, demos início a uma espécie de interrogatório, do modo mais engenhoso que podíamos divisar, com vistas a descobrir quais eram os principais produtos do país, e se de algum deles poderíamos tirar proveito. Enfim, ele pareceu fazer alguma ideia do que queríamos dizer, e ofereceu-se para nos acompanhar a uma parte da costa onde, assegurou-nos, haveríamos de encontrar (e apontou para um espécime desse animal) a *biche de mer* em grande abundância. Aproveitamos com alegria essa oportunidade de escapar da opressão da turba e exprimimos nossa impaciência de partir. Deixamos então a tenda e, acompanhados por toda a população do vilarejo, seguimos o chefe rumo à extremidade sul da ilha, não longe da baía onde nosso navio achava-se fundeado. Ali aguardamos cerca de uma hora, até que as quatro canoas fossem levadas por alguns selvagens à nossa posição. Todo o nosso destacamento embarcou então numa delas, e fomos conduzidos a remo ao longo do recife acima mencionado, e depois rumo a outro situado um pouco mais longe, onde vimos uma quantidade de *biche de mer* mais abundante que jamais vira o mais velho de nossos marujos nos arquipélagos de latitudes inferiores tão celebrados por esse artigo de comércio. Permanecemos junto desse recife apenas o tempo bastante para nos convencer de que poderíamos facilmente carregar uma dúzia de navios com o animal se necessário; depois regressamos a bordo da escuna e nos despedimos de Too-wit, após obter dele a promessa de que nos traria, no intervalo de 24 horas, tantos patos-selvagens e tartarugas-das-galápagos quantos pudessem conter suas canoas. Durante toda essa aventura não vimos na conduta dos nativos nada digno de despertar suspeitas, com a única exceção do modo sistemático com que engrossaram seu bando durante nossa marcha da escuna ao povoado.

20

O chefe fez jus à sua palavra, e cedo fomos fartamente abastecidos de provisões frescas. Achamos as tartarugas tão boas quanto qualquer outra que já tivéssemos saboreado, e os patos eram superiores às nossas melhores espécies de aves selvagens, sendo extremamente tenros, suculentos e saborosos. Além destes, os selvagens nos trouxeram, depois que os fizemos compreender nossos desejos, uma vasta quantidade de aipo marrom e cocleária, com uma canoa cheia de peixes frescos e outros secos. O aipo nos foi um verdadeiro regalo, e a cocleária revelou-se de incalculável benefício para restabelecer aqueles de nossos homens que haviam demonstrado sintomas de escorbuto. Em pouquíssimo tempo não tínhamos ninguém mais na lista de enfermos. Recebemos também vários outros tipos de provisões frescas, entre as quais deve ser mencionada uma espécie de crustáceo semelhante ao mexilhão no formato, mas com o sabor de ostra. Camarões também, e pitus, eram abundantes, e ovos de albatroz e outras aves, cujas cascas eram escuras. Embarcamos ainda uma boa provisão de carne do porco de que fiz menção. A maioria dos homens achou-a alimento palatável, mas a mim pareceu-me com gosto de peixe e de resto repulsiva. Em recompensa por essas boas coisas, presenteamos os nativos com contas azuis, bugigangas de latão, pregos, facas e retalhos de pano vermelho, e eles se mostraram perfeitamente encantados com a troca. Estabelecemos um mercado regular na costa, bem sob os canhões da escuna, onde o escambo se operou com toda a aparência de boa-fé e um grau de ordem que não esperávamos desses selvagens, a julgar pela sua conduta no vilarejo de Klock-klock.

As coisas seguiram nesse pé, tudo muito amigável, por vários dias, durante os quais os bandos dos nativos vieram com frequência a bordo da escuna e destacamentos dos nossos foram frequentemente à costa, empreendendo longas incursões ao interior e não sendo minimamente molestados. Descobrindo com que facilidade o navio podia ser carregado de *biche de mer*, graças à amigável disposição dos ilhéus e à prontidão com que nos forneciam assistência para coletá-la, o capitão Guy resolveu entrar em negociação com Too-wit para a construção de casas adequadas à cura do artigo e para a retribuição devida aos serviços dele e de sua tribo, que se incumbiria de recolher o máximo possível, enquanto nós aproveitaríamos o bom tempo para seguir viagem rumo ao sul. Ao mencionar o projeto ao chefe, este pareceu bastante disposto a entrar em acordo. Foi concluída assim uma barganha, perfeitamente satisfatória às duas partes, segundo a qual foi estabelecido que, após fazer os preparativos necessários, tais como traçar um local adequado, erigir uma parte dos prédios e ultimar outras tarefas para as quais toda a nossa tripulação seria exigida, a escuna retomaria a sua rota, deixando três de seus homens na ilha para supervisionar a realização do projeto e instruir os nativos na dissecação da *biche de mer*. Quanto às condições do acordo, estas dependeriam da diligência dos selvagens em nossa ausência. Eles haveriam de receber uma quantidade estipulada de contas azuis, facas e pano vermelho, e assim por diante, pelo número determinado de *piculs* de *biche de mer* que deveríamos encontrar prontos quando de nosso retorno.

Uma descrição da natureza desse importante artigo de comércio, e do método de prepará-lo, talvez seja de algum interesse aos meus leitores, e não vejo melhor lugar que este para lhes introduzir um relato. A notícia abrangente que segue, relativa à substância em apreço, é tirada de um relato moderno de viagem aos Mares do Sul:

"É esse molusco dos mares da Índia que é conhecido no comércio sob o nome francês *biche de mer* (fino acepipe do mar). Se muito não me engano, o ilustre Cuvier o denomina *Gasteropoda pulmonifera*. É recolhido em abundância nas costas das ilhas do Pacífico, em especial para o mercado chinês, onde é cotado a preços altos, talvez tanto quanto seus célebres ninhos comestíveis, que provavelmente são feitos de matéria gelatinosa coletada por uma espécie de andorinha do corpo desses moluscos. Não têm conchas nem patas, nem membro proeminente, exceto dois órgãos, um de *absorção*, outro de *excreção*, situados em extremos opostos; mas, graças a seus anéis, elásticos como os de lagartas ou vermes, eles rastejam em águas rasas, nas quais, quando baixa a maré, podem ser vistos por uma espécie de andorinha cujo bico agudo, inserido no animal tenro, extrai uma substância viscosa e filamentosa que, ao secar, lhe serve para tecer as paredes sólidas de seu ninho. Daí o nome *Gasteropoda pulmonifera*.

"Esse molusco é oblongo e de dimensões variáveis, de 3 a 18 polegadas de comprimento; e alguns vi que não tinham menos que 2 pés de extensão. São quase redondos, ligeiramente achatados em um dos lados, o que se volta para o fundo do mar; e são de uma grossura que varia de 1 a 8 polegadas. Sobem rastejando para águas rasas em certas estações do ano, provavelmente para se reproduzir, já que os encontramos muitas vezes em pares. É quando o sol age vigorosamente sobre a água, tornando-a tépida, que eles se aproximam da costa; e é comum irem a lugares tão rasos que, baixando a maré, são deixados a seco, expostos ao calor do sol. Mas não dão à luz sua prole em águas rasas, uma vez que nunca vimos um só de seus rebentos, e os adultos são sempre observados vindo de águas profundas. Alimentam-se sobretudo daquela classe de zoófitos que produz o coral.

"Apanha-se geralmente a *biche de mer* a uma profundidade de 3 ou 4 pés de água; depois do quê é levada à costa e fendida numa das pontas com uma faca, tendo a incisão 1 polegada ou mais, segundo a dimensão do molusco. Através dessa abertura as entranhas são pressionadas para fora, e estas muito se parecem com a de qualquer habitante miúdo do mar. O conjunto é lavado e depois fervido a certo ponto, que não deve ser demasiado longo ou breve. São então enterradas no solo por quatro horas,

e após fervidas mais uma vez por rápido intervalo, depois do quê são secos, por ação do fogo ou do sol. Os curados pelo sol são os melhores; mas onde um *picul* (133 libras, cerca de 60 quilos) pode ser curado desse modo, posso curar trinta *piculs* no fogo. Quando convenientemente secos, podem ser conservados em local seco por dois ou três anos sem nenhum risco; mas devem ser examinados de meses em meses, digamos quatro vezes por ano, para verificar se qualquer umidade arrisca afetá-los.

"Os chineses, como dissemos, consideram a *biche de mer* uma iguaria das mais diletas, imaginando que fortifica e alimenta magnificamente o sistema e revitaliza o humor exausto pela volúpia imoderada. O produto de primeira qualidade é cotado a altíssimo preço em Cantão, valendo 90 dólares o *picul*; o de segunda qualidade, 75 dólares; o de terceira, 50 dólares; o de quarta, 30 dólares; o de quinta, 20 dólares; o de sexta, 12 dólares; o de sétima, 8 dólares; e o de oitava, 4 dólares; pequenos carregamentos, porém, muitas vezes obtêm melhores preços nos mercados de Manila, Cingapura e Batávia".

Entramos assim em acordo e passamos a desembarcar imediatamente tudo quanto fosse necessário para preparar as construções e limpar terreno. Foi escolhido um vasto espaço perto da costa leste da baía, onde havia em igual abundância água e madeira, e a uma distância conveniente dos principais recifes sobre os quais nos abasteceríamos de *biche de mer*. Todos pusemos mãos à obra com entusiasmo, e dali a pouco, para grande espanto dos selvagens, tínhamos abatido um número suficiente de árvores para nosso intento, preparando-as para o travejamento das casas, que em dois ou três dias achavam-se tão avançadas que podíamos confiar o resto do trabalho aos três homens que pretendíamos deixar para trás. Eram estes John Carson, Alfred Harris, —— Peterson (todos nativos de Londres, imagino), que se ofereceram voluntariamente para o serviço.

Ao final do mês tínhamos tudo pronto para partir. Mas havíamos concordado em fazer uma visita solene de despedida ao vilarejo, e Too-wit insistiu com tanta pertinácia que mantivéssemos a promessa que não julgamos aconselhável correr o risco de ofendê-lo com uma recusa definitiva. Creio que nenhum de nós nutria a essa altura a menor suspeita da boa-fé dos selvagens. Todos eles, sem exceção, tinham-se portado com o máximo decoro, ajudando-nos com vivacidade em nosso trabalho, oferecendo-nos mercadorias, muitas vezes gratuitamente, e nunca, em nenhum caso, escamoteando um único objeto, embora o alto valor que conferiam aos bens que trazíamos conosco fosse evidente pelas extravagantes demonstrações de júbilo sempre manifestadas quando lhes fazíamos um presente. Sobretudo as mulheres eram extremamente prestativas em todos os aspectos, e, em suma, teríamos sido os seres mais desconfiados do mundo se tivéssemos entretido um único pensamento de perfídia da parte de um povo que nos tratava tão bem. Bastou-nos um breve instante para provar que essa aparente bondade de disposição era só o resultado de um plano profundamente estudado para nossa destruição, e que os ilhéus por quem acalentávamos tão descomedidos sentimentos de estima estavam entre os mais bárbaros, ardilosos e sanguinários crápulas que já contaminaram a face do globo.

Foi em 1º de fevereiro que fomos a terra com o propósito de visitar o vilarejo. Embora não nutríssemos, repito, a menor suspeita, nenhuma precaução conveniente foi negligenciada. Seis homens foram deixados na escuna, com instruções de não permitir a nenhum dos selvagens que se acercasse do navio durante nossa ausência, sob pretexto algum, e de permanecer constantemente no convés. Foram içadas as malhas de abordagem, os canhões receberam uma carga dupla de metralha, e os canhonetes foram carregados com metralhas de balas de mosquete. O navio estava fundeado, com sua âncora a pique, a cerca de 1 milha da costa, e nenhuma canoa podia dele se aproximar de nenhuma direção sem ser vista e exposta distintamente ao fogo imediato de nossos canhonetes.

Deixados os seis homens a bordo, nosso destacamento consistia de 32 pessoas ao todo. Estávamos armados até os dentes, trazendo conosco mosquetes, pistolas e alfanjes; além disso, cada qual portava uma longa faca de marinheiro, algo semelhante à faca *bowie*, agora tão difundida em nossas terras do oeste e do sul. Uma centena de guerreiros de pele negra veio ao nosso encontro no desembarcadouro para nos servir de guia. Notamos, porém, com alguma surpresa, que agora estavam completamente desarmados; e, indagando Too-wit sobre essa circunstância, ele respondeu apenas que *"Mattee non we pa pa si"* — ou seja, que não havia necessidade de armas onde todos eram irmãos. Tomamos isso como bom sinal e seguimos adiante.

Havíamos passado a fonte e o riacho de que falei antes, e entrávamos agora numa garganta estreita que serpenteava pela cadeia de colinas de pedra-sabão em meio às quais se situava o vilarejo. Essa garganta era bastante pedregosa e desigual, tanto que não foi sem dificuldade que a transpusemos em nossa primeira visita a Klock-klock. A ravina, em toda a sua extensão, bem podia ter 1,5 milha, ou provavelmente 2 milhas. Contorcia-se em mil direções possíveis através das colinas (tendo aparentemente formado, em algum período remoto, o leito de uma torrente), e nunca avançava mais de 20 jardas sem uma guinada abrupta. As vertentes desse vale elevavam-se, estou certo, a 70 ou 80 pés de altura em toda a sua extensão, e em algumas partes subiam a uma elevação surpreendente, obscurecendo de tal maneira o desfiladeiro que pouca era a luz que nele penetrava. A largura habitual era de cerca de 40 pés, e por vezes diminuía a ponto de não permitir a passagem de mais de cinco ou seis pessoas ombro a ombro. Em suma, melhor lugar no mundo não poderia haver para consumar uma emboscada, e não foi mais que natural velarmos cuidadosamente por nossas armas assim que nele ingressamos. Quando hoje penso em nossa flagrante insensatez, o que mais me espanta é que tenhamos podido nos aventurar assim, em tais circunstâncias, à completa mercê de selvagens desconhecidos, a ponto de lhes permitir marchar à nossa frente e às nossas costas ao longo da ravina. Mas tal foi a ordem de marcha que adotamos às cegas, fiando-nos tolamente na força de nossa tropa, no fato de Too-wit e seus homens estarem desarmados, na eficácia certa de nossas armas de fogo (cujo efeito ainda era um segredo para os nativos) e, mais do que tudo, na longa afetação de amizade sustentada por esses crápulas infames. Cinco ou seis deles seguiam à frente, como para abrir caminho, ocupando-se ostensivamente em remover as pedras maiores e os detritos que nos entravassem o passo. A seguir vinha nosso bando. Caminhávamos cerrados uns contra os outros, tomando cuidado apenas para não nos separar. Atrás seguia o corpo principal dos selvagens, observando ordem e decoro inusuais.

Dirk Peters, um homem chamado Wilson Allen e eu estávamos à direita de nossos companheiros, examinando, enquanto avançávamos, a singular estratificação do rochedo que pendia sobre nós. Uma fissura na pedra tenra atraiu nossa atenção. Era larga o bastante para que uma pessoa nela entrasse sem aperto, estendia-se montanha adentro a uns 18 ou 20 pés em linha reta, infletindo depois para a esquerda. A altura dessa abertura, até onde alcançava nossa vista, era talvez de 60 ou 70 pés. Um ou dois arbustos mirrados cresciam nas fendas, carregados de uma espécie de avelã que senti curiosidade de examinar, colhendo cinco ou seis das nozes de um só punhado e retornando a toda a pressa. Ao virar-me, vi que Peters e Allen me haviam seguido. Pedi-lhes que dessem meia-volta, pois não havia espaço para duas pessoas passarem, dizendo que lhes daria algumas de minhas nozes. E assim eles se viraram, e forcejavam para voltar ao caminho, estando Allen perto da boca da fissura, quando de repente tomei ciência de um abalo que não se parecia com nada do que eu já tivesse experimentado e que me inspirou como uma vaga ideia, se de fato pensei então em algo, de que todas as fundações do sólido globo rasgavam-se subitamente e de que fosse chegada a hora da dissolução universal.

21

Assim que pude recobrar meus sentidos dispersos, encontrei-me quase sufocado, e rastejando em completa escuridão por entre uma quantidade de terra solta que caía pesadamente sobre mim de toda direção, ameaçando sepultar-me de vez. Horrivelmente alarmado com essa ideia, lutei para tomar pé e por fim consegui. Permaneci então imóvel por alguns momentos, empenhando-me em entender o que acontecera e onde eu estava. Em breve ouvi um profundo gemido bem junto ao meu ouvido, e em seguida a voz abafada de Peters, que me suplicava ajuda em nome de Deus. A custo avancei um ou dois passos, quando caí bem sobre a cabeça e os ombros de meu companheiro, que, logo descobri, estava com meio corpo enterrado numa massa de terra solta e lutava desesperadamente para livrar-se da pressão. Afastei a terra em torno dele com toda a energia que pude reunir e, por fim, consegui arrancá-lo.

Tão logo suficientemente recuperados do susto e da surpresa para sermos capazes de conversar com racionalidade, os dois chegamos à conclusão de que as paredes da fissura na qual nos aventuráramos tinham, por alguma convulsão da natureza ou provavelmente pelo seu próprio peso, ruído pelo alto, e que, assim enterrados vivos, estávamos perdidos para sempre. Durante longo tempo nos abandonamos inertes à mais intensa agonia e desespero, tais que não podem ser adequadamente imaginados por aqueles que jamais estiveram em situação análoga. Creio firmemente que nenhum acidente a que se está sujeito no curso da existência humana é mais apropriado para inspirar o paroxismo da aflição física e mental do que um caso semelhante ao nosso, de sermos enterrados vivos. O negrume das trevas que envolvem a vítima, a terrível opressão dos pulmões, as exalações sufocantes da terra úmida aliam-se às assombrosas considerações de que estamos além dos mais remotos confins da esperança, e que tal é o quinhão que cabe *aos mortos*, para levar o coração humano a um grau de angústia e pavor que são intoleráveis – impossíveis de conceber.

Por fim, Peters propôs que nos empenhássemos em verificar precisamente a extensão de nossa calamidade e tateássemos à volta de nossa prisão; não sendo de todo impossível, observou ele, que houvesse alguma abertura pela qual pudéssemos escapar. Agarrei-me ansioso a essa esperança e, reunindo energia, tentei forçar caminho pela terra fofa. Mal avançara um único passo quando uma centelha de luz fez-se perceptível, o bastante para me convencer de que, em todo caso, não morreríamos imediatamente por falta de ar. Recobramos algum ânimo, e um encorajava o outro que tudo acabaria bem. Tendo trepado em um banco de escombros que obstruía nosso avanço na direção da luz, encontramos menos dificuldade de progredir e experimentamos também algum alívio da excessiva opressão que nos torturava os pulmões. Dali a pouco nos foi possível divisar os objetos à volta, e descobrimos que estávamos próximos da extremidade da parte estreita da fissura, onde havia uma curva à esquerda. Uns esforços mais e alcançamos o cotovelo, onde, para nossa inexprimível alegria, divisamos uma fenda ou greta que se estendia a uma vasta distância para cima, em geral a um ângulo de cerca de 45 graus, embora por vezes muito mais íngreme. Não podíamos ver através de toda a extensão dessa abertura; mas, como sobre ela descesse boa quantidade de luz, tínhamos pouca dúvida de encontrarmos no topo (se é que poderíamos atingir o topo) uma passagem que desse para o ar livre.

Lembrei-me então de que três de nós tínhamos deixado o desfiladeiro principal para entrar na fissura, e que nosso companheiro, Allen, ainda faltava; resolvemos de pronto dar meia-volta e procurá-lo. Após longa busca, repleta de perigo pela massa de terra que ruía sobre nós, Peters gritou-me enfim que acabara de agarrar o pé de nosso companheiro, e que todo o seu corpo estava tão enterrado sob os escombros que era impossível retirá-lo. Logo vi que o que Peters dizia era verdade e que, decerto, a vida já se extinguira havia tempo. Com o coração cheio de tristeza, abandonamos então o corpo a seu destino e nos dirigimos de novo ao cotovelo do corredor.

A largura da fenda mal era suficiente para nosso corpo, e, após uma ou duas tentativas frustradas de subir, recomeçou nosso desespero. Já disse antes que a cadeia de montanhas pela qual serpenteava o desfiladeiro principal era composta de uma espécie de rocha macia parecida à pedra-sabão. As paredes da fenda nas quais tentávamos agora subir eram do mesmo material, e tão escorregadias, por estarem molhadas, que nela mal encontrávamos apoio para os pés, mesmo nas partes menos íngremes; em alguns lugares, onde a subida era quase perpendicular, a dificuldade era, claro, muito maior, e por algum tempo a julgamos, de fato, insuperável. Extraímos coragem, porém, do desespero; e, talhando degraus na pedra macia com nossas facas *bowie*, e balançando-nos, sob risco de vida, a pequenas proeminências de uma espécie mais dura de ardósia, que aqui e ali sobressaíam da massa geral, atingimos por fim a plataforma natural de onde se podia avistar uma nesga de céu azul, na extremidade de uma ravina densamente arborizada. Olhando então para trás, algo mais calmos, na direção da passagem da qual emergíramos, vimos com clareza, pelo aspecto das paredes, que era de formação recente, e concluímos que o abalo que, fosse qual fosse a sua natureza, nos havia inesperadamente engolido tinha também, no mesmo momento, aberto essa via de escape. Um tanto exaustos pelo esforço e, aliás, tão fracos que mal éramos capazes de ficar de pé ou articular uma palavra, Peters propôs que déssemos o alarme aos nossos companheiros disparando as pistolas que permaneciam fixas em nossos cintos – os mosquetes e alfanjes tinham-se perdido em meio à terra solta no fundo do abismo. Os eventos subsequentes provaram que, se tivéssemos feito fogo, teríamos nos arrependido amargamente, mas por sorte uma suspeita difusa de perfídia despertara em meu espírito, e nos guardamos de fazer saber aos selvagens o nosso paradeiro.

Após ter descansado por cerca de uma hora, subimos lentamente a ravina, e não tínhamos ido longe quando ouvimos uma sucessão de berros assustadores. Por fim, chegamos ao que pode ser chamado de superfície do solo; pois nosso caminho até ali, desde que deixáramos a plataforma, correra sob um arco de rochas elevadas e folhagem, a uma ampla distância acima de nossa cabeça. Com grande cuidado nos insinuamos até uma estreita abertura pela qual tínhamos uma clara visão do país circundante, quando todo o terrível segredo do abalo nos foi revelado num instante e ao primeiro relance de olhos.

Nosso ponto de vista não era distante do cume do pico mais elevado na cadeia de montanhas de pedra-sabão. O desfiladeiro no qual entrara nosso destacamento de 32 homens corria a 50 pés à nossa esquerda. Mas, por 100 jardas pelo menos, o canal ou leito desse desfiladeiro estava totalmente atulhado pelos escombros caóticos de mais de 1 milhão de toneladas de terra e pedras que ali tinham sido arremessadas artificialmente. O método empregado para fazer precipitar essa vasta massa era tão simples quanto evidente, pois ainda restavam traços seguros da obra assassina. Em alguns pontos, ao longo do topo do lado leste do desfiladeiro (estávamos agora a oeste), podíamos ver estacas de madeira cravadas na terra. Nesses pontos a terra não cedera; mas ao longo de toda a parede do precipício de onde a massa se destacara, era evidente, pelas marcas deixadas no solo, parecidas àquelas feitas pela sapa, que estacas semelhantes às que víramos de pé haviam sido inseridas, a não mais de 1 jarda de distância uma da outra, pela extensão talvez de uns 300 pés, e numa linha situada a cerca de 10 pés da borda do precipício. Fortes cipós de videira aderiam às estacas ainda remanescentes na colina, e era evidente que esses cipós também haviam sido amarrados a cada uma das demais estacas. Já falei da singular estratificação dessas colinas de pedra-sabão; e a descrição que acabei de fazer da estreita e profunda fissura pela qual escapáramos da inumação propiciará mais completo entendimento de sua natureza. Ela era tal que o primeiro abalo natural decerto fenderia o solo em camadas ou faixas perpendiculares umas às outras, e que um esforço bem moderado da arte bastaria para obter o mesmo resultado. Dessa estratificação é que se serviram os selvagens para lograr seus pérfidos intentos. Não há sombra de dúvida que, pela linha contínua de estacas, uma parcial ruptura do solo fora ocasionada, provavelmente à profundidade de 1 ou 2 pés, quando, por obra de um selvagem puxando na extremidade de cada um desses cipós (amarrados à ponta das estacas e se estendendo até a crista da colina), se obteve uma enorme força de alavanca, capaz de precipitar, a um dado sinal, toda a parede da colina no fundo do abismo. A sina de nossos pobres camaradas não era mais objeto de dúvida. Somente nós escapáramos ao cataclismo daquela esmagadora destruição. Nós éramos os únicos homens brancos vivos na ilha.

22

Nossa situação, tal como nos parecia então, era pouco menos terrível do que quando nos imaginamos sepultados para sempre. Não víamos alternativa diante de nós senão sermos mortos pelos selvagens, ou arrastarmos entre eles uma miserável existência de cativos. Poderíamos, é verdade, furtar-nos à atenção deles por um tempo nos recônditos das colinas e, como último recurso, no abismo de onde acabávamos de sair; mas morreríamos de frio e de fome no longo inverno polar, ou seríamos afinal descobertos em nossos esforços para obter alívio.

O país inteiro à volta parecia formigar de selvagens, multidões dos quais, percebemos agora, haviam chegado em jangadas das ilhas ao sul, sem dúvida com vistas a ajudar a capturar e pilhar a *Jane*. O navio ainda se achava calmamente fundeado na baía, aqueles a bordo sem aparente consciência do perigo que os aguardava. Como ansiamos nesse momento estar com eles, fosse para ajudá-los a escapar, fosse para morrer com eles tentando nos defender! Não víamos a menor oportunidade de avisá-los do perigo sem atrair no mesmo instante a morte sobre nossa cabeça, e com esperança senão remota de beneficiá-los. Um tiro de pistola talvez bastasse para avisá-los de que algo errado ocorrera; mas tal aviso não lhes poderia informar que sua única perspectiva de salvação consistia em levantar âncora

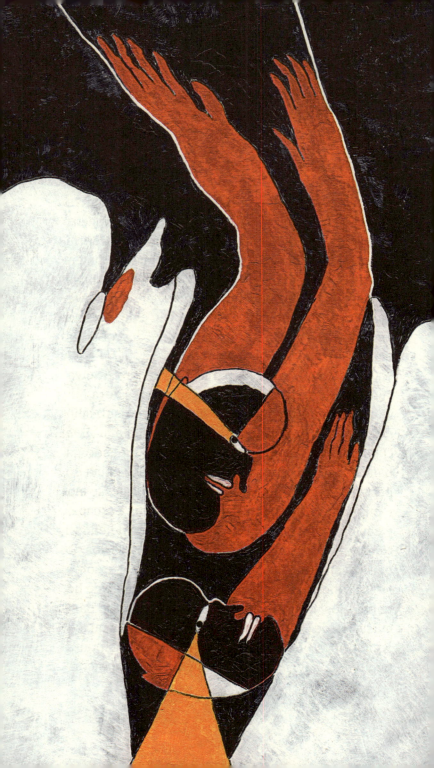

imediatamente – não lhes poderia dizer que nenhum princípio de honra os compelia a ficar, que seus companheiros não mais faziam parte dos vivos. Ouvindo a descarga, eles não estariam mais bem preparados para enfrentar o inimigo, que agora estava ficando pronto para o ataque, do que já o estavam, e sempre estiveram. Nenhum bem, portanto, e infinito mal resultariam de nosso disparo, e, após deliberação madura, nos abstivemos.

Nossa ideia seguinte foi nos precipitarmos rumo ao navio, de apanhar uma das quatro canoas que se achavam à entrada da baía e forçar uma passagem a bordo. Mas a absoluta impossibilidade de êxito nessa desesperada tarefa logo ficou evidente. O país, como eu disse antes, estava literalmente infestado de nativos, à espreita entre os arbustos e recessos das colinas, de modo a não serem observados da escuna. Sobretudo em nossa imediata vizinhança, e bloqueando a única passagem pela qual podíamos esperar atingir a praia em ponto adequado, estava estacionado todo o bando dos guerreiros de peles negras, com Too-wit à frente, e aparentemente só na espera de alguns reforços para dar início à abordagem da *Jane*. As canoas também, à entrada da baía, estavam guarnecidas de selvagens, desarmados, é verdade, mas que sem dúvida tinham armas ao seu alcance. Fomos forçados, portanto, embora a contragosto, a permanecer em nosso esconderijo, meros espectadores do conflito que não tardou a irromper.

Ao cabo de meia hora vimos cerca de sessenta ou setenta jangadas, ou chatas, com vigas de içar, repletas de selvagens e dobrando a ponta sul da baía. Não pareciam ter outras armas senão bastões curtos e pedras amontoadas no fundo das jangadas. Logo após, outro destacamento, ainda maior, aproximou-se em direção oposta, e com armas semelhantes. As quatro canoas encheram-se também depressa de nativos, vindos dos arbustos à entrada da baía, e lançaram-se vivamente à água para reunir-se aos demais grupos. Assim, em menos tempo que levei para contá-lo, e como por mágica, a *Jane* viu-se assediada por imensa multidão de facínoras, evidentemente inclinados a capturá-la a qualquer preço.

Que eles teriam sucesso nessa empreitada, não nos cabia duvidar um único instante. Os seis homens deixados no navio, resolutos que fossem em defendê-lo, estavam longe de bastar para o manejo adequado das armas, e de todo modo eram incapazes de sustentar um combate assim desigual. Eu mal podia imaginar que esboçariam a menor resistência, mas nisso me enganei; pois dali a pouco os vi dar puxões na regeira e apontar a bordada boreste do navio para as canoas, que a essa altura estavam a alcance de pistola, achando-se as jangadas cerca de um quarto de milha a barlavento. Por alguma causa desconhecida, mas bem possível que pela agitação de nossos pobres amigos vendo-se em tão desesperada situação, a descarga foi um completo fracasso. Nenhuma canoa foi atingida, nenhum selvagem, ferido, o tiro fora curto demais e ricocheteara sobre a cabeça deles. O único efeito neles produzido foi assombro com o inesperado revide e a fumaça, que foi tanta que quase pensei por alguns instantes que abandonariam inteiramente seu propósito e volveriam à costa. E isso é o que muito provavelmente teriam feito, se nossos homens tivessem sustentado sua surriada com a descarga de armas leves, no que, por estarem as canoas tão próximas, não deixariam de fazer algum estrago, suficiente ao menos para impedir que o bando se aproximasse mais, até que dessem outra surriada nas jangadas. Mas, em vez disso, acudindo a bombordo para se prepararem para as jangadas, deixaram que o bando das canoas se restabelecesse do pânico, e, olhando à volta, constatasse que nenhum dano fora infligido.

A descarga a bombordo produziu o mais terrível efeito. A metralha estrelada e as palanquetas dos grandes canhões despedaçaram completamente sete ou oito das jangadas, e mataram na hora talvez trinta ou quarenta selvagens, enquanto cem deles, pelo menos, foram arremessados à água, a maioria barbaramente ferida. O restante, tomado de pavor, iniciou de pronto uma precipitada retirada, não se dando tempo sequer de pescar seus companheiros mutilados, que nadavam de lá para cá em todas as direções, gritando, urrando por socorro. Esse grande sucesso, porém, veio tarde demais para salvar nossa devotada gente. O bando das canoas já estava a bordo da escuna ao número de mais de 150 homens, a maioria deles tendo logrado trepar nos cabos e nas malhas de abordagem antes mesmo que as mechas tivessem sido aplicadas às armas de bombordo. Nada podia conter a ira desses brutos. Nossos homens logo foram abatidos, esmagados, calcados sob os pés e absolutamente rasgados em frangalhos num instante.

Vendo isso, os selvagens das jangadas venceram o medo e chegaram aos montes para a pilhagem. Em cinco minutos a *Jane* foi o lamentável teatro de uma devastação e um vandalismo sem iguais. Os conveses foram fendidos e lhes arrancaram as tábuas; o cordame, as velas e todas as peças de manobra, demolidos como num passe de mágica; enquanto isso, empurrando na popa, rebocando com as canoas e orçando dos lados, ao nadarem em milhares ao redor do navio, os canalhas finalmente o forçaram à costa (a amarra havia escorregado) e o entregaram aos bons cuidados de Too-wit, que, durante toda a contenda, tal como um general sagaz, guardara com segurança seu posto de observação entre as colinas, mas, agora que a vitória se consumara a contento, condescendia em acorrer com seus guerreiros de peles negras e tomar sua parte no espólio.

A descida de Too-wit nos deu liberdade de deixar nosso esconderijo e fazer o reconhecimento da colina nas imediações da fenda. A cerca de 50 jardas de sua boca, avistamos uma pequena nascente em que saciamos a sede abrasadora que nos consumia. Não longe da nascente descobrimos alguns arbustos de aveleira da espécie de que já falei. Provando as nozes, achamos que eram palatáveis e muito parecidas, em sabor, à avelã inglesa comum. Delas logo enchemos nossos chapéus, as depositamos dentro da ravina e retornamos para mais. Enquanto nos ocupávamos ativamente em colhê-las, um farfalhar nos arbustos nos alarmou, e estávamos a ponto de disparar para o esconderijo quando um grande pássaro negro, da espécie dos abetouros, ergueu-se lenta e pesadamente dos arbustos. Eu estava tão surpreso que nada pude fazer, mas Peters teve suficiente presença de espírito para lhe correr no encalço antes que pudesse escapar e agarrou-o pelo pescoço. O animal debatia-se e grasnava furiosamente, e pensamos até em deixá-lo ir, de medo que o barulho alarmasse alguns dos selvagens que talvez ainda estivessem à espreita na vizinhança. Mas um golpe com a faca *bowie* deitou-o por terra, e o arrastamos para a ravina, felicitando-nos que, em todo caso, tínhamos obtido assim um suprimento de comida bastante para durar uma semana.

Saímos novamente para observar à volta e nos aventuramos a uma considerável distância pelo declive sul da colina, mas não topamos com nada que nos pudesse servir de comida. Colhemos, portanto, boa quantidade de madeira seca e regressamos, avistando um ou dois grandes bandos de nativos a caminho do vilarejo, carregados da pilhagem do navio, e que podiam, essa era nossa apreensão, nos descobrir ao passarem pelo sopé da montanha.

Cuidamos em seguida para tornar nosso esconderijo tão seguro quanto possível, e com esse propósito arranjamos alguns arbustos sobre a abertura de que falei, aquela pela qual tínhamos visto a nesga de céu azul, ao chegarmos à plataforma vindos do interior da fenda. Deixamos apenas uma abertura bem pequena, ampla o bastante para termos vista da baía, sem correr o risco de sermos descobertos de baixo. Feito isso, felicitamo-nos pela segurança da nossa posição; pois agora estávamos completamente ao abrigo de toda a observação, contanto que permanecêssemos dentro da própria ravina e não nos aventurássemos sobre a colina. Não percebíamos traço algum que nos indicasse que os selvagens já tivessem entrado nesse buraco; mas, quando refletimos sobre a probabilidade de que a fissura pela qual o atingíramos acabara de ser criada pela queda da vertente oposta, e que nenhum outro modo de o atingir era perceptível, não nos alegramos tanto em pensar na segurança contra tão temível incômodo, de medo que já nos fosse absolutamente impossível descer. Resolvemos explorar inteiramente o topo da colina, assim que se oferecesse uma boa oportunidade. Enquanto isso, observamos as movimentações dos selvagens pela nossa trapeira.

Eles já haviam devastado completamente o navio e agora se preparavam para lhe atear fogo. Dali a pouco vimos a fumaça ascender em enormes rolos através da grande escotilha, e, pouco depois, uma densa massa de chamas irrompeu do castelo de proa. Os aparelhos do navio, os mastros e o mais que restava das velas pegaram fogo imediatamente, e o incêndio espalhou-se depressa pelo convés. Todavia, uma multidão de selvagens não arredava pé de cima do navio, golpeando com pedras graúdas, machados e balas de canhão todas as cavilhas e demais peças de cobre. Na praia, nas canoas e chatas, bem ao lado da escuna, não havia menos de 10 mil nativos ao todo, sem contar as levas daqueles que, carregados de butim, rumavam para o interior da ilha ou cruzavam para as ilhas vizinhas. Antevimos uma catástrofe, e não nos desapontamos. Primeiro de tudo se deu um vivo abalo (que sentimos distintamente onde estávamos como se tivéssemos sido um pouco galvanizados), mas que não foi seguido de nenhum sinal visível de explosão. Os selvagens foram claramente pegos de surpresa e suspenderam por um instante suas diligências e gritos. Estavam a ponto de recomeçar quando de repente o convés bufou um rolo de fumaça semelhante a uma nuvem de tempestade, negra e carregada — depois, como se de suas entranhas, ergueu-se um jorro alto de fogo vivo a uma altura, assim pareceu, de um quarto de milha — depois toda a atmosfera foi magicamente atulhada, num único instante, de um terrível caos de madeira e metal e membros humanos — e, por último, produziu-se o abalo em toda a sua fúria, que nos arremessou ao chão, enquanto as colinas ecoavam o tumulto, e uma chuva densa dos mais minúsculos fragmentos das ruínas despencou, impetuosa, em toda direção ao nosso redor.

A devastação entre os selvagens ultrapassou em muito as nossas mais caras expectativas, e eles colheram os frutos, maduros e perfeitos, de sua traição. Talvez um milhar tenha morrido na explosão, e ao menos outro tanto tenha sido cruelmente mutilado. Toda a superfície da baía foi literalmente salpicada desses infelizes que se debatiam e se afogavam, e na costa as coisas eram ainda piores. Eles pareciam totalmente estupefatos pela subitaneidade e perfeição de seu contratempo, e não faziam nenhum esforço para ajudarem uns aos outros. Por fim, observamos uma radical mudança em sua conduta. Do absoluto estupor, pareceram passar, de um golpe, à mais alta excitação, e corriam de lá para cá desvairados, precipitando-se para certo ponto da baía e fugindo em seguida, com as mais insólitas expressões de horror, raiva e ardente curiosidade estampadas no rosto, e gritando a plenos pulmões: "*Tekeli-li! Tekeli-li!*".

A seguir vimos uma grande tropa retirar-se para as montanhas, de onde voltaram dali a pouco, carregando estacas de madeira. Levaram-nas ao ponto em que a multidão era mais compacta, que então se abriu como para nos propiciar a vista do objeto de toda essa agitação. Percebemos algo branco que jazia sobre o solo, mas não pudemos distinguir de imediato o que fosse. Por fim, vimos que era a carcaça do estranho animal com dentes e garras escarlates que a escuna pescara do mar no dia 18 de janeiro. O capitão Guy mandara preservar o corpo a fim de empalhar a pele e enviá-la à Inglaterra. Lembro que dera algumas instruções a esse respeito, pouco antes de tocar a ilha, e o espécime lhe fora levado à cabine e guardado em um dos cofres. E acabava agora de ser arremessado à praia pela explosão; mas por que ocasionara tamanho rebuliço entre os selvagens estava acima de nossa compreensão. Embora se acotovelassem ao redor da carcaça, a pouca distância, nenhum deles parecia disposto a examiná-la mais de perto. Logo em seguida os homens de estacas as cravaram em círculo ao redor do corpo, e, apenas efetuado esse arranjo, toda a vasta aglomeração precipitou-se para o interior da ilha, com sonoros gritos de "*Tekeli-li! Tekeli-li!*".

23

Durante os seis ou sete dias imediatamente seguintes, permanecemos em nosso esconderijo na montanha, saindo apenas de tempos em tempos, e sempre com o máximo cuidado, em busca de água e de avelãs. Havíamos feito uma espécie de alpendre sobre a plataforma, guarnecendo-o com um leito de folhas secas e três grandes pedras chatas, que nos serviam tanto de chaminé como de mesa. Acendemos fogo sem dificuldade friccionando, um contra o outro, dois pedaços de madeira seca, uma tenra, outra dura. A ave que apanháramos em tão boa hora revelou-se uma excelente iguaria, embora algo fibrosa. Não era uma ave oceânica, era uma espécie de abetouro, com plumagem de um negro retinto e cinzenta, e asas diminutas em proporção ao seu tamanho. Vimos mais tarde três da mesma espécie na vizinhança da ravina, pelo visto à procura daquela que capturáramos; mas, como nunca pousavam, não tivemos oportunidade de apanhá-las.

Enquanto durou a caça, nada sofremos com nossa situação, mas agora ela fora inteiramente consumida, e tornou-se absolutamente necessário sair em busca de provisão. As avelãs não bastavam para aplacar a ânsia da fome, afligindo-nos, além disso, com severas cólicas intestinais e, se delas comêssemos à farta, com violentas dores de cabeça. Tínhamos visto várias tartarugas graúdas perto da costa, a leste da colina, e percebemos que podiam ser apanhadas com facilidade, se a elas pudéssemos chegar sem sermos vistos pelos nativos. Resolvemos, pois, ensaiar uma descida.

Começamos a descer pelo declive sul, que parecia oferecer as menores dificuldades, mas mal tínhamos avançado uma centena de jardas quando (como havíamos previsto pelas aparências do topo da colina) nossa marcha foi inteiramente barrada por um braço do desfiladeiro no qual nossos camaradas haviam morrido. Margeamos então a borda dessa ravina por um quarto de milha, quando fomos de novo detidos por um precipício de imensa profundidade e, sendo incapazes de descer por essa parede, fomos forçados a dar meia-volta pela ravina principal.

Seguimos então para leste, mas não tivemos melhor sorte. Depois de uma hora de escalada, sob risco de partir o pescoço, descobrimos que havíamos simplesmente descido a um vasto precipício de granito preto, com fundo recoberto de pó fino, e do qual a única saída era a vereda escarpada pela qual descêramos. Subindo a duras penas por essa vereda, tentamos então a crista norte da colina. Ali nos vimos obrigados a usar da máxima cautela em nossas manobras, pois a menor imprudência nos exporia à plena vista dos selvagens do vilarejo. Pusemo-nos, portanto, a rastejar sobre mãos e joelhos e, uma vez ou outra, tivemos mesmo de nos estirar de ventre, arrastando nosso corpo e usando os arbustos como apoio. Com todas essas precauções, pouco tínhamos avançado quando chegamos a um abismo ainda mais profundo do que qualquer outro que já tínhamos visto, e que conduzia diretamente ao desfiladeiro principal. Assim nos foram confirmados os nossos receios, e nos encontramos completamente isolados, sem acesso ao mundo abaixo de nós. Totalmente exaustos pelos esforços, reganhamos o melhor que pudemos a plataforma, e, deixando-nos cair sobre o leito de folhas, dormimos um sono profundo e reparador durante algumas horas.

Depois dessa busca infrutífera, ocupamo-nos durante alguns dias em explorar cada parte do topo da colina, a fim de nos inteirar de seus verdadeiros recursos. Descobrimos que lá seria impossível obter comida, exceto pelas perniciosas avelãs e uma espécie viçosa de cocleária que crescia numa pequena faixa de não mais que 4 varas quadradas, e que logo estaria esgotada. Em 15 de fevereiro, pelo que posso me lembrar, dela não restava mais uma folha sequer, e as nozes começavam a rarear; nossa situação, portanto, dificilmente podia ser mais lamentável.[5] No dia 16, recomeçamos a sondar as paredes de nossa prisão, na esperança de encontrar alguma via de escape; mas tudo em vão. Descemos também pelo abismo que nos havia engolido, na remota esperança de descobrir, por esse corredor, alguma abertura que fosse dar à ravina principal. Nisso também nos desapontamos, embora tenhamos encontrado e trazido conosco um mosquete.

---

5 Esse foi um dia notável, pois identificamos a sul várias espirais enormes daquele vapor cinzento de que já falei.

No dia 17, partimos determinados a examinar mais de perto o abismo de granito preto no qual havíamos entrado em nossa primeira exploração. Recordamos não ter observado senão parcialmente uma das fissuras nas paredes desse abismo, e estávamos ansiosos para explorá-la, embora sem esperança de nela descobrir uma abertura.

Não encontramos grande dificuldade em atingir o fundo da cavidade como antes, e agora nos foi possível examiná-la com toda a calma. Era, de fato, um dos lugares mais singulares do mundo, e nos era difícil acreditar que fosse pura obra da natureza. O abismo, da extremidade leste à oeste, tinha cerca de 500 jardas de comprimento, supondo-se alinhadas todas as sinuosidades; a distância de leste a oeste, em linha reta, não era mais (é o que suponho, não dispondo de meios exatos de mensuração) de 40 ou 50 jardas. No princípio da descida – ou seja, nos primeiros 100 pés a partir do topo da colina –, as paredes do abismo guardavam pouca semelhança entre si, e, aparentemente, jamais haviam estado reunidas, sendo uma das superfícies de pedra-sabão, a outra de marga, granulado de não sei que matéria metálica. A largura média ou intervalo entre as duas paredes devia ser de 60 pés, mas não parecia haver regularidade de formação. Descendo mais, no entanto, além do limite de que falei, o intervalo logo se contraía, e as muralhas começavam a correr paralelas, embora fossem, até certa distância, diferentes pela matéria e pela textura da superfície. Ao chegar a 50 pés do fundo, começava a perfeita regularidade. As paredes eram agora inteiramente uniformes em substância, em cor e em direção lateral; a matéria era um granito bem preto e brilhante, e a distância, em todos os pontos, entre os dois lados que se defrontavam, de exatas 20 jardas. A forma precisa do abismo será mais facilmente compreendida graças a um esboço traçado *in loco*; pois por sorte eu trazia comigo uma caderneta e um lápis, que preservei com grande cuidado através de uma longa série de aventuras subsequentes, e aos quais devo uma série de notas acerca de muitos temas que de outro modo teriam sido varridos de minha memória.

Figura 1

Essa figura dá o contorno geral do abismo, sem as cavidades menores nos lados, de que havia muitas, cada cavidade correspondendo a uma protuberância oposta. O fundo do abismo era recoberto, até 3 ou 4 polegadas de profundidade, de uma poeira quase impalpável, sob a qual encontramos um prolongamento do granito negro. À direita, na extremidade inferior, será notada a aparência de uma pequena abertura; é a fissura a que aludi acima e da qual um exame mais minucioso era o objeto de nossa segunda visita. Para lá seguimos com vigor, cortando uma quantidade de sarças que nos obstava o caminho e removendo uma série de seixos agudos, cujo formato lembrava um pouco pontas de flechas. Sentimo-nos encorajados a perseverar, porém, ao perceber uma luz fraca que vinha da outra extremidade. Espremo-nos, por fim, ao longo de uns 30 pés e descobrimos que a abertura era um arco baixo e de forma regular, com um fundo daquela mesma poeira impalpável que recobria o abismo principal. Uma vigorosa luz jorrou então sobre nós, e, contornando um cotovelo brusco, encontramo-nos em outra câmara elevada, semelhante em todos os aspectos àquela que deixáramos, porém de forma longitudinal. Forneço aqui a figura geral.

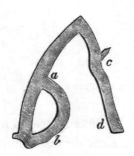

Figura 2

O comprimento total do abismo, começando na abertura *a* e contornando a curva *b* até a extremidade *d*, é de 550 jardas. Em *c*, descobrimos uma pequena abertura semelhante àquela pela qual saímos do outro abismo, e essa também se achava entulhada de sarças e um amontoado de seixos brancos em ponta de flecha. Forçamos caminho, por cerca de 40 pés, e emergimos num terceiro abismo. Este também era precisamente análogo ao primeiro, salvo por sua forma longitudinal, que era assim.

Figura 3

O comprimento total do terceiro abismo era de 320 jardas. No ponto *a* havia uma abertura de cerca de 6 pés de largura, estendendo-se 15 pés rocha adentro, onde terminava num veio de marga, não havendo outro abismo além, como era nossa expectativa. Estávamos para deixar a fissura, na qual penetrava muito pouca luz, quando Peters chamou minha atenção para uma série de entalhes de aparência singular na superfície da marga que terminava em *cul-de-sac*. Com um esforço de imaginação bastante ligeiro, o entalhe esquerdo, ou situado mais ao norte, bem poderia ser tomado pela representação intencional, embora tosca, de uma figura humana ereta, com um braço esticado. O restante deles guardava também uma remota semelhança com caracteres alfabéticos, e Peters inclinava-se, obstinado, a adotar essa opinião infundada de que tais realmente fossem. Convenci-o afinal do erro dirigindo sua atenção para o piso da fissura, onde, em meio à poeira, apanhamos, pedaço por pedaço, várias lascas graúdas de marga, que tinham sido evidentemente arrancadas, pela ação de algum abalo, da superfície onde apareciam os entalhes, e que guardavam ainda as saliências que se encaixavam exatamente nos entalhes; prova de que fora obra da natureza. A figura 4 apresenta uma cópia precisa do conjunto.

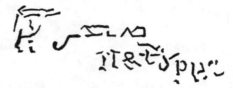

Figura 4

Depois de nos convencer de que essas singulares cavernas não nos ofereciam meios de fuga de nossa prisão, fizemos o caminho de volta, abatidos e desalentados, até o topo da colina. Nada digno de menção ocorreu durante as 24 horas seguintes, exceto que, ao examinarmos o solo a leste do terceiro abismo, encontramos dois buracos triangulares de grande profundidade, cujas paredes eram igualmente de granito preto. Quanto a descer nesses buracos, não julgamos que valesse a pena, já que pareciam simples poços naturais, sem saída. Cada um tinha cerca de 20 jardas de circunferência, e seu formato, bem como sua posição em relação ao terceiro abismo, é indicado na figura 5.

Figura 5

24

No dia 20 do mês, vendo que nos era absolutamente impossível subsistir à força de avelãs, cujo uso nos causava as torturas mais atrozes, resolvemos fazer uma desesperada tentativa de descer o declive sul da colina. Desse lado, a parede do precipício era uma espécie de pedra-sabão das mais tenras, embora quase perpendicular em toda a sua extensão (uma profundidade de 150 pés pelo menos), e em vários pontos chegava a formar um ângulo obtuso. Ao cabo de uma longa busca, descobrimos uma estreita saliência cerca de 20 pés abaixo da borda do precipício; Peters logrou saltar-lhe por cima, com todo o auxílio que lhe pude prestar com nossos lenços atados. Com um pouco mais de dificuldade, também desci; e vimos então a possibilidade de descer até embaixo pelo mesmo processo que havíamos empregado para subir do abismo quando fôramos enterrados pela queda da montanha — ou seja, talhando degraus na face da pedra-sabão com nossas facas. O risco extremo da tentativa mal pode ser calculado; mas, não havendo outro recurso, resolvemos nos aventurar.

Na saliência em que nos achávamos cresciam algumas aveleiras; e a uma delas amarramos a ponta de nossa corda de lenços. Presa a outra ponta à cintura de Peters, eu o baixei pela face do precipício até os lenços estarem bem tesos. Ele passou então a cavar um profundo buraco na pedra-sabão (com cerca de 8 a 10 polegadas), talhando obliquamente a rocha cerca de 1 pé acima, de maneira a permitir cravar, com a coronha de uma pistola, uma cavilha forte o suficiente na superfície nivelada. Icei-o então cerca de 4 pés, e ali ele cavou um buraco semelhante ao de baixo, fincando outra cavilha, obtendo assim um apoio para mãos e pés. Daí desamarrei os lenços do arbusto, jogando-lhe a ponta, que ele atou à cavilha do buraco superior, deixando-se deslizar suavemente a um ponto 3 pés abaixo daquele em que já estivera — ou seja, do comprimento total dos lenços. Ali cavou um novo buraco e fincou uma nova cavilha. Então içou-se a si próprio, de modo a descansar os pés no buraco que acabara de cavar, segurando com as mãos a cavilha no buraco acima. Agora era necessário desamarrar os lenços da cavilha superior a fim de fixá-los à segunda; e nisso ele percebeu que fora um erro cavar os buracos a uma distância tão grande um do outro. No entanto, após uma ou duas perigosas tentativas de alcançar o nó (tendo de segurar-se com a mão esquerda enquanto a direita trabalhava para desfazer o entrelaçamento), ele afinal cortou a corda, deixando 6 polegadas fixas à cavilha. Atando a seguir os lenços à segunda cavilha, desceu a uma posição abaixo da terceira, tomando cuidado para não baixar demais. Nesse processo (processo que, de minha parte, eu jamais teria concebido, e de que somos totalmente devedores da engenhosidade e resolução de Peters), meu companheiro conseguiu enfim, valendo-se às vezes de saliências na parede, atingir o sopé da colina sem acidente.

Levou algum tempo para que eu reunisse a firmeza suficiente para segui-lo; mas afinal arrisquei a tentativa. Peters despira a camisa antes de descer, e esta, junto com a minha, constituiu a corda necessária para minha aventura. Após ter jogado o mosquete encontrado no abismo, amarrei essa corda aos arbustos e me deixei deslizar depressa, esforçando-me, pelo vigor de meus movimentos, para banir a ansiedade que de outro modo eu não poderia dominar. Isso respondeu suficientemente bem pelos primeiros quatro ou cinco degraus; mas logo vi minha imaginação agitar-se terrivelmente ao pensar nas vastas profundidades a serem ainda descidas, e na natureza precária das cavilhas e buracos de pedra-sabão que eram meu único apoio. Foi em vão que me empenhei em afugentar essas reflexões e manter meus olhos fixos na superfície plana da muralha à minha frente. Quanto mais eu lutava para *não pensar*, mais vivamente intensos ficavam meus pensamentos, e mais horrivelmente distintos. Por fim, chegou a crise de imaginação, tão temível em casos dessa natureza, a crise em que começamos a antecipar as impressões que nos farão, *de fato*, cair – a nos afigurar a náusea e vertigem, e o espasmo derradeiro, e o semidesmaio, e o amargor final da queda precipitada e perpendicular. E eu via então que essas imagens criavam sua própria realidade, e que todos os horrores baixavam de fato sobre mim. Senti meus joelhos baterem com violência um contra o outro, ao passo que meus dedos largavam pouco a pouco, mas infalivelmente, seu aferro. Havia um planger em meus ouvidos, e eu dizia comigo: "É soada a hora da minha morte!". E eis que fui consumido pelo irresistível desejo de olhar para baixo. Eu não podia, eu não queria confinar meus olhares à muralha; e, com uma emoção alucinada, indefinível, meio de horror, meio de opressão aliviada, mergulhei minha visão abismo abaixo. Por um instante, meus dedos apertaram convulsivamente seu apoio, enquanto, com o movimento, a ideia mais diáfana possível de minha salvação flutuou, como uma sombra, através de meu espírito – no momento seguinte, toda a minha alma foi penetrada de *um imenso desejo de cair*; um desejo, uma ânsia, uma paixão absolutamente incontrolável. Soltei de pronto a cavilha, e, virando meio corpo para o precipício, permaneci vacilando por um segundo contra sua face nua. Mas deu-se então um rodopio em meu cérebro; uma voz estridente e fantasmagórica berrava-me aos ouvidos; uma figura sombria, diabólica, turva surgiu logo abaixo de mim; e, num suspiro, sentindo-me partir o coração, mergulhei em seus braços.

Eu desmaiara, e Peters apanhara-me ao cair. De seu posto no sopé da colina, ele observara meus movimentos e, percebendo o perigo iminente, procurara inspirar-me coragem com toda sugestão que lhe viesse à cabeça; mas a confusão de meu espírito era tão grande que me impediu de ouvir o que ele dizia ou sequer de ter consciência de que falava comigo. Afinal, vendo-me oscilar, correu em meu socorro e chegou bem a tempo para me salvar. Tivesse eu caído de todo o meu peso, a corda de lenços inevitavelmente se teria rompido, e eu teria sido precipitado no abismo; foi Peters que amorteceu a queda, baixando-me com suavidade, de modo a permanecer suspenso sem perigo até que recobrasse os sentidos. Foi o que se deu ao cabo de quinze minutos. Voltando a mim, meu medo desaparecera por completo; sentia-me um novo ser, e, ainda com um pouco de ajuda de meu companheiro, alcancei o fundo são e salvo.

Encontrávamo-nos então a pouca distância da ravina que se tornara a sepultura de nossos amigos, e a sul do local onde a colina cedera. O lugar era de um caráter agreste singular, e seu aspecto me trouxe à lembrança as descrições feitas por viajantes daquelas lúgubres regiões que marcam o sítio da devastada Babilônia. Isso sem falar das ruínas da colina desmoronada, que formava uma barreira caótica no horizonte norte, a superfície do solo, em toda a outra direção, estava salpicada de vastos túmulos, aparentemente os destroços de estruturas artísticas gigantescas; embora, em detalhe, nenhuma semelhança com a arte pudesse ser descoberta. A escória era abundante, e grandes blocos de granito preto entremesclavam-se a outros de marga,[6] ambos granulados de metal. De vegetação não havia traço algum ao longo de toda a desolada área à vista. Vimos alguns escorpiões enormes e diversos répteis que, noutra parte, não se encontram em latitudes elevadas.

---

6 A marga também era preta; aliás, não notamos nenhuma substância de cor clara na ilha.

Como a comida fosse nosso objeto imediato, resolvemos nos dirigir para a costa, distante não mais que meia milha, com vistas a caçar tartarugas, várias das quais observáramos de nosso esconderijo na colina. Tínhamos avançado coisa de 100 jardas, serpenteando cautelosos entre enormes rochas e túmulos, quando, dobrando um ângulo, cinco selvagens lançaram-se sobre nós de uma pequena caverna, deitando Peters por terra com um golpe de clava. Ao cair, todo o bando atirou-se sobre ele para agarrar a vítima, o que me deu tempo para me recuperar do susto. Eu ainda portava o mosquete, mas o cano fora tão danificado ao cair do precipício que o joguei de lado por considerá-lo inútil, preferindo confiar nas pistolas, que haviam sido cuidadosamente conservadas e se achavam em ordem. Com elas investi sobre os agressores, disparando uma após a outra em rápida sucessão. Dois selvagens caíram, e outro, que estava para trespassar Peters com uma lança, saltou sobre os pés sem levar a cabo seu propósito. Estando meu companheiro assim liberto, não tivemos mais dificuldades. Ele também tinha suas pistolas, mas delas julgou prudente não fazer uso, confiando em sua grande força física, que excedia em muito a de qualquer pessoa que já conheci. Tomando o bastão de um dos selvagens caídos, ele fez saltar o cérebro dos três que restavam, matando no mesmo instante cada qual com um único golpe da arma, o que nos deixou perfeitos mestres do campo de batalha.

Tão rápidos haviam sido esses eventos que mal podíamos acreditar em sua realidade, e estávamos de pé junto aos cadáveres numa espécie de contemplação estúpida quando fomos chamados à razão pelo som de gritos a distância. Estava claro que os disparos haviam dado o alarme aos selvagens, e que eram remotas nossas chances de não sermos descobertos. Para ganharmos de novo a montanha seria necessário seguirmos na direção dos gritos; e, ainda que conseguíssemos chegar à base, jamais seríamos capazes de subir sem ser vistos. Nossa situação era das mais perigosas, e hesitávamos sobre o lado em que iniciar a fuga, quando um dos selvagens em quem eu atirara, e a quem julgava morto, saltou vivamente sobre os pés e tentou escapar. Nós o alcançamos, porém, antes que avançasse muitos passos, e estávamos para lhe dar cabo quando Peters sugeriu que talvez pudéssemos tirar alguma vantagem em forçá-lo a nos acompanhar em nossa tentativa de fuga. Assim foi que o arrastamos conosco, dando-lhe a entender que o mataríamos se oferecesse resistência. Em poucos minutos ele se tornou perfeitamente submisso e corria ao nosso lado ao avançarmos por entre as rochas, em direção à praia.

Até ali, as irregularidades do terreno que vínhamos percorrendo esconderam o mar de nossa vista, exceto por intervalos, e, quando enfim o tivemos plenamente sob os olhos, ele estava talvez a uma distância de 200 jardas. Ao entrarmos na praia aberta, vimos, para nossa grande consternação, um bando imenso de nativos que se precipitava do vilarejo e de todos os quadrantes visíveis da ilha, dirigindo-se para nós com gestos de extrema fúria e urrando feito bestas selvagens. Estávamos a ponto de dar meia-volta e tentar uma retirada nos recessos do terreno mais acidentado, quando descobri as proas de duas canoas projetando-se atrás de uma grande rocha que continuava água adentro. Para elas corremos então a toda a velocidade, e, tendo-as alcançado, as encontramos desguarnecidas e sem outra carga senão três tartaruga-das-galápagos, das grandes, e o usual suprimento de remos para sessenta remadores. De pronto tomamos posse de uma delas e, atirando nosso cativo a bordo, nos lançamos ao mar com toda a força de que dispúnhamos.

Mas não tínhamos nos afastado mais que 50 jardas da costa quando, já um pouco mais calmos, percebemos que enorme descuido havíamos cometido deixando a outra canoa em poder dos selvagens, que, a essa altura, não estavam a mais que o dobro da distância da praia do que nós próprios, e nos vinham rapidamente ao encalço. Não havia tempo a perder. Nossa esperança, quando muito, era tênue, mas não tínhamos outra. Era muito duvidoso que, mesmo fazendo esforços extremos, pudéssemos voltar a tempo de nos apossar da canoa antes deles; mas ainda havia chance. Talvez nos salvássemos se tivéssemos sucesso, ao passo que não fazer a tentativa era nos resignar à inevitável carnificina.

A canoa era construída com proa e popa idênticas, e, em vez de virá-la, apenas mudamos nossa posição para remar. Assim que os selvagens se aperceberam do fato, redobraram os gritos e também a velocidade, e aproximaram-se com inconcebível rapidez. Remávamos, porém, com toda a energia do desespero, e, quando alcançamos o ponto em disputa, um único dos nativos ali tinha chegado. Esse homem pagou caro por sua superior agilidade; Peters lhe desfechou um tiro de pistola na cabeça ao aproximar-se da costa. Os mais avançados entre o resto do bando deviam estar a uns vinte ou trinta passos de distância quando nos apossamos da canoa. Primeiro nos esforçamos em rebocá-la, deixá-la fora do alcance dos selvagens, mas, encontrando-a firmemente encalhada, e não havendo tempo a perder, Peters, com um ou dois golpes vigorosos com a coronha do mosquete, logrou fazer saltar um bom pedaço da proa e de um dos lados. Então partimos. A essa altura, dois nativos tinham segurado nosso barco, recusando-se obstinadamente a soltá-lo, até que fomos forçados a despachá-los com nossas facas. Agora estávamos com o caminho livre e seguíamos ligeiro para o mar. O grosso dos selvagens, ao chegar à canoa quebrada, soltou os mais espantosos gritos de raiva e decepção que se possa conceber. Na verdade, de tudo quanto pude ver desses miseráveis, eles pareceram ser a raça mais perversa, hipócrita, vingativa, sanguinária e de todo diabólica que já habitou a face do globo. Está claro que de nós não teriam misericórdia, se tivéssemos caído em suas mãos. Eles fizeram uma tentativa desesperada de nos seguir com a canoa partida, mas, vendo que ela não era mais de uso, deram vazão à sua raiva numa série de horríveis vociferações, e precipitaram-se rumo às colinas.

Assim nos vimos livres do perigo imediato, mas nossa situação ainda era bastante sombria. Sabíamos que quatro canoas da mesma espécie da nossa haviam estado, em certo momento, na posse dos selvagens, e ignorávamos o fato (mais tarde afiançado pelo nosso cativo) de que duas delas tinham sido despedaçadas na explosão da *Jane Guy*. Calculamos, portanto, que seríamos perseguidos assim que nossos inimigos fossem dar à baía (distante cerca de 3 milhas) onde os barcos costumavam ficar amarrados. Temendo isso, fizemos todos os esforços para deixar a ilha para trás, e avançamos rapidamente pela água, forçando nosso prisioneiro a pegar um remo. Em cerca de meia hora, tendo feito provavelmente 5 ou 6 milhas a sul, vimos uma flotilha de canoas de fundo chato ou jangadas assomar da baía, com o propósito claro de nos seguir. Mas dali a pouco retrocederam, perdendo as esperanças de nos alcançar.

25

Encontramo-nos então no imenso e desolador oceano Antártico, numa latitude de mais de 84°, numa canoa frágil e sem provisão além das três tartarugas. O longo inverno polar não podia ser considerado muito distante, e era indispensável que refletíssemos com ponderação sobre o curso a ser tomado. Havia seis ou sete ilhas à vista, pertencentes ao mesmo grupo, e distantes 5 ou 6 léguas umas das outras; mas em nenhuma delas tínhamos intenção de nos aventurar. Ao chegarmos do norte na *Jane Guy*, aos poucos deixáramos para trás as regiões geladas mais rigorosas – e isso, por menos que condissesse com as noções que costumam ser aceitas a respeito do Antártico, era um fato que a experiência não nos permitia negar. Assim, tentar regressar seria loucura – sobretudo quando a estação ia tão avançada. Uma única rota parecia aberta à esperança. Decidimos governar corajosamente ao sul, onde havia ao menos a probabilidade de encontrarmos um clima ainda mais ameno.

Até ali tínhamos encontrado o oceano Antártico, tal como o Ártico, singularmente livre de tempestades violentas ou mares imoderadamente grossos; mas nossa canoa era, no melhor dos casos, de frágil estrutura, embora grande; e pusemos mãos à obra vivamente, com vistas a torná-la tão segura quanto o permitissem os limitados meios à nossa disposição. O corpo do barco não era mais que um simples córtex – o córtex de uma árvore desconhecida. As balizas eram de um vime resistente, bem adaptadas ao propósito em questão. De proa a popa, tínhamos 50 pés de espaço, variando de 4 a 6 de largura e, de profundidade, 4,5 pés por toda a extensão – esses barcos, portanto, diferiam enormemente daqueles de todos os outros habitantes do oceano sul com quem as nações civilizadas têm contato. Jamais acreditamos que fossem o artefato dos ilhéus ignorantes que os possuíam; e alguns dias mais tarde descobrimos, questionando nosso cativo, que eram feitos, na realidade, pelos nativos de um arquipélago a sudoeste do país onde os encontramos, tendo caído acidentalmente nas mãos de nossos bárbaros. O que podíamos fazer pela segurança de nosso barco era, de fato, muito pouco. Descobrimos algumas fendas largas junto a ambas as extremidades, e logramos remendá-las com pedaços de nossos blusões de lã. Com a ajuda dos remos supérfluos, de que havia grande profusão, erigimos uma espécie de moldura junto à proa, de modo a quebrar a força de qualquer onda que nos ameaçasse embarcar por esse lado. Instalamos também duas pás como mastro, situando-as uma oposta à outra, cada qual sobre uma das amuradas, poupando-nos assim a necessidade de uma verga. A esses mastros atamos uma vela feita de nossas camisas – o que nos deu algum trabalho, já que nisso não pudemos obter nenhum auxílio de nosso prisioneiro, embora em todas as outras operações sempre estivesse disposto a trabalhar. A visão do pano parecia afetá-lo de forma singular. Jamais pudemos persuadi-lo a que nele tocasse ou dele se aproximasse, e pôs-se a tremer quando tentamos forçá-lo, gritando apavorado: "*Tekeli-li!*".

Tendo ultimado nossos arranjos em relação à segurança da canoa, navegamos rumo a su-sudeste, com vistas a dobrar a ilha situada mais ao sul. Feito isso, governamos a proa totalmente para o sul. O tempo estava longe de ser considerado desagradável. Tínhamos um vento bem suave que soprava constantemente do norte, um mar liso e dia permanente. Não se via gelo algum; *e dele eu não vira uma única partícula desde que deixara o paralelo da ilhota de Bennet*. Aliás, a temperatura da água era ali quente demais para que subsistisse em mínima quantidade. Tendo matado a maior de nossas tartarugas, dela obtendo não só comida, mas copioso suprimento de água, continuamos nosso curso, sem nenhum incidente de vulto, por sete ou oito dias talvez, período durante o qual devemos ter avançado uma distância enorme para o sul, pois o vento soprou sempre a nosso favor, e uma forte corrente nos impelia de contínuo no rumo que seguíamos.

1º de março[7] — Vários fenômenos insólitos nos indicaram que estávamos entrando numa região de novidade e espanto. Uma alta barreira de vapor cinza aparecia constantemente no horizonte sul, inflamando-se por vezes de estrias incandescentes,

---

[7] Por motivos óbvios, não afirmo a estrita exatidão dessas datas. Dou-as sobretudo com vistas a clarificar a narrativa, e tais como as encontro em minhas notas a lápis.

dardejando ora de leste a oeste, ora de oeste a leste, e depois se recompunha num cume nivelado e uniforme — produzindo-se, em suma, com todas as alucinantes variações da aurora boreal. A altura média desse vapor, tal como nos aparecia de nosso ponto de vista, era de uns 25 graus. A temperatura do mar parecia aumentar a cada instante, e havia em sua cor uma alteração bem perceptível.

2 de março — Nesse dia, à força de questionar nosso cativo, ficamos sabendo de alguns detalhes em relação à ilha do massacre, aos seus habitantes e costumes — mas como deter com eles, *agora*, a atenção do leitor? Posso dizer, porém, que o arquipélago compreendia oito ilhas — que eram governadas por um único rei, chamado *Tsalemon* ou *Psalemoun*, que residia na menor de todas; que as peles negras que compunham a veste dos guerreiros vinham de um animal enorme encontrado somente num vale próximo à corte do rei; que os habitantes do arquipélago não fabricavam outras embarcações senão as jangadas de fundo chato, e as quatro canoas eram tudo o que possuíam do gênero, tendo sido obtidas, por puro acidente, de uma grande ilha a sudoeste; que o seu próprio nome era Nu-Nu; que não tinha conhecimento da ilhota de Bennet; e que o nome da ilha que tínhamos acabado de deixar era Tsalal. O início das palavras Tsalemon e Tsalal era pronunciado com um sibilo prolongado, que nos foi impossível imitar, mesmo após repetidos esforços, e que lembrava precisamente o mesmo pio do abetouro preto que havíamos comido no topo da colina.

3 de março — O calor da água era agora de fato notável, e sua cor sofria rápida mudança, não sendo mais transparente, mas de consistência leitosa e opaca. Em nossa imediata vizinhança, em geral era lisa, nunca tão grossa a ponto de pôr em perigo a canoa, mas nos surpreendíamos muitas vezes ao perceber à nossa direita e esquerda, a diferentes distâncias, súbitas e vastas agitações da superfície — e estas, notamos afinal, eram sempre precedidas de estranhas cintilações na região do vapor a sul.

4 de março — Nesse dia, visando ampliar nossa vela, com a brisa do norte amainando sensivelmente, tirei do bolso do casaco um lenço branco. Nu-Nu estava sentado à altura de meu cotovelo, e, tendo o pano lhe roçado o rosto por acidente, ele foi tomado de violentas convulsões. Seguidas estas de sonolência, estupor e murmúrios à meia-voz de "*Tekeli-li! Tekeli-li!*".

5 de março — O vento cessara de todo, mas era evidente que ainda nos precipitávamos para o sul, sob influência de uma poderosa corrente. E, aliás, seria razoável que experimentássemos algum alarme com o curso que tomavam os eventos — mas não, não sentíamos nada. A fisionomia de Peters nada traía quanto a isso, embora se revestisse por vezes de uma expressão que eu não alcançava penetrar. O inverno polar aproximava-se a olhos vistos — mas se aproximava sem seus terrores. Eu sentia certo *torpor* de corpo e de espírito — uma sensação de devaneio —, nada mais que isso.

6 de março — O vapor cinza agora se elevava muitos graus acima do horizonte, e gradualmente perdia seu matiz cinzento. O calor da água era extremo, mesmo desagradável ao toque, e sua nuança leitosa era mais evidente que nunca. Nesse dia uma violenta agitação da água ocorreu bem perto da canoa. E foi acompanhada, como de hábito, por um estranho clarão do vapor em seu topo e uma momentânea separação em sua base. Uma poeira branca bem fina, semelhante a cinzas — mas certamente tal não era —, desceu sobre a canoa e sobre uma vasta superfície do mar, à medida que o clarão se esvaía em meio ao vapor e a comoção da água abrandava. Nu-Nu atirou-se então de cara no fundo da canoa, e não houve meio de induzi-lo a erguer-se.

7 de março — Nesse dia questionamos Nu-Nu sobre os motivos de seus compatriotas destruírem nossos companheiros; mas ele parecia dominado por tamanho terror que não nos deu resposta razoável. Continuava obstinadamente deitado no fundo do barco; e, como reiterássemos a pergunta pelos motivos, fez uso de gesticulações idiotas, como erguer com o indicador o lábio superior e mostrar os dentes que lhe jaziam por baixo. Estes eram pretos. Até ali nunca tínhamos visto os dentes de um habitante de Tsalal.

8 de março — Nesse dia passou flutuando por nós um dos animais brancos cuja aparição na praia em Tsalal causara tamanho furor entre os selvagens. Eu o teria apanhado, mas um súbito desânimo abateu-se sobre mim, e me abstive. O calor da água continuava a aumentar, e a mão não a suportava mais. Peters falava pouco, e eu não sabia o que pensar de sua apatia. Nu-Nu respirava, nada mais.

9 de março – A substância cinzenta chovia sem parar à nossa volta, e em vastas quantidades. A barreira de vapor ao sul erguera-se prodigiosamente no horizonte e começou a assumir mais nitidez de formas. Não posso compará-la a outra coisa senão a uma catarata sem limites, rolando em silêncio para o mar do alto de uma imensa e remota muralha. A gigantesca cortina ocupava toda a extensão do horizonte sul. Não emitia nenhum ruído.

21 de março – Trevas soturnas planavam agora acima de nós – mas das profundezas leitosas do oceano emergia um fulgor luminoso que resvalava pelos flancos da embarcação. Estávamos quase cobertos pelo aguaceiro branco de cinzas que se depositava sobre nós e sobre a canoa, mas fundia-se ao cair na água. O topo da catarata perdia-se inteiramente na obscuridade e na distância. Contudo, era evidente que dela nos aproximávamos com terrível velocidade. A intervalos, eram nela visíveis fendas amplas, escancaradas, se bem que momentâneas, e por essas fendas, atrás das quais era um caos de imagens flutuantes e indistintas, precipitavam-se correntes de ar de grande vigor, mas silenciosas, encrespando o oceano com sua passagem.

22 de março – As trevas tinham-se adensado sensivelmente, temperadas apenas pelo clarão das águas, que refletiam a cortina branca à nossa frente. Muitas aves gigantescas e de um branco lívido voavam continuamente de trás do véu, e seus gritos eram o eterno *Tekeli-li!* que soltavam ao se afastar de nossa visão. Nisso Nu-Nu agitou-se no fundo da embarcação; mas, ao tocá-lo, percebemos que sua alma se fora. E então nos precipitamos nos abraços da catarata, onde um abismo se abriu para nos receber. Mas eis que em nosso caminho ergueu-se uma figura humana velada, bem maior em suas dimensões que qualquer habitante da terra. E a cor da pele da figura era da perfeita brancura da neve.

NOTA

As circunstâncias relacionadas à morte do sr. Pym, tão súbita e deplorável, já são bem conhecidas do público por intermédio da imprensa diária. Teme-se que os capítulos restantes que deveriam completar sua narrativa, e que ele mantinha consigo com o propósito de revisá-los, enquanto os precedentes estavam no prelo, foram irrevogavelmente perdidos em decorrência do acidente no qual ele próprio faleceu. Tal, no entanto, talvez não seja o caso, e os papéis, se finalmente recuperados, serão franqueados ao público.

Não se pouparam meios para remediar essa carência. O cavalheiro cujo nome é citado no prefácio, e que, a julgar pelo que se diz dele, poderíamos supor capaz de preencher o vácuo, declinou da tarefa — e isso, por motivos suficientes relativos à inexatidão geral dos detalhes a ele transmitidos e pela desconfiança quanto à inteira verdade das últimas partes do relato. Peters, de quem se podia esperar alguma informação, ainda está vivo e reside em Illinois, mas por ora não pudemos localizá-lo. Mais tarde, talvez se possa encontrá-lo, e sem dúvida alguma ele fornecerá documentos para concluir a narrativa do sr. Pym.

A perda de dois ou três capítulos finais (pois não havia senão dois ou três) é tanto mais lastimável porque continham, sem dúvida alguma, matéria relativa ao próprio polo, ou ao menos às regiões situadas em sua imediata proximidade; e porque as afirmações do autor no tocante a essas regiões poderão em breve ser verificadas ou contestadas pela expedição que ora prepara o governo ao oceano Antártico.

Há um ponto da narrativa que merece algumas observações; e para o autor deste apêndice seria de muito prazer se as reflexões aqui feitas tivessem por resultado dar certo crédito às páginas muito singulares agora publicadas. Aludimos aos abismos descobertos na ilha de Tsalal e ao conjunto das figuras incluídas nas páginas 271, 272, 273 e 274.

O sr. Pym forneceu desenhos de abismos sem comentários, e fala com resolução dos *entalhes* descobertos na extremidade do abismo situado mais a leste como tendo a aparência não mais que ilusória de caracteres alfabéticos, e, em suma, como positivamente *não sendo tais*. Essa asserção é feita de maneira tão simples, e sustentada por uma espécie de demonstração tão conclusiva (ou seja, o encaixe das projeções dos fragmentos descobertos na poeira nos entalhes da parede), que somos forçados a acreditar na boa-fé do escritor; e nenhum leitor razoável haveria de supor o contrário. Mas, como os fatos relativos a *todas* as figuras são dos mais singulares (sobretudo quando relacionados a declarações feitas no corpo da narrativa), talvez valha a pena dizer uma palavra ou outra sobre o conjunto deles — e isso tanto mais a propósito já que os fatos em questão escaparam, sem dúvida, à atenção do sr. Poe.

Assim, as figuras 1, 2, 3 e 5, quando unimos umas às outras seguindo a precisa ordem na qual os próprios abismos se apresentam, e quando as despojamos de pequenos ramos laterais ou arcos (que, como se lembra, serviam apenas de meio de comunicação entre as galerias principais e eram de caráter totalmente distinto), constituem uma raiz verbal etíope – a raiz ⴎⴖⵋⵟ, ou "ser tenebroso" – de onde derivam todas as inflexões de sombra e escuridão.

Quanto ao entalhe situado "à esquerda ou mais ao norte", na figura 4, é mais do que provável que a opinião de Peters estivesse correta, e que sua aparência hieroglífica fosse de fato a obra de arte e uma representação intencional da forma humana. O leitor tem o desenho na frente dos olhos; ele poderá, ou não, perceber a semelhança sugerida; mas o resto dos entalhes milita fortemente em favor da ideia de Peters. O registro superior é evidentemente a raiz verbal ⵌⵠⵎ, ou "ser branco", de onde derivam todas as inflexões de brilho e brancura. O registro inferior não é assim tão fácil de ser distinguido. Os caracteres estão algo partidos e disjuntos; no entanto, não há como duvidar de que, em seu perfeito estado, formassem completamente a palavra egípcia ΠⲈⲨΥΡΗϹ, ou "a região do sul". Cumpre observar que essas interpretações confirmam a opinião de Peters quanto à figura situada "mais ao norte". O braço está esticado para o sul.

Conclusões como essas abrem um vasto campo a especulações e conjeturas das mais empolgantes. Talvez as devamos aproximá-las de alguns dos incidentes mais tenuemente detalhados da narrativa; embora não salte à vista, a cadeia de nexos é bem completa. *Tekeli-li!* era o grito dos nativos de Tsalal assombrados com a descoberta da carcaça do animal *branco* pescado no mar. *Tekeli-li!* era também a exclamação de terror do cativo tsalaliano em contato com materiais *brancos* pertencentes ao sr. Pym. Era também o grito das gigantescas aves *brancas* de voo rápido que saíam da cortina *branca* de vapor ao sul. Nada de *branco* se encontrou em Tsalal, e nada que não fosse tal na viagem subsequente à região além. Não é impossível que "Tsalal", o nome da ilha dos abismos, submetida a minuciosa análise filológica, traia um parentesco qualquer com os próprios abismos ou alguma referência aos caracteres etíopes, tão misteriosos pelas suas sinuosidades.

"Gravei isso dentro das colinas, e minha vingança está inscrita no pó dentro da rocha."

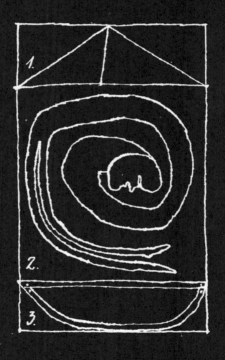

POSFÁCIO
Numa grandiosa jornada rumo aos confins do mundo
Oscar Nestarez

Em julho de 1838[1], a casa editorial Harper & Brothers, sediada em Nova York, publicou uma obra assim intitulada:

A NARRATIVA DE ARTHUR GORDON PYM DE NANTUCKET

CONTENDO OS DETALHES DE UM MOTIM E UM ASSOMBROSO MASSACRE A BORDO DO BRIGUE AMERICANO *GRAMPUS*, EM ROTA PARA OS MARES DO SUL, EM JUNHO DE 1827.

E MAIS A HISTÓRIA DA RECAPTURA DO NAVIO PELOS SOBREVIVENTES;

SEU NAUFRÁGIO E A TERRÍVEL PROVAÇÃO PELA QUAL PASSARAM EM VIRTUDE DA FOME;

SEU RESGATE PELA ESCUNA INGLESA *JANE GUY*;

---

[1] Parte das informações históricas a respeito da publicação original de *A narrativa de Arthur Gordon Pym*, incluindo comentários críticos, foi coletada do site da Edgar Allan Poe Society of Baltimore: www.eapoe.org.

BREVE CRUZEIRO DESSE NAVIO NO OCEANO ANTÁRTICO;

SUA CAPTURA E O MASSACRE DA TRIPULAÇÃO NUM
ARQUIPÉLAGO DO PARALELO 84 DE LATITUDE SUL;

JUNTAMENTE COM AS INCRÍVEIS AVENTURAS
E DESCOBERTAS NO EXTREMO SUL A QUE ESSA
LAMENTÁVEL CALAMIDADE DEU ORIGEM.

Sim, esse é o título original do livro em suas mãos. Na ocasião do lançamento, a autoria foi de fato atribuída a um certo Arthur Gordon Pym, que, no prefácio, afirma tê-lo escrito com o auxílio do "sr. Poe". De acordo com o pretenso autor, Edgar Allan Poe estaria entre os cavalheiros que "expressaram o maior interesse" no relato de suas aventuras, e propôs publicá-las de maneira seriada, "sob o manto da ficção", na *Southern Literary Messenger*, revista do estado da Virgínia, Estados Unidos, editada pelo autor de *O corvo*. Assim aconteceu; em janeiro e fevereiro de 1837, duas partes da narrativa apareceram no periódico. A recepção foi tão positiva que, ainda de acordo com o prefácio para a obra, Pym decidiu compilar todas as suas aventuras e publicá-las em um único volume.

Logo após o lançamento, no entanto, o livro teve uma recepção irregular. De acordo com Arthur Hobson Quinn[2], biógrafo de Poe, houve palavras

---

2 Arthur Hobson Quinn. *Edgar Allan Poe – A Critical Biography*. Nova York: Johns Hopkins Paperback Edition, 1998.

entusiasmadas, como as do jornal *New York Tribune*: "Esta é uma obra extraordinariamente interessante, mais do que qualquer outra coisa que tenhamos lido. É mais maravilhosa do que a mais selvagem das narrativas, e no entanto é apresentada como a sóbria verdade"; já o *New York Mirror* sentenciou que

> O autor teria feito melhor uso de sua engenhosidade se tivesse preservado a verossimilhança da narrativa. Da forma como está, as aventuras altamente improváveis e sobrenaturais pelas quais seu herói passa logo destroem o interesse do leitor, e revoltam a imaginação.

De fato, logo se dissiparam as dúvidas de que Poe fosse o verdadeiro autor do livro. Em consequência, as principais críticas referiram-se à decepção por ele causada. A despeito de todos os cuidados para que o relato fosse recebido como verossímil, afirmou-se que o encaminhamento da história frustrava qualquer possibilidade nesse sentido.

Parte do público também se incomodou com os excessos de informações científicas inseridos ao longo do relato, sendo considerados ainda mais descabidos diante do fato de que se tratava de pura ficção. Para muitos críticos, residiria aí, nessa "rasteira" aplicada em leitores, a principal fraqueza da narrativa. Em todo caso, há aspectos envolvendo a concepção da obra — e portanto sua natureza — que resultam importantes por interferir nas escolhas feitas por Poe. Para compreendê-las, coloquemos o autor em foco.

É possível afirmar que *A narrativa de Arthur Gordon Pym* tenha surgido de uma recusa. Antes de começar a escrever o romance, Edgar Allan Poe havia enviado à Harper & Brothers uma coletânea de contos que até então haviam sido publicados isoladamente. O conjunto incluía "Manuscrito encontrado em uma garrafa", "As aventuras sem paralelo de um certo Hans Pfaall", "Berenice", entre outros. Por carta, a editora recusou gentilmente o projeto, afirmando que contos sem conexão aparente não eram vendáveis em um país no qual os leitores tinham clara preferência por romances. A Harper & Brothers também questionou a qualidade "mística e erudita demais" das histórias, que seriam apreciadas apenas por um pequeno grupo de leitores, e não pelas multidões.

Isso ocorreu em junho de 1836; meses depois, duas partes de *A narrativa...* seriam publicadas na *Southern Literary Messenger*, sob as condições descritas acima. Poe, então, enxergou a possibilidade de desenvolver uma obra mais extensa e deu sequência ao trabalho, que acabou sendo adquirido pela Harper & Brothers em 1837 (e publicado somente no ano seguinte). Seria uma história não apenas mais longa, mas também de maior apelo popular, considerando-se que relatos de aventuras náuticas atraíam grande atenção na primeira metade do século XIX — *Robinson Crusoé*, o clássico do britânico Daniel Defoe publicado em 1719, continuava a ser amplamente apreciado na época. Além disso, um terrível episódio ainda assombrava o imaginário estadunidense: em 1819, o baleeiro *Essex* zarpou de Nantucket comandado pelo capitão George Pollard Jr. Meses depois, já em 1820, o navio colidiu com um cachalote e naufragou. Os vinte homens sobreviventes se dividiram em dois botes e enfrentaram todo tipo de horror, da desidratação ao canibalismo. Quando ocorreu o resgate, mais de três meses depois do naufrágio, apenas oito estavam vivos. A tragédia inspirou o nova-iorquino Herman Melville a escrever *Moby Dick* (1851), em especial o desfecho, e o protagonista Ahab tinha muito do capitão Pollard, a quem Melville entrevistou uma década depois.

Peripécias no mar, portanto, eram populares naqueles tempos. E Poe precisava desesperadamente do sucesso, como de costume. Arthur Hobson Quinn nos lembra de que, assim como ocorreu em quase toda a vida do autor de "O corvo", as condições em 1837 eram precárias. Já casado com a prima Virginia Clemm, treze anos mais nova, e morando com ela e a tia (e sogra) Maria Clemm, ele fora demitido da *Southern Literary Messenger* em janeiro daquele ano, devido ao comportamento errático e aos excessos de bebida. Decidiu, então, tentar a vida em Nova York. Mas as circunstâncias não foram favoráveis; 1837 foi o "ano do pânico" nos Estados Unidos, quando uma grande recessão econômica avassalou o país. O mercado editorial sofreu consequências severas e não havia oportunidades de emprego em Nova York. Pouco depois, a família zarpou para a Filadélfia.

Antes de partir, Poe concluiu *A narrativa de Arthur Gordon Pym*. Ou melhor, pareceu ter concluído, dado que muitos estudiosos consideram a obra inacabada. Seja como for, por alguns meses ele trabalhou intensamente na história do jovem aventureiro de Nantucket que parte rumo aos Mares do Sul no baleeiro *Grampus*. Como apontaram seus críticos, Poe não economizou detalhes técnicos, de modo a assegurar a verossimilhança das peripécias narradas. Sabe-se que, para compor o pano de fundo, ele se baseou em *Um relato de quatro viagens aos Mares do Sul e ao Pacífico (1822-1831)*, obra publicada em 1832 pelo explorador estadunidense Benjamin Morrell. Vêm daí o vocabulário altamente específico das descrições náuticas e os dados geográficos contidos no livro. Dessa mesma fonte, Poe já havia se servido para escrever "Manuscrito encontrado em uma garrafa". E a utilizaria para compor, três anos depois, o conto "Uma descida no maelström".

Em *A narrativa...* chamam atenção, também, os "verbetes" inseridos ao longo da história: trechos em que Poe interrompe a narração para deter-se em questões pontuais, explicando-as em minúcias. Por exemplo, a longa digressão, no capítulo 6, dedicada ao acondicionamento de cargas em embarcações; ou, no capítulo 20, a pormenorizada explanação sobre o *biche de mer*, ou pepino-do-mar, bem como de sua comercialização. De fato são passagens que, frutos de um excesso de zelo para com a veracidade, acabam nos afastando momentaneamente do relato.

Entretanto, logo retornamos a ele, pois *A narrativa de Arthur Gordon Pym* é nada menos do que eletrizante. A história é um vórtice de aventuras e horrores cujo ritmo não decai, com muitas das qualidades que consagraram seu autor: a composição minuciosa da escrita, o domínio do tempo da narração, as personagens que se tornam vítimas de seus próprios dilemas, as altas doses de perversidade, o talento para encenar o horror. E, se antes chamamos atenção para o nível de detalhes com que a trama se desenvolve, agora destacamos, com maior ênfase, a potência imaginativa nela contida. Sem nunca ter feito uma viagem de barco que durasse mais que algumas semanas, Poe *imaginou*, com impressionante e convincente nitidez, uma jornada de muitos meses no mar. Concebeu horrores náuticos de diversas naturezas – as furiosas tempestades, os motins, os naufrágios, a fome, a sede.

Há também assombros de outra ordem; extraordinários, por assim dizer. O fantástico ocupa um pequeno espaço na história, mas sua manifestação é intensa o suficiente para haver fascinado ninguém menos que H. P. Lovecraft (1890-1937), autor estadunidense que se tornou um dos maiores nomes da literatura de horror. Lovecraft chega a afirmar, no ensaio *O horror sobrenatural na literatura*[3] (1927), que devemos a Poe "a moderna história de horror em seu estado definitivo e aprimorado". A frase está em um capítulo inteiramente dedicado ao autor de "O gato preto", no qual lemos que ele "compreendia perfeitamente a mecânica e a fisiologia do próprio medo

---

3 Howard Phillips Lovecraft. *O horror sobrenatural na literatura*. Trad. Carlos Primati. Barueri: Novo Século, 2020.

e da estranheza – os detalhes essenciais a enfatizar, as incongruências e elaborações específicas como preliminares ou concomitantes ao horror".

É verdade que, sobre *A narrativa de Arthur Gordon Pym*, encontramos em *O horror sobrenatural na literatura* apenas uma entusiasmada paráfrase. Contudo, na ficção de Lovecraft percebemos a dimensão do impacto causado pela leitura do romance de Poe. Em especial na novela *Nas montanhas da loucura*[4], uma de suas obras mais famosas. Aqui temos a história de uma desastrosa expedição ao polo Sul que envolve a descoberta de civilizações desconhecidas e de medonhas criaturas alienígenas. No desfecho, o narrador-protagonista Dyer e seu companheiro Danforth, explorando as ruínas de uma cidade morta no continente gelado, deparam-se com um ruído que os faz "disparar como loucos por corredores megalíticos cobertos de gelo". São silvos metálicos que parecem familiares a ambos os personagens. Lovecraft logo admite de onde os retirou:

> Claro que leituras em comum nos prepararam para fazermos essa interpretação, embora Danforth tenha feito alusões sobre fontes insuspeitas e proibidas a que Poe pode ter tido acesso ao escrever seu *A narrativa de Arthur Gordon Pym* um século antes. Deve ser lembrança coletiva que, naquela história fantástica, há uma palavra de significância desconhecida, mas terrível e

---

[4] Howard Phillips Lovecraft. *Nas montanhas da loucura*. Trad. Regiane Winarski. Rio de Janeiro: Nova Fronteira, 2020.

extraordinária ligada à Antártida [...]: *"Tekeli-li! Tekeli-li!"*. Posso admitir que foi exatamente isso que pensamos ouvir transmitido por aquele som repentino por trás da neblina que avançava – aqueles silvos musicais pérfidos e de alcance singularmente amplo.

Tomamos o cuidado de suprimir informações que conflagrassem um *spoiler*. Mas a leitura do romance deixará evidente a importância desse diálogo na esfera do horror sobrenatural, no qual Poe também demonstra imensa capacidade imaginativa.

Cabe ainda um comentário a respeito do lugar deste livro na obra integral *poeana*. Em certa medida, o texto contradiz os preceitos de criação literária contidos no ensaio *A filosofia da composição*[5], publicado oito anos depois, em 1846. Referindo-se à concepção de "O corvo", então sua obra mais famosa, Poe tece comentários sobre a extensão ideal de uma narrativa:

> Se alguma composição literária é longa demais para ser lida de uma só vez, temos que concordar em abrir mão do efeito imensamente importante que deriva da unidade de impressão – pois, se forem necessários dois momentos de leitura, os assuntos do mundo interferem e qualquer intenção de totalidade é destruída na mesma hora.

---

5 Edgar Allan Poe. *A filosofia da composição*. Trad. Léa Viveiros de Castro. Rio de Janeiro: 7 Letras, 2011.

A consideração vale tanto para a prosa quanto para a poesia. Ora, sendo assim, o livro que você tem em mãos estaria destituído desse elemento. Porque foi, de longe, a obra em prosa mais extensa publicada por Poe (quanto a chamá-la de "romance", debateremos a seguir).

Entretanto, no próprio ensaio de 1846 encontramos indícios de como seu autor eventualmente a enxergaria. "O que chamamos de um poema longo é, de fato, simplesmente uma sucessão de poemas breves — isto é, de breves efeitos poéticos", afirma ele. E em sua totalidade, o que seria *A narrativa de Arthur Gordon Pym* senão uma sequência de episódios, ou até de *contos*? São amarrados em uma estrutura mais ampla pela presença do narrador-protagonista e das personagens, e pelos mesmos espaços onde se desenvolve a ação, entre outros aspectos. Mas podemos apreender o todo da obra como uma progressão de núcleos narrativos menores e, em consequência, uma acentuação da unidade de impressão tão valorizada por Poe. De fato, esse efeito, em grande parte vinculado ao horror, não se dispersa; apenas se acumula.

Tudo isso dificulta a categorização quanto à forma literária desta narrativa. Pela extensão e pelo tempo cronológico, podemos vê-la como um romance, sem dúvida. No entanto, a sucessão de episódios e os "ganchos" para os capítulos seguintes têm qualidade folhetinesca; e as marcações das datas remetem aos diários de viagem (uma impressão reforçada pela intenção de que a história fosse recebida como verdadeira). De nossa parte, entendemos a obra como uma intersecção dessas classificações. Para simplificar, e aqui não consideramos o número de páginas, afirmamos que *A narrativa de Arthur Gordon Pym* é uma obra grandiosa — à altura do título original.

OSCAR NESTAREZ é escritor, tradutor e pesquisador da literatura de horror, com doutorado pela FFLCH-USP. Ao lado de Júlio França, organizou a antologia *Tênebra — Narrativas de horror brasileiras [1839-1899]*. No campo da ficção, publicou, entre outros livros, a coletânea *O breu povoado* e a novela *Claroscuro*.

© Editora Carambaia, 2023

Título original: *The Narrative of Arthur Gordon Pym* [Nova York, 1838]

CIP-Brasil. Catalogação na publicação
Sindicato Nacional dos Editores de Livros, RJ

P798n
Poe, Edgar Allan, 1809-1849
A narrativa de Arthur Gordon Pym / Edgar Allan Poe;
tradução José Marcos Mariani de Macedo;
posfácio Oscar Nestarez; ilustração Elisa Carareto.
1. ed. – São Paulo: Carambaia, 2023.
312 p.; 21 cm

Tradução de: *The Narrative of Arthur Gordon Pym*.
ISBN 978-65-5461-022-3

1. Ficção americana. I. Macedo, José Marcos Mariani de.
II. Nestarez, Oscar. III. Carareto, Elisa. IV. Título.

23-84406 CDD: 813 CDU: 82-3(73)
Gabriela Faray Ferreira Lopes – Bibliotecária CRB-7/6643

PREPARAÇÃO Tamara Sender
REVISÃO Ricardo Jensen de Oliveira e Fernanda Alvares
PROJETO GRÁFICO Cristina Gu
ILUSTRAÇÕES Elisa Carareto

DIRETOR-EXECUTIVO Fabiano Curi

EDITORIAL
Graziella Beting (diretora editorial)
Livia Deorsola e Julia Bussius (editoras)
Laura Lotufo (editora de arte)
Kaio Cassio (editor-assistente)
Gabrielly Saraiva (assistente editorial/direitos autorais)
Lilia Góes (produtora gráfica)

RELAÇÕES INSTITUCIONAIS E IMPRENSA Clara Dias
COMUNICAÇÃO Ronaldo Vitor
COMERCIAL Fábio Igaki
ADMINISTRATIVO Lilian Périgo
EXPEDIÇÃO Nelson Figueiredo
DIVULGAÇÃO/LIVRARIAS E ESCOLAS Rosália Meirelles

EDITORA CARAMBAIA
Av. São Luís, 86, cj. 182
01046-000 São Paulo SP
contato@carambaia.com.br
www.carambaia.com.br

O projeto gráfico deste livro tem como ponto de partida a narrativa carregada de simetrias e inversões tão característica de Poe, que apresenta aqui uma atmosfera repleta de mistérios e estranhezas, expondo as contradições entre real e imaginário.

A edição foi ilustrada por Elisa Carareto, que desenvolveu pinturas em tinta acrílica e ponta-seca sobre papel. Ela elaborou, a partir dos relatos do personagem Gordon Pym, uma espécie de inventário de estados de espírito alterados. As figuras enigmáticas parecem estar retidas nas páginas e vistas de muito perto, revelando imagens de incidentes, descobertas, labirintos, devaneios, criaturas sinistras e sentimentos ameaçadores. Capa e quarta capa simbolizam o início e o fim da jornada marítima e das memórias do narrador, formando um jogo espelhado entre cabeça-barco e barco-cabeça. A paleta cromática foi inspirada no código internacional de sinalização marítima e é composta pelas tonalidades de vermelho e amarelo da bandeira que anuncia o alerta de "homens ao mar".

As tipografias usadas foram a Capitaine, para o texto corrido, desenhada por Göran Söderström (2018), e a Inglesa, de Alejandro Paul (2020), nos títulos.

O livro foi impresso em papel Pólen Soft 80 g/m² na Geográfica em outubro de 2023.

Este exemplar é o de número

0730

de uma tiragem de 1.000 cópias